森林是人类的摇篮之一。人类离不开森林,正如人类离不开海洋、雪原、荒野、草原……森林既是人类的出发之地,也是皈依之地。

傅菲 自然志系列

森林归途

傅菲 / 著

山西出版传媒集团
北岳文艺出版社
·太原

图书在版编目（CIP）数据

森林归途 / 傅菲著. —太原：北岳文艺出版社，2022.9

（傅菲"自然志"系列）

ISBN 978-7-5378-6573-9

Ⅰ.①森… Ⅱ.①傅… Ⅲ.①散文集－中国－当代 Ⅳ.①I267

中国版本图书馆 CIP 数据核字（2022）第 112344 号

傅菲"自然志"系列：
森林归途

傅菲 / 著

出品人 郭文礼	出版发行：山西出版传媒集团·北岳文艺出版社
	地址：山西省太原市并州南路 57 号　邮编：030012
选题策划 贾江涛	电话：0351-5628696（发行部）　0351-5628688（总编室）
	经销商：新华书店
责任编辑 贾江涛　汪恒江	印刷装订：山西新华印业有限公司
	开本：890mm×1240mm　1/32
书籍设计 张永文	字数：190 千字
	印张：9
	版次：2022 年 9 月第 1 版
印装监制 郭　勇	印次：2022 年 9 月山西第 1 次印刷
	书号：ISBN 978-7-5378-6573-9
	定价：49.00 元

本书版权为本社独家所有，未经本社同意不得转载、摘编或复制

目录

第一辑 树海慰藉

隐匿者　　／ 003

仙山岭　　／ 013

月照深山　　／ 023

深涧　　／ 029

树冠之上是海　　／ 038

空谷　　／ 044

晨湖　　／ 052

下午的森林　　／ 058

第一辑 嘉木安魂

南方铁杉　　/ 069

漆　　/ 077

鸟抒溱湖　　/ 085

马者的夜晚　　/ 093

沙子坝　　/ 098

树上的树　　/ 103

酸橙　　/ 109

嘉木安魂　　/ 115

第三辑　以树之名

枣树的血脉　　/ 123

白雪红梅　　/ 130

溪野枇杷　　/ 137

桑树林　/ 143

桂花落　/ 149

油桐树下　/ 155

夜雨桃花　/ 161

谁知松的苦　　/ 167

第四辑 森林风度

嘉绒峡谷 / 175

森林的风度 / 187

荒木寂然腐熟 / 197

乌鸦河谷 / 203

针叶林 / 211

去豆叶坪 / 218

冬日林中 / 226

森林的面容 / 234

附：从乡村自然书写到自然文学创作
　　——傅菲生态文学创作进路研究　　王俊暐 / 241

跋：美学·气脉·精神 / 273

第一辑 树海慰藉

隐匿者／仙山岭／月照深山／深涧／树冠之上是海／空谷／晨湖／下午的森林

隐匿者

"咯咯——咯咯——""嘘嘚嘚——嘘嘚嘚——"涧溪边灌木林有鸟鸣,太阳还没跳上山,我就听到了。鸟鸣距我约六百米。我是被鸟鸣唤醒的。我慌乱地穿好衣服,站在梨树下,望着灌木林。陈冯春的爱人在洗番薯,准备熬番薯小米粥。我喊了一声陈冯春:"陈师傅,东边树林有野鸡和竹鸡,叫得好早啊。"

"这一带,野鸡和竹鸡多得狠。"陈冯春说。"狠"就是非常多。他在打水,准备给菜园浇水。

梨树飘着几片稀稀拉拉的树叶。太阳还没上山,虚白的天光有些迷蒙——空气湿湿的,似乎刚捞出水来。我从歪歪扭扭的田埂走去涧溪。涧溪的水流近乎衰竭,听不到流水声。这里是源头,水还没发育出一条山涧,更何况是干旱了的深秋。矮土包上,一棵三角枫与一棵乌桕树,肩并肩生长,三角枫红如赤焰,乌桕树黄如金箔。涧溪与山田之间,有一条宽阔的黄土路,矮土包留在了黄土路与山田交错的角上。两只棕脸鹟莺站在乌桕树上,歪着脸,神气活现地看我。"啾啾啾啾",我缩着舌根,呼了两声。它们飞走了，喊喊喊，叫着，飞进灌木林。

"嘘嘚嘚，嘘嘚嘚。"竹鸡一直在叫。在灌木林中，有一小片翠竹林，有十余株竹子，竹梢向涧溪边低垂。竹鸡在竹林叫。我想下到涧溪去，但找了几个入林的口子，都下不了。山体太陡了，无处踏脚。我站在芒草地（一块废弃的番薯地）边的一棵乌桕树下，目光深探涧溪。涧溪干涸、潮湿，石块上裹着苔藓。杂木林遮蔽了整条涧溪。

黄土路烂着几根木头。木头一半埋在泥下，一半斜横在路边。木头黑黑，结着一朵朵木耳。木耳从树的疤结上长出来，白白的，没有杂色。一个疤结长四朵木耳，耳朵一般大。我摸了摸木耳，软软的。我剥开树皮，看了看木质，是一截栲树。栲树坚硬，木质较为粗糙，木色粗黄，树皮之下有一层黑黄。

走了百余米，我发现，黄土路上有很多木耳。让我惊讶的是，有些木耳从土里长出来。其中有一种木耳，是我第一次见到：深深的银灰色，形状如杯盏，一个杯盏叠一个杯盏，每一个杯盏由四片花瓣形组成，杯盏的边沿是一圈由黄色渐变而成的白色。我数了一下，一朵大木耳由五朵小木耳叠出来，看起来，像一座木耳搭积的木楼。木耳为什么会从土里长呢？我折了一根苦竹，掏木耳下的土层，掏出土下一团木齑粉——原来，土下有木头腐烂了，裹着新泥。

黄土路在一座矮山边消失了。一条水泥浇筑的引水渠从涧溪边引过来。水渠约二十厘米宽，贴着山边转过来。我这才知道，涧溪没有水，是因为水被引到荒田了。我翻过矮山，傻眼了，下面是一个黄泥土坡，坡很陡。我拉起一根油茶树的枝丫，吊起来，跳了下去——对面一块草地，枯草茂密，草地边上有两棵苦槠树，两只红嘴蓝鹊环绕着树飞，叽叽叽地叫。我要去苦槠下，看它们飞。我跳下去的时候，红嘴山雀惊飞，呼呼呼，飞到后面的竹林。

竹林无边际。山延绵，竹林也延绵。据陈冯春说，竹林有非常多的土豚。当然，陈冯春说的土豚不是土猪（食蚁兽），而是竹鼠。土猪生活在丘陵或草原地带，以食蚂蚁、白蚁为主，又称蚁熊，属于管齿目土豚科动物，有猪一样长长的拱鼻。我也只是在纪录片中见过它憨厚但又蛮横的形象。竹鼠则在竹林生活，以食竹鞭、竹笋和嫩竹为主，又称芒狸、猪鼠、竹狸，属于啮齿目竹鼠科动物。竹鼠是常见的，穴居，白天贪睡晚上吃食，和兔子、黄鼠狼一样可以站起来察看四周动静。竹鼠喜欢和同伴打架，在洞穴里，相爱相杀，一边咬一边吱吱吱叫。我翻过一道高高的草坡，去竹林。我找了一根竹棍，往竹林钻。

竹叶厚厚的，铺在地上。竹叶发白，有密密的黑斑点。我找土穴。土穴一般在竹子底下，或在短短的竖坡上。我走了半个斜缓的山坳竹林，也没找到一个土穴。竹林倒着横七竖八的竹子。冬天，是竹子受难的季节。零下一度，山雨落在竹叶上被冻住，慢慢凝结，挂下冰凌。冰凌不会在短时间内融化，山雨也不会很快停歇，有时会下几天几夜，雨顺着冰凌，冻成倒圆锥形冰柱。冰柱如小节能灯挂在竹叶上。竹梢往下弯，砰砰砰，竹子爆裂，倒了下来。在寒冷的绵雨天，进竹山，竹子爆裂声不绝于耳，如鞭炮炸响。鞭炮又称爆竹，可能也是这个意思吧。假如是大雪天，雪一层层地堆在树梢上，竹子也会爆裂。

爆裂了的竹子，只能当柴火烧，或用来围篱笆。在大洋、盖竹洋、下洋,我看到很多竹篱笆,围菜地,围鸡鸭,围水塘,围院子。爆裂的竹子太多了,哪用得完呢?任凭它们横在竹林里,自生自灭。其实,只有灭。爆裂的竹子很快枯黄,叶子落尽。来年雨季,竹子变成了没有光泽的浅黄色,再过夏季,竹子彻底变成了白麻色——糖分被雨水泡净,只留下纤维。竹膜最先腐烂,手摸竹管,手乌黑黑。用脚踩,整根竹子爆开。竹子是多么有韧性。篾匠把鲜竹破开,拉篾丝,编竹篮、编圆匾、编簸箕、编箩筐、编摇篮,是居家不可或缺的器具。被雨水泡去了糖分的裂竹,和一根火麻秆差不多。

没找到土穴,但我找到了一个鸟窝。鸟窝藏在竹筒里。不知是谁,把裂竹剁了头(可能是取竹梢扎扫把),一截竹筒外露了。鸟窝是用芦苇叶织的,内室垫着软软的野棉花。我知道,有很多鸟喜欢在树洞、竹洞营巢,如红头咬鹃、领角鸮、黄腿鱼鸮、灰头绿啄木鸟、黄腹山雀、绿背山雀、冠纹柳莺等。鸟窝呈小碗状,编织绵密。我猜想,可能是冠纹柳莺的巢。冠纹柳莺以昆虫为食,营巢在高山地带的树洞或竹洞,很难被天敌发现。竹林是昆虫非常多的地方,到处被蜘蛛拉了网。我不得不边走边撩蜘蛛网。

在上盖竹洋之前,万涛对我说,山上有一棵百年老枫树,枫树上有一个脸盆大的鹰巢,一只老鹰住在上面,有十几年了,鹰翅张开有两米宽。这只老鹰给了我很多向往。我已经有十几年没看到过这么大的老鹰了。在2008年,我去新疆北部,我才看过。我问了两次陈冯春:"陈师傅,是哪棵枫树有老鹰呢?"他有些莫名其妙地看着我:"哪有呢?我没见过。"

但我还是信万涛的话,虽然万涛也是听说的。我走每一座山,便远远留意山上是否有高大的树,尤其是高大的枫树。下洋有六棵高大的枫树,一棵在一户山民的院子里,两棵在村边的菜地边,三棵在最低处的山垄。我一棵棵走近,仰着头看,除了绛红的树叶和树叶缝里的阳光,啥也没看到。在盖竹洋,有三棵高大的枫树,一棵在山湾口,另两棵在最高的山岭路边。也没鸟巢。从山岭再进山垄,便是上洋。

山岭侧转,是一个弧形的山坳。山坳幽闭,阳光照不进来。两棵高大的枫树和一棵含笑直条条地耸出两边山梁。树太高了,树梢上,阳光稀薄而红润。"阳光也这么好看。少有的好看。"万涛说。高树之下,是一片密匝匝的灌木林。林下有一片野田。野田有六七亩,五条山梁在这里汇合,如五马共槽。

"咯、咯、咯、咯——"声音很低,低得难以听见。我停下脚步,往野田边的灌木林望。"是野鸡。"万涛说。我晃晃手势,示意不要出声。可树林里再也没有了声响。

"不是野鸡,是山鸡。"陈冯春说。

"山鸡也是野鸡。"我说。

"野鸡是野鸡,山鸡是山鸡。"陈冯春说。

"山鸡是野鸡的一种。"我说。

"野鸡体形更大,在草蓬窝过夜。山鸡体形更小,站在树上过夜。晚上用手电照山鸡,树上站好几只,看到手电,山鸡不动,可以直接抱下来。"陈冯春说。他的语气不容任何人置疑。山鸡属于雉科雉属雉鸡种,也叫雉鸡,美如翩翩少年。野鸡是雉科鸟类的统称。雉科中的红腹角雉、白鹇、环颈雉、白颈长尾雉、白冠长尾雉、红腹角雉,在不同的地域,我都看过野外活体。山鸡就是环颈雉。

上洋有一个半边漏斗形的草坞。在十几年前，草坞是山田。四户上洋人下迁五公里外的山下之后，田间长满了荒草，荒草齐腰。草坞有八十余亩，弥眼赤黄色。我问陈冯春：陈师傅，这一片荒田是不是有很多泡泉？

"你怎么看出来的？很多田都是烂田，竹棍插下去，有几米深。"陈冯春说。

"这些草，有很多是灯芯草。灯芯草长在水泽里。"我说。灯芯草入秋，并不像其他草一样枯黄，直至发白，而是赤黄、浅赤黄、发白。虽是旱秋，荒田也板结，但水汽还没散尽。

"这么大片的草坞，在山中不多见。这一带，野鸡和野兔非常多。它们有口福了。"我说。

"傍晚前，野鸡回到水边喝水。山麂和野猪也会到水边喝水。"陈冯春说。

"傍晚的时候，我们躲起来，看它们来喝水。"我说。

抄过一个椭圆形的山丘，到了废弃的旧屋。三栋旧屋呈一个"品"字形，排在山脚下。一棵枣树倒在荒草地上。枣树是自然死亡，树皮结了白霜般的苔藓，树叶白白而不落。我发现，屋前的梨树、柚子树、橘子树、柿子树，都结着白霜般的苔藓。记得一个月前，万涛问我，为什么盖竹洋、上洋一带，很多树都会长薄薄的苔藓。我答：湿气太重。看了这些白苔藓，我觉得自己的判断是对的。这是一些失水的苔藓。白霜一样的白，不是苔藓死亡，而是失水过多，只要一场雨，白会慢慢转色，到了入春，又将返青。它们顺应了自然，也需要自然的造化。

果树前边的一块荒地，两棵高大的枫树让我感到惊心动魄，不是因为它们古老，而是有一个脸盆大的鸟巢。鸟巢在最高的树梢。树枝交错，形成一个"井"字，鸟营巢在"井"里。我估算了一下，鸟巢距地面至少二十米。外巢是以粗粗的干树枝搭建的。我看不出是什么鸟巢。难道是万涛说的老鹰巢？老鹰去了哪里呢？十几个山坞，也没看到老鹰盘旋。

"那个是什么？挂在树上，那么高。"万涛惊呼了几下。我才注意到另一棵略矮的枫树上，挂着一个米白色的蒲袋状的东西。我说："鸟巢。"

"不是鸟巢，是蚂蚁窝。"陈冯春说。

"哪有这么高的蚂蚁窝？"万涛说。

"这么高的蚂蚁窝是有，我看过的蚂蚁窝都是黑褐色的或黄褐色的，哪有米白色的？"我有些不解。但我信陈冯春的说法。鸟窝没有那么精美。窝像个古人装米的袋子，瓠瓜形，密密麻麻的细孔很有序。整个窝没有一点杂色。蚂蚁是用什么材料筑窝的呢？

树上却没见到蚂蚁爬动。可能是一个空窝。陈冯春说，做这种窝的蚂蚁很毒很毒，被咬上一口，皮肤起大疙瘩。有很多野兽，喜欢吃蚂蚁，如穿山甲、黑熊、土豚、野猪等。对它们来说，蚂蚁是上等佳肴，会把整个蚂蚁窝掀开，吃得干干净净。蚂蚁窝筑在高树上，除了鸟，谁也打不了蚂蚁的主意。这不能不喟叹蚂蚁的智慧。

在这一带，有两种蚂蚁的群落非常大：一种是大头蚁，一种是黑草蚁。大头蚁乌黑发亮，身体分三个肢节，如三个黑豆。

陈冯春屋前的台阶,是石砌的。我坐在石阶上,大头蚁张着铁钳般的口器,爬来了。它们有十分灵敏的嗅觉,昆虫、鱼肉、饭、豆腐等,它们无所不吃。它们嗅出了人的气息,来到石阶,看看是否有皮屑落下,可以饱食一餐。我拿一片银杏叶摁住大头蚁,轻轻拖一下。大头蚁如一个死虫,卷起来,足肢僵硬。我以为它们会被我摁死。可过不了几分钟,它们翻过身,又爬动。几次三番,它们都不会死。我点燃一根枯草,堵在石阶上,它们退缩向后,但不逃跑。我去种柚籽的时候,在一块石缝,无意挖出了大头蚁的窝。我一锄头挖下去,翻上来,黑黑的一窝。我连滚带爬地跳下田埂。我有些懊悔,干吗去挖石堆缝呢?吃一个甜蜜蜜的土柚子,几十粒柚籽也舍不得扔,害得蚂蚁窝被挖了。

还有一种是黑草蚁,剪草叶、树叶吃。我去山下村,从陈冯春门前狭窄的山道下去。山道树木茂盛,以乔木居多。在一个簸箕形的山坳,我伫立溪边,仰头望枫树冠,一棵一棵地望,一个蚂蚁窝如鱼篓挂在树上。蚂蚁窝黑黑,如同马蜂窝的颜色。那是黑草蚁的窝。我估计,那一窝蚂蚁,至少有二十斤。

我们在大洋转了大半天,也没见着老鹰。我有些失望。回来的路上,我们又听见野鸡在一丛油茶林咕咕叫。我撩起一根韧度很大的细枝,想去油茶林。"别动,你抓在手上的是野山枣。"陈冯春说。我扭头看了看细枝,上面结满了鲜红欲滴的浆果。我摘下来,塞进嘴巴里,味道又甜又酸,浆水充沛。

在一个叫铜锣的土丘上,我们四处眺望,也没看到老鹰。

临近吃中午饭,我又去盖竹洋右边的山垄,一个人走。我像一匹野驴,在田边乱走。这么一大块荒田,没有看到一只野兔或者一只野鸡,我有些不甘心。我站在一块巨石上,往前眺望"U"字形山谷口时,我听到树枝咔嚓的声音。我侧脸北望,一只鹞子从山湾口高大的枫树飞出,往山谷口飞。它几乎不扇动翅膀,凭着气流的飘浮,弯过半圆弧的山腰飞去,一会儿就不见了。

鹞子可能是安慰我吧——没有看到老鹰,看到鹞子也是好的。它们都是空中的自由之神。我们看它飞翔的英姿就知道了——不慌不忙,顺着气流之河,像一个冲浪者。在晌午之后,又有一只鹞子来了,在盖竹洋环绕着飞。陈冯春说,鹞子和鹰一样好看,但比鹰好,鹞子不吃鸡,鹰要吃鸡。鹞子在高树上筑巢,很少会鸣叫,但它一旦鸣叫,四野震动,"呜啊呜啊、呜啊呜啊……"很是吓人。狗听到鹞子的叫声,也会躲进屋子里。野兔四处乱跑,小鸟惊飞。鹞子会抓魂,凡在地面跑路的游走的,魂都会被它抓走。这是陈冯春说的。

很有趣的是,走了方圆十几平方公里的山,没看到一个坟。万涛对我说了两次:山上老去的人,埋在哪儿呢?荒坟野坟,也没看到一个。我们在山顶的横道上,我看到两处,有墓碑竖在路边斜坡上。墓道从斜坡横挖洞进去,再把棺材横塞进去,夯实洞口,连个坟头也没露出来。棺材横着,"穴居"在里面。魂藏在黄土里安歇。这也是一种安息的智慧。

陈冯春屋前右侧,即皂角树旁边,有一棵大梨树。据说,鹞子以前常在老梨树上营巢。前两年,老梨树老死了。老梨树结碗大的雪梨,梨熟了,来很多鸟,有长尾巴鹊,有乌鸦,有松鸦。果子狸也在夜间上树摘雪梨吃。梨熟,正是涧溪慢慢羸弱之时,山下有人来到涧溪边,钓山龟。四周有好几条涧溪,都有山龟。

偷钓山龟的人，一天可以钓好几只，偷卖到外面的饭馆。偷钓山龟的人，也摘梨吃。老梨树死了，可偷钓山龟的人，还在偷钓。

我和万涛沿着涧溪，走了一个下午，想看看是否真有山龟，即使没有山龟，娃娃鱼也应该是有的。涧溪走完，啥也没看到，除了石块和石块上的一丛丛菖蒲。"没有道理啊，这么好的山涧没有娃娃鱼，我难以理解。"万涛说。回头问了陈冯春，陈冯春说，几十年了，也没人看过娃娃鱼。我说，没看到山龟和娃娃鱼，可看到菖蒲也是好的，光溜溜的石块上，那菖蒲长得多油绿啊。随便端一块回家，摆在案几上，都是绝佳盆景。这是自我安慰吧。也不算自我安慰。说真的，在水日日漂洗的石块上，菖蒲怎么长啊，又凭什么长那么油绿啊？

一座山，我们四处望望，似乎除了树木、竹林、荒草，便是空空的。其实不是这样的，更多的自然公民隐匿其中。它们世世代代守在山里。它们就是我们所说的山神。

茫茫大山。这隐匿着山神的茫茫大山。

仙山岭

武夷山山脉延绵千里，如苍龙腾海，高耸的山系在闽赣交界之处冲天而起，如万丈座钟。黄岗山、独竖尖、仙山岭、七星山、五府岗、铜钹山是其主要山系，是华东内陆最庞大的山系，其中山峰海拔在两千米之上的有十座。在黄岗山、独竖尖、七星山、黄连木山、鸡公尖、白塔尖、望夫山、苦坑尖、篁碧岭、屏风山、龙头豹、来龙岗等高山带，分布着地球上同纬度现存物种最多样、分布最丰富、面积最大的中亚热带原生性森林生态系统。

仙山岭与七星山两个山系，因山体的挤压，形成一个垭口，世称分水关，为闽赣八大关隘之首，是万里茶马古道起始地之一。分水关北坡之下四公里，有村落依山而存，故名仙山岭。

山体高悬，坡度大，两个山系如两道翠绿的山屏横亘在铅山县南部，形成开阔、幽深、神秘的峡谷，向北依序低缓，呈环抱之势，怀抱之中是北武夷盆地（紫溪盆地）。站在仙山岭古村，盆地尽收眼底，如大地斑斓的果盘。

古村在望夫山与天门山之下的北坡山腰。在 2021 年 7 月 10

日早晨,我掐计时器,观察朝阳投射的时间。4点40分,我坐在村民张志刚三楼外阳台上,烧水喝茶;4点45分,第一缕阳光照在望夫山(海拔1470米);5点35分,阳光覆盖了望夫山、天门山峭壁悬崖,照在竹山与悬崖的分界线;7点5分,阳光照在门前公路(海拔550米)。这也是太阳攀升七星山的过程。

太阳从七星山升起,初升时,光色嫩黄,如初开的南瓜花,羞赧而明亮。光色渐变,太阳越高色泽越黄,至8点,山坡已黄得发白,如面包上的糖霜。

山尖之上有五座山峰,峰峰相邻却独立,如花岗岩塔,壁立如削。四个山涧淹于林木,顺北坡而下。涧无名,山民不称涧也不称溪,称"一脉水"。水有脉,如人体之动脉。有脉就有源头,就有脉管,就有循环。脉有脉搏,四季律动,雨季丰沛,旱季羸弱。羸弱但不干涸,源头在每一棵树的根系。山野葱葱。有脉的水,就不会死。

涧水流量大,撞击着巨型的涧石,咆哮似的,哗哗哗。涧石是没有发育成熟的花岗岩,石面黑褐色,圆滚滚或扁圆——涧水把所有的石头磨圆。被水经常冲刷的涧石,则麻褐色,如一块块晒了半干的碱水千层糕。涧坑边有密密的灌木、芒草、藤刺,以及不多的小乔木。古村建在畚斗形的山坡上,其中一条溪涧穿村而过。沿着涧边石道,我走了约一公里。我所见的主要植物有:芒草、白背叶野桐、山麻秆、灌木绣球、野山茶、女贞、芦苇、石菖蒲、荻、美人蕉、鸭拓草、竹节草、薜荔、格木、野石楠、雪柳、金樱子、七枝花蔷薇、黄金串钱柳、柳。在沟边或疏林下或茶地边,我还见到了茅栗、黄花风铃木、格木、凤尾蕨、单叶对囊蕨、圆盖阴石蕨、粤瓦韦、金鸡腿假瘤蕨、江南星蕨、天葵、八角莲、鱼腥草、尾花细辛、月莲、号圆秆、东南景天、金丝桃、佛甲草、蛇含委陵菜、朵花椒、牯岭勾儿茶、三叶崖爬藤、何首乌、半枝莲、中国野菰、细茎双蝴蝶、紫萼蝴蝶草、黄腺香青、野菊、东风菜、杜若、七叶一枝花、花魔芋、灯台莲、斑叶兰、杜鹃兰、玉蜂兰、蛇唇兰、线萼山梗菜、野百合。入伏前后三天，正是野百合盛开的季节。

在两处，我看到了野百合。张志刚茶叶厂屋后，在茶叶地与涧沟之间的矮土丘上，一枝野百合独枝而上，破出鸭拓草草丛，花色纯白，花朵低垂，如白鹤栖于高枝。在入古村的石道边，有石头叠起来的矮墙，两枝野百合扶摇直上。它们是一双恩爱的白鸽，生有定偶，隐于荒野，生亦有时枯亦有时。与我同行的人见了野百合花便想采摘。我制止了：草本野花不可以随意采摘。野百合盛开，正是地下茎块发育之时，拔了植株，地下茎块会腐烂，来年再也发不了芽，就彻底消失了。

涧边、林下、草丛，常有毒蛇出没。常见的毒蛇有五步蛇、青竹蛇、眼镜蛇、金环蛇、银环蛇、松树根（短尾蝮）、水袈裟（尖吻蝮之一种）。山民垦茶叶地、插秧、摘茶叶，一脚落下去，踩起来软软的一堆，那便是蛇。蛇伤人便是常事。他们自采草药，洗净捣烂，敷在伤口上。在乌石行政村辖下的自然村仙山岭、黄龙、勒马山、乌石，有二十余个蛇医，以草药治蛇伤，其中勒马山的詹远来、乌石的黄德胜最为出名。詹远来在三年前病故。黄德胜老人今年七十一岁，精神矍铄，温言细语，头发微白，为人友善忠厚。他六岁时，随他曾祖父上天门山，辨识草药，十三岁，他可识二百余种草药，并挖药、捣药、配药、敷药、制药粉。他医蛇伤从不收钱。无论多毒的蛇伤，他药到病除。他说，被蛇咬了的人都是穷苦人。他以开餐馆为生。他医治过一百二十余蛇伤者，均痊愈，没有留下病痛隐患，甚至没有留下伤口。外村的蛇伤者住在他家，他还免费提供吃喝。蛇伤严重者，得医治近一个月。

张志刚的父亲今年六十九岁，腰板厚实，肩背如石板。他在十兄妹中，是老大。他十五岁便上天门山伐木，吃了早餐，上天门山走一个半小时，带午饭上山，伐下的木头分段扛下来。他有一身好气力，一肩可以挑三百五十斤担子、可以扛二百八十斤原木。他的妻子因结肠炎在四年前病故。儿子儿媳都很敬重他。但我看得出他很落寞。太阳还没上山，他拉起水管给菜园浇水。他种了辣椒、茄子、秋葵、魔芋、空心菜、豇豆、苦瓜、葱。浇了菜园，他去吃早餐(白粥)。我轻轻推开他厨房门，见他抱着咖啡色的茶杯，茶杯抵着下巴，望着白墙。白墙除了白，什么也没有。什么也没有，也就是什么都有：人影、人声、人息。白墙是记忆的电影白幕，回放着与他休戚相关的生命影像。我叫了声"叔叔"，他转头看我，很和蔼地笑。他砍了大半辈子的木头，也爬了大半辈子的天门山和望夫山。他说，仙山岭的人半生伐木。伐的木大多是南方铁杉、红豆杉、黄山松、香榧、圆柏。到了20世纪90年代，仙山岭禁止砍伐了，他开始种植茶叶，做了茶农。他也会医治蛇伤。他能辨识一百余种蛇药（草药）。

大多数的蛇医知道什么地方有什么草，随手一拔，就是一把草药。但他们能叫出植物名称的草（或木或地衣），却非常有限。他们凭经验医治蛇伤，却百医百愈。他们赖以山林而繁衍生息，虫毒（无名中毒）蛇毒兽毒，他们深深地了解。清乾隆年间，仙山岭有了常居的先民，自然赋予先民的智慧，成了生存下去的基因。

古村在盘山公路之上，有十余栋老房子。古道沿溪涧而上，绕村弯上山梁。古道由火山石（花岗岩）依势（地形）铺设。茶园还没完全丰饶起来（泥土含沙量太高，涵养水分能力不足，储肥能力差），裸露出许多黄黄的空隙。茶园开阔，干净，无杂草。茶园之上、望夫山壁崖之下，有一座废寺。寺名白鹤寺。

寺有土夯的围墙，一个不大的院子，杂草丛生。张志刚把寺庙的生活用房打开，木器霉变的气息让人难以忍受。寺殿的菩萨蒙了厚厚的灰尘，但油彩仍依稀可见。寺钟悬在钟座上，朴实厚重。钟的铁锈结出壳，灰白灰白。钟面铸捐资人的姓名，十分清晰。我拿起木杵，轻轻撞钟。"嗡嗡嗡……"钟声余韵绵绵，轻柔清脆且绵长。"嗡嗡嗡……"似水波在我心里扩散。张志刚说，用力撞击钟，钟声响半个小时。我不敢撞。在高山无人的山野，悠远洪亮的钟声或许会唤醒山神。

钟铸于清嘉庆年间。张志刚的第四代先人是寺里的撞钟人。其实，那时不是寺，是道观，叫白鹤仙，奉白鹤为仙。在20世纪90年代，紫溪（铅山县辖下的乡）人陈氏上山守观，去管理部门登记，改为"白鹤寺"。

寺庙一直是有人守的。张志刚父亲说，在中华人民共和国成立前，仙山岭的山田大部分为寺庙所有，寺庙把田出租给山民，坐地收租。仙山岭自然村在1982年包产到户，分给寺庙两块田。寺庙有两个和尚，一人种一块，各自收的稻谷入各自的谷仓，分两个灶烧饭。老和尚种的稻谷年年丰收，吃不完。中年和尚种的稻田，稗草比禾苗盛。中年和尚怪自己的田不好，于是轮替着田种。老和尚的稻谷还是吃不完。中年和尚待不下去了，去了别的寺庙。

老和尚九十二岁高龄病逝。寺庙来了几拨和尚，守不了三五个月便走了，因为很少有人供奉。陈氏来了，带了一个女人来。陈氏六十多岁，女人七十多岁，守了半年多，女人走了。女人被她儿子接走。陈氏又守了一年多，不知去向。陈氏走了，又来了和尚，到了2004年，和尚又走了。白鹤寺完全破败。农历六月初九，是庙日（白鹤仙生日），仙山岭人记挂着这个日子。他们在庙日庆祝。他们并不在意寺庙有没有和尚。

在白鹤寺外，我流连很久。竹林葱翠，虽是炎炎烈日，但凉风习习。幽深的山谷直通山顶，仰头而望，山峰如一个戴着箬笠的僧人。鸟鸣于涧，绿荫婆娑。下了寺庙，刚转过一个山弯，一只黄腹角雉飞落茶叶地。

铅山是中国黄腹角雉之乡。黄腹角雉在黄岗山、独竖尖、仙山岭、七星山、篁碧岭均有分布。我多次上黄岗山、仙山岭，去深山密林"偶遇"黄腹角雉，但我缘分太浅，无缘见识。据林学专家郭英荣（曾任职武夷山国家级自然保护区管理局）说，黄腹角雉在武夷山自然保护区有多个种群分布，羽数约占全国三分之一。

黄腹角雉属鸡形目雉科鸟，为中国特有、全球性濒危、国家Ⅰ级重点保护和严格禁止国际贸易(CITES附录Ⅰ在列)的雉类，主要栖息于海拔八百米以上亚热带山地常绿阔叶林和针叶阔叶混交林中，其飞行迁徙能力弱，依赖高大乔木自然形成的枝杈、凹坑等平台营巢（但不会筑巢）。作为亚热带东部森林地栖鸟类，黄腹角雉分布记录于赣、闽、浙、湘、粤、桂六个省区五十余个县域，仅存约四千羽。

上仙山岭之前，我知道七星山和仙山岭有非常多的白鹇，尤其在七星山，上山公路和峡谷常有白鹇出没。我几次欲上七星山，都因上山的土公路被封（雨季塌方），而不得上去。七星山无人烟，外人难以进入，成了白鹇的王国。张志刚的父亲曾跟我说，他年轻时去风水关南坡村子务工，东家把油茶籽塞在木板孔，放在山坞，用圈线吊白鹇，一个早上吊三五只。20世纪90年代，因法律禁止，再也无人捕猎白鹇了。出乎我意料的是，仙山岭竟然分布着黄腹角雉的种群，且是一个大种群。

古村有一家民宿，叫"岭上人家"。民宿主人姓黄，是横峰县姚家人。他五十多岁，面相忠厚。他花了三十五万买了栋土木结构的老房子，翻修装饰又花了八十来万。他说，民宿赚不了钱，当生态养老之所吧。我们喝了好一会儿茶，兜来转去，说到了黄腹角雉。他的房子前前后后都是茶叶地，他说：去十次茶叶地，至少有五次看见黄腹角雉吃食。我不知道他说的话是否贴近事实，但我在傍晚去茶叶地时，听到了"咯、咯、咯"的叫声。

张志刚的父亲在茶叶地侧边的老房子生活了三十余年，他常见黄腹角雉。他说：雌性黄腹角雉叫起来"咯、咯、咯"，雄性黄腹角雉叫起来"咯咯咯"，即使飞起来也叫声不止。黄腹角雉喜欢窝在稀疏的草地吃食。程松林是武夷山自然保护区管理局的高级工程师，长期研究武夷山鸟类及哺乳动物的分布、食性、繁殖和其他动物行为。据他研究，黄腹角雉的采食植物分属十一科十二属十二种，以植物叶、芽、花瓣、种子为食，采食嗜好具有季节性变化倾向，采食习性的地域性适应性较强。野外作业的红外线照相机拍摄到冬季的黄腹角雉，在猪母坑（地名，位于黄岗山，海拔一千八百米）吃南方铁杉幼苗。

在闽北和赣东，黄腹角雉被山民称作寿鸡，和山鸡一样，喜欢蹲在树上打盹。雄鸟的下体纯棕黄，腹部羽毛皮黄色，上体栗褐色，头顶黑色。三月中下旬，雄鸟发情，"哇哇嘎嘎嘎"鸣叫不歇，肉裙膨胀下垂，裙色朱红，翠蓝色条纹交错。在红外相机拍摄的影像里，我看到雄鸟求偶的镜头，立即捧腹大笑。雄鸟有复杂、规范、幽默的求偶仪式，或者说，专门的动作，炫耀自己的美丽和雄壮。它向雌鸟蹲伏，不停地点头，肉裙大幅度地膨胀，呲呲呲地长叫，翅膀扇动，低着头向雌鸟奔过去，翩翩舞蹈，肉裙慢慢收缩。雌鸟通体棕褐色，有黑、白、棕黄条纹。

黄岗山的黄腹角雉种群很神秘，多生活在密林之中，稍有人的动静，它便飞走。它谨慎，惧人。但仙山岭的动物种群，常到民房前后的荒坡、草地、茶叶地吃食，鸟也会"入乡随俗"。这也是一种进化。傍晚，我便绕茶叶地走一圈，期待"神迹出现"。

走完一圈，夜色来临了。这个过程十分美妙。山色昏黄，夕光退去，天空慢慢变得水蓝。抬头看看，天空高远，流云飞逝。鸟啾啾于野，即刻归巢。黄腹角雉也在此时归巢，它低飞于茶叶地，显得笨拙而优美。

仙山岭人早已不种田，家家户户种茶叶，也开办茶叶加工厂。最多的一户，一年卖五千余斤茶叶。他们卖自产茶和野生茶。茶叶都是高山茶叶，品质好，价格却低廉。种了茶叶之后，张志刚再也没上过望夫山和天门山了。山上的千年老杂树，没有被砍伐过,山神一样守着山。张志刚说。

因为是深山老林,黑熊、短尾猴、野山羊(中华鬣羚)也一直生活在山上。2017年夏,黑熊来到了茶园。茶园有四棵梨树,挂满了麻壳梨,无人采摘。黑熊爬上梨树吃梨。四棵梨树分属不同的户主,品种却一样。我摘了梨吃。肉脆味甜,但皮厚。张志刚说,黑熊爬树很厉害,坐在树丫上吃梨。

短尾猴在冬季和春季会下山,到村里找食物吃,吃玉米吃桃子吃无花果。冬季,食物匮乏,是短尾猴、白鹇、黄腹角雉等动物的"饥荒"时节。仙山岭年年盛雪,满山白雪皑皑。天太寒,阳光照射不足,雪难以融化。张志刚买稻谷、花生、玉米、水果,撒在野外。他骑摩托车上七星山,去茶叶地和白鹤寺,撒食物。

有关隘之处,皆偏僻。在没有通公路的时代,仙山岭是赣东最高最偏远的村落之一,出门爬坡,物资全靠肩挑背驮。在古村,老房子、石墙、石路,无不留下刀耕火种的痕迹。张志刚的父亲带我去看他的老房子。石是火山石凿裂的,墙是土夯的,木结构。院子完全破败了,荒草萋萋,唯美人蕉开得正烈,如一丛火焰。在十五年前,老房子以七万块钱卖给了外地商人。外地商人收了八栋老房子,一直闲置着,等政府拆迁收购,开发景区。

所有的老房子都被外地商人收购了。山下的乌石村有一个五户人家的小村落,叫桐子山,老房子价格翻到了六十五万元。"岭上人家"的黄先生也抱着这样的想法,收购老房子开发了民宿。我对黄先生说:政府不太可能开发仙山岭,因为这里是自然保护区的缓冲区,黄腹角雉是国家一级保护野生动物,黑熊、短尾猴、中华鬣羚是国家二级保护动物,南方铁杉、红豆杉是国家一级重点保护野生植物,香榧、金线兰是国家二级重点保护野生植物,只要它们栖息在仙山岭,这里就不太可能开发成景区。

我也不希望这里开发成景区,人来了,这些珍稀动物便无处可去了。

话又说回来,将来的事谁又说得清楚呢?

月照深山

庚子年11月1日下午，我陪散文家江子、郑骁锋两位大兄去铅山稼轩乡原阳山凭吊辛弃疾，又去分水关看闽赣边界。晚间，在武夷山镇吃饭。出餐馆，我陪骁锋去民宿宾馆。他喝得有些多，脚步踉跄。我扶住他肩膀沿河边走。走了几分钟，骁锋说：我在路边坐坐，恢复一下。他抱着头坐，我扶着栏杆看河水。

河叫车盘河，是铅河的上游，源头在仙山岭。河的两岸修筑了河堤，河面约二十米宽，河水激荡。月光也激荡。我仰头遥望月亮。在城市生活久了，我常常忘记头顶上还有月亮。

月出东山。月是圆月。我查看了一下日历，是农历十六，怪不得月如圆镜。但月并不明亮，被云层遮挡了。云层是散开的，像漂在海面的棉花团。月亮有时被云完全罩住，有时亮光四射。但即使被云罩住了，也透出晶白之光。

远山之巅，月在漾动。天气阴冷，斗转星移。高入云天的峰峦有七八个，呈尖塔状。最高一座峰是七星山山系的斗笠峰，像一顶尖帽斗笠戴在峰峦上。作为武夷山山脉的北部余脉，黄岗山之东北的连绵群山,是华东最雄伟恢宏的群山,没有之一。分水关是闽赣咽喉,是古代进入闽北的唯一通道,乃万里茶道起始之地之一。关南为闽,关北为赣。关口设在仙山岭与七星山之间的隘口,以东为七星山,以南为仙山岭。

在车盘河畔,可以远眺七星山和仙山岭诸峰。月色稀淡,山黧黑而深邃。山在沉睡。

骁锋坐了十余分钟,酒醒得差不多了。我们一起去酒店。酒店主人盛情,给客人泡茶。丁智兄陪江子、骁锋及他的两位兄长王剑峰、周振仁饮茶。在茶室,我坐了一会儿,一个人来到河畔。

我眺望远山。其实远山很空,黑黢黢,什么也看不清,轮廓倒是分明,如一张记忆中的脸。我越来越喜欢沉默。喜欢沉默的人适合凝视远山,人和山,彼此不语。

武夷山镇是群山环抱的小镇,坐落在仙山岭脚下。我数十次造访小镇及周边群山,但夜宿还是第一次。2016年夏季,我和丁智、张丽琴陪马叙、黑陶、耿立大兄,走的也是今日之线路,上原阳山凭吊、走江南古镇石塘、登分水关。那次更纵情。

在河口镇吃了午饭,去稼轩墓。辛弃疾(1140—1207,字幼安,号稼轩)在宋淳熙八年(1181年)冬,四十二岁时,归居上饶,筑屋舍带湖。1196年,带湖庄园失火,移居铅山,在铅河边的五堡洲筑园。瓜山下,结茅屋两间,引瓢泉煮茶,1207年秋,辛弃疾身染重病,卧床不起,农历九月初十,溘然离世,葬于阳原山,时年六十八岁。从卢家村进去,山峦如帷,山冈如门,有石步道入山坳。稼轩墓在一片油茶林里。我们采野菊,作揖。耿立和黑陶背诵:"郁孤台下清江水,中间多少行人泪。西北望长安,可怜无数山。青山遮不住,毕竟东流去。江晚正愁余,山深闻鹧鸪。"墓头开了一支蓝紫的迎春和一串淡色芫花,墓前摆了很多鲜花和水果。我站在墓前的台阶上,有些恍惚——汪峰似乎站在身边,胡楂长长的,戴一副眼镜,清瘦的脸有些刚硬,浑浑的,酒意深切。汪峰是我三十年好友,是江西当下最优秀的诗人之一,曾在永平铜矿做矿工,十余年前去了四川大凉山工作。我和汪峰、丁智曾多次来原阳山。诗人多飘零。我真是很想这个被大风吹散的兄长。此刻,我没听到鹧鸪,见短尾雉在油茶林嬉戏,嗦嗦嗦地叫。我叨念了一句"可怜无数山",心里有了很多的悲楚。

分水关下来,天色已晚。丁智安排我们到一个弃用的隧道吃晚饭。隧道有六公里长,水泥浇筑,阴气浓烈。桌上的人个个打了鸡血似的,很是兴奋,菜也不知道下筷子,一杯一杯地喝酒。大家开始轮流唱歌。我说了很多在铅山的青春往事。每一段往事都与爱情、诗歌、远方相关。我说,没有一个地方可以和铅山一样,存放了我那么多在大地漫游的青春。我大声朗诵汪峰的《梅》。我们的歌声(尽管五音不全,却轻易地打动了我)在隧道里,像突然而至的洪水,在密闭的空间里汹涌。这些年,我去了那么多地方,遇到了那么多人,大部分的人很快在我心里死去,而一直活在心里的人,和我一起感怀悲戚。在高山之巅,在阴凉的隧道里,我所想到的人都是我爱的人,都是我感受温暖给予温暖的人,体温会在某一瞬间融合,如同铁和铁一样铸造在一起。张丽琴唱《虞美人》:"春花秋月何时了,往事知多少……"歌完了,不喝酒的王俊开怀畅饮。我朗诵自己的《脸》:"多少年后,你已经不在人世，假如我还活着，我要去你生活过的院子里，探寻你停留的影迹，在树下，在摇椅上，在衣柜前，在书架边，我会久久伫立，感受你当年的气息……"

晚餐结束，出了隧道，我们返城。我对黑陶说："我其实不想来分水关，我忍不住悲伤，我的故人在这里走了，再也不回来。"说着说着，我双肩控制不住地颤抖，号啕恸哭。

与江子诸兄品茶至夜深，众人略感疲乏，回房休息。我洗涮之后，却困意全无。我披上衣服，再次来到河边。河畔已无人迹，路灯也熄了，河水更白，水声也更悦耳。云散了，月亮露出了胖胖的圆脸。星光却淡，隐隐而现。

月照之下，远山迷蒙神秘。月亮那么小，却可以照人间。分水关以北，在我青年时期，确实来得非常多。那个时候，有一帮人走山访水。汪峰、丁智、傅金发、张丽琴等，都是山水之客。在绵亘的群山之中，有气势磅礴的桐木关大峡谷。

2008年5月，暴雨之下，我陪北京、广州、南京等地作家第一次去了黄岗山峰顶和擂鼓岭。暴风猛烈，我们站在峰顶，草甸浮荡草浪。暴风吹得我站立不稳，摇摇晃晃。我们只得蹲在岩石底下躲避暴风。风摩擦风的声音，风摩擦岩石的声音，呜呜叫。叫声如狼嚎。我看到母狗獾带着七只小狗獾，慢吞吞地徜徉在茂密的草甸。暴风刮了十几分钟，暴雨来了。雨珠如豆。雨如一支支急射的箭，箭头没入岩石。岩石是红岩，体积庞大。在20世纪50年代，岩石被人挖出立方体石室，可居人。我们挨着身子，挤在石室避雨。在气候坐标上，黄岗山是气候分水岭。黄岗山以南为亚热带海洋性季风气候，有霜期短甚至没有，雨量充沛，夏秋燥热；以北是亚热带季风湿润性气候，四季分明，夏季高温多雨，冬季温暖湿润。武夷山山脉的北部余脉阻隔了台风，气候发生了变化。余脉的南部山坡与北部山坡，在植物分布带上也显著不同：北部多高大乔木，南部多灌木；北部多阔叶林针叶林，南部多混交林多毛竹。

我们去擂鼓岭时，也是暴雨。我们走不了原始森林，在农家小院度过漫长的上午。这是我唯一一次去擂鼓岭。当时，我很想去看望当地的胡平波老师。我不认识他。

1999年，我编报纸副刊。在一次诗会参选稿件中，我看到了"胡平波"这个名字，联系地址是×镇×小学。他参选诗歌写得很出众。我打电话给汪峰，说：雷鼓岭有个写诗的，很优秀，你找适合的时间，去看看他。汪峰那几年爱骑自行车，在铅山境内晃来晃去，寄情于山水。但我始终没见过胡平波，也没发过他的诗歌。他是一个籍籍无名的写作者，没发表过什么作品，也从未引起名家或名刊关注。在2004至2009年，"大散文"网站常贴出他的诗歌。

胡平波写作量非常大，才华超拔。铅山的朋友告诉我，胡平波离开教师岗位，在深山一间打铁铺打铁。我很惊讶。"打铁"和"打铁铺"是诗人们钟爱的诗歌现场和喻体。在现实生活，这种身份的转换，令我吃惊。我在网上还看过他打铁的照片，络腮胡，穿一件长布大褂，抡起大铁锤，砧铁火星四溅。

2010年4月，我离开上饶，前往安徽工作，不再关注江西诗歌写作。很多年里，我几乎忘记了有胡平波这个人，和汪峰及铅山诸兄聊天，也没谈论过他，也没看到他有诗歌见于网站。2015

年6月22日,他"跳"了出来,以死亡讯息占据我。我经多方了解,得知他于2014年3月30日跳楼自杀。我真是痛心,多么希望这是个假消息,是讹传。

事过经年,有几人还记得那个打铁铺里的人呢?

冷月沉寂,冬虫不吟。远山越发明朗,山峰墨青。清辉从苍穹透射下来,给人群山沉没海底之感。天空像个井圈,群山是井底的落石,月亮是那个少了好几圈的井盖,盖不住了,落进了井水。

没有隐去的星辰,寥落,纯粹,岿然不动。星星布在天上的阵势,每一天都不一样,如地铁下流动的人群。作为个体的星辰,在肉眼里,占据的星位是恒定的。

月照之下,山那么空,那么沉默。万物如迷。我却莫名伤悲。

深涧

　　四马岭有一片三五亩的野草地，草细如灯芯。深秋了，草茎深红，草头低低却开出淡红色的花。我不认识这是什么草。我从机耕道跳下去，脚深深陷入了泥浆。原来这里是一片烂浆田，无人耕种多年，长了密密的荒草。在黄家尖山峰之下的两个大山坞，都长满了这样的荒草，而其他山坞却没有。我拔了一根草，草根裹着厚厚的泥浆——这是一种泽生植物，在旱地不生长。烂浆田渗水，水溢进了沟里。沟很浅，但有半米宽，水积出了浅水洼。我找了一块硬石坐下来，洗脚洗鞋子。水太冷，脚一下子冻麻木了。太阳虽照上了山尖，但山坞还是阴沉沉，草叶上还盖着白霜。

　　野草地四周都是山梁，阔叶林墨绿油青。涧水在其中两条山梁之间淙淙流淌。涧水从哪儿冒出的？或者说，仅仅距野草地二十米之远就形成了水流了呢？我很好奇。我沿水沟往下走，却入不了涧沟。芒草和白背叶野桐太茂盛了，压满了沟。白背叶野桐又称桂圆树、狗尾巴树，叶半白半黄，悬在树丫上，给人飘零之感，似乎风随意一吹，它便掉落了。芒草上坠了很多发白的白背叶。

翻上机耕道,从一条窄窄的羊道下来,再爬上一个土丘,想找一个缺口下涧沟,还是下不去。灌木往沟里斜伸,密密匝匝。涧水在脚下叮叮咚咚,却看不见。土丘只有七八米高,一棵山胡椒树却有十余米之高,树冠婆娑,三只矮脚黄莺栖枝鸣叫。土丘侧边有一间矮砖房,是个小山庙。有山庙必有路,路长满了矮灌木。山庙被废弃了,至少有十五年。山庙只有半边瓦屋顶露出来。

土丘之下,有一个平坦斜长的土包,横陈了三根圆木,树枝完全腐烂了,树皮也开始霉变。我撕开一块树皮,木质新鲜红润。我看不出是什么树。树是被人砍倒的。我揣想,是孵(方言,孵即种植)香菇的人砍的。

上山之前,万涛对我说:有人上盖竹洋钓溪涧里的山龟。我只在影像里见过山龟,岩石般龟裂的龟壳、笨呼呼的憨态模样,让人忍俊不禁。在野草地一带,我溜达了一个多小时,想找涧沟的入口之处,却徒劳而返。

翌日,早早吃了午饭,我对万涛说:我们去探一下溪涧,往下走,走到山底,看看有没有山龟。

从古银树下去,是一条石板路。石板路仅容身一人,从菜地边斜插下去,弯过十几块山田,入一个芒草扎堆的山谷口。石板路因年久失修,石板松动,坑坑洼洼,有很多羊粪。羊粪黑黑圆圆像丸子。站在山谷口,我有些犹豫——本没有路,芒草被人撩开,脚踏上去,草往两边倒,被踏平的草根变成了路阶。松雀鹰在头顶上盘旋,呱啊呱啊。我拽着一把芒草,脚踩在草根上,一步一步地往下移。涧水咕噜咕噜地响。我回头望望,芒草茂盛的地方不是山体,而是山田的石墙。石墙无人烧荒,草成了墙垛。石墙陡峭,有十余米高,我惊出一身汗,死死拽住草。

其实,在两条山梁的交叉处,山体也非常陡峭。但灌木非常密集,树与树的枝杈混杂在一起。我抱住树,山猫一样弓着身子钻过林子。蔷薇科的野刺缠在树林,东一条西一条,像一张战地钢丝网。拉一根野刺,手背或脸上留下一个刺口,刺尖扎在肉里。

下了三角形的坡,是平坦的山谷。涧水在流淌。我伏下身子趴在一块石头上,掬水洗脸,掬水而饮。我不是口渴,我品水。溪涧约半米宽,水没脚踝深。水面腾起白白的雾气。水不冷,有些温温的热。水清冽而甘甜。

水沟也是石沟。石块较为平整,被水铺设在适合的地方。石块来自山上,被山洪冲了下来,翻滚、搁浅,再翻滚、再搁浅。石块在窄窄的水沟颠沛流离。水就是石块的命运。命运安排了石块。大石块之间塞着鹅卵石,没有鹅卵石的缝隙淤积了白沙。水撞击着每一块石头,发出了柔软优美的声音。一块巨大的石头(饭桌一般)竖在水沟中央,堵死了水沟,形成了浅潭。潭水泻下来,有了一帷白白的水帘。

水漫过鹅卵石,咕咕叫,像抱窝的山鸡在幸福地低吟。白沙在鹅卵石形成的巴掌大漩涡里,翻来滚去。似乎漩涡不是漩涡,而是一小锅水被烧沸了,水在翻滚,白沙也在翻滚。滚了好几圈。白沙被水带走了,冲下来的白沙又进入了漩涡,往复翻滚。

我翻开石块,石块底下有好多水虫子。水虫子有两排脚,密密麻麻的脚如麦穗。溪涧是一个神秘的昆虫世界。夏天,山底下的山民背一个长腰篓,入夜后来溪涧捉棘胸蛙。棘胸蛙又叫石蛙、石鳞。赣东人称它石鸡。石鸡喜阴凉，食昆虫，栖息在海拔六百至一千五百米的溪边岩洞、石缝，霜降之后冬眠，水温高于十二度出来觅食，昼伏夜出。"咕、咕、咕"，石鸡叫声低沉，如醉汉打酒嗝。捉石鸡的人听到"酒嗝"，手电照过去，石鸡一动不动，呆若石头。溪涧为石鸡供应着美食。石鸡又是野猫、林鸮、猫头鹰的夜宵。

陡峭的溪涧藏不了鱼，鱼很难生存。但并非无鱼。壁虎鱼仅栖息于此。壁虎鱼形如壁虎，鳍如蹼趾，吸在石壁上，以水中昆虫和浮游生物为食。但在这条溪涧，我并没找到壁虎鱼。

山谷被两边的山梁挤压，呈带状。沟ానా倒下很多乔木。倒下的乔木仅有钵口粗，枝杈腐烂，树皮脱落。湿气太重，死树易于腐烂生菌。这是一个真菌世界。虽是深秋，不是菌类生长的季节，但夏季长出来的菌类，无人采摘，枯在树上。

在森林，我很少注意到菌类和苔藓。但这次，我注意到了。苦槠、枫香、茅栗、栲树、冬青、青冈栎、枫荷梨等，都是真菌喜爱的树种。山民抚育枫香树，砍伐下来，孵蘑菇。真菌是生物圈中非常重要的组成部分，是一类以孢子繁殖，不含叶绿素、细胞壁，含几丁质的真核异养生物。人类对真菌的认识非常有限。它是分解死亡生命的重要一环。

野生可食菌类是人间珍馐之一。但我对菌类的辨认能力非常有限，仅仅认识不多的几种，大凡以蘑菇、木耳统而称之。盖竹洋这条溪涧，菌类有多种。昨日土包三棵倒下的树，长了一层层的黏靴耳。黏靴耳如贝壳，白如玉兰，菌褶延生。夏初生，味鲜美，泡水如银耳般柔滑、半透明。但孵木耳的人并没来采摘，它便枯在腐木上。枯了的黏靴耳蜕变为铁锈色,脱水后,菌朵缩小且变硬。我搓了几片下来,捏着把玩。

山谷涧边倒下的树,我看到了子囊菌类的橙红二头孢盘菌、亚炭角菌,伞菌类的平盖靴耳、金黄鳞盖伞、赭黄裸伞、簇生垂暮菇,胶质菌类的皱木耳、黑木耳、黑耳,珊瑚菌类的杯冠瑚菌。这么多菌类,枯在腐木,真是可惜了。可能是山太高,也可能是夏天山谷毒蛇太多,山民难得上山,遗忘了它们。

由于气温高、湿气重,大部分菌类在夏季生长,而且繁殖惊人。在混交林、针叶林,无论在树上、树根部,还是地上腐殖层、腐木上,菌类丛生。苏纲青是我朋友,算个美食家了,每到夏季,他上山采蘑菇。他有了鲜蘑菇便邀朋呼友小聚。我不敢去采,因为我辨识不了菌类是否有毒。

菌类毒性是如何产生的?至今是个谜。科学家还无法透彻解释,这是我上庐山时林学专家张毅告诉我的。

从形、色的角度说,自然界中,可以与花媲美的有三种:鸟的羽毛,怒放的菌类,昆虫的翅翼。尤其是伞菌,尖顶粉褶菌、白微皮伞、脱皮大环柄菇、日本胶孔菌、辣多汁乳菌、易碎白鬼伞、长条纹光柄菇、嫩白红菇等,它们从土中(腐殖层)或腐木破层而出,撑开小圆伞,绽放出极致的素美。

鸟、昆虫、爬行动物,以及小型哺乳动物,都离不开菌类。它们不但爱吃菌类,更爱吃菌类四周的昆虫。山中所见,大部分菌类有毒,甚至有剧毒,动物是如何分辨谁有毒谁无毒呢?吃了有毒的菌类为什么不死呢?我不懂其中的道理。动物凭气味分辨吗?动物比人更强大之处在于:个体的哺乳动物有医治自己的能力,就近采食草药解毒,而人必须借助集体的力量解决个人的困境,唯一的方法就是去医院就医。

山谷处于混交林地带,有乔木有灌木,有针叶林有阔叶林,还有竹林。溪涧边以乔木林为主,空隙之处有许多矮灌丛和草坡。虽然是深秋,但树叶尚未飘零,落叶树的叶子处于转黄转红阶段。坡上有灌木、松木、杉木,以灌木居多。而不多的乔木却粗大,高出了山谷的阴面。在一棵斜倒在山坡的巨木上,长了叠瓦状的环带小薄孔菌,菌盖树腰。我掰了掰,菌干硬,和树皮胶合在一起。

水中石块光滑,露出水面的部分生了油绿的苔藓。白沙在水旋转的地方回旋。有的石块内凹,积了沙子,菖蒲于此生根。把这样的石块搬回去,随意往木桌摆放,便是绝佳盆景。但没有人搬——走路都艰难的山谷,谁会搬一块石头呢?

两只鸟在水中洗澡。什么鸟呢?看不清,黑黑的羽毛,像乌鸫也像噪鹛。有许多鸟爱洗澡,像姑娘爱梳洗。鸟不怕冷,何况太阳已经照入了山谷。开阔处,有一片枫香林淋着阳光,黄黄红红。我和万涛不约而同地惊呼了起来。在阴面,看见被阳光照射的树,光线出现了奇异之美。这时我才发现,山谷很少听到鸟鸣,偶尔有几声啼鸣传来,也是清脆、孤怜、短促的。除了涧水汤汤之声,别无他声。哦,还有我和万涛的脚步声。我们似乎有了默契,都不怎么说话,生怕人语打扰了山谷的清寂。射进枫香树林的阳光,加深了这种清寂。我便觉得,阳光是清寂的,或者说是清寂的一部分。树和树叶也是清寂的一部分。微风中树叶晃动的声音,也是清寂的一部分。南朝梁国诗人王籍有诗《入若耶溪》:艅艎何泛泛，空水共悠悠。阴霞生远岫，阳景逐回流。蝉噪林逾静，鸟鸣山更幽。此地动归念，长年悲倦游。他把"山幽"写出了哀痛。我觉得他尘念太深。想归隐就归隐去吧，何必活得那么悲苦呢。人就是那涧沟里的石头和白沙，凭水摆布，冲洗冲刷，还得每年遇上山洪暴发。

做了两次准备，我想下到枫香树林。相对于山道，林子在低洼地。山道边的山坡太陡，灌木太密，下不了脚。我只得站在山道看林子。我心里想，若是去了枫香树林，肯定会有美好的发现或美妙的体验。林密树高，但树并不粗，大多是碗口粗。树直条而上，挺拔直耸。它们在争夺宝贵的阳光。在秋冬季，即使晴好之日，这片山谷的日照时间也不会超过三个小时。其实，每次进入森林，我便很讨厌英国生物学家查尔斯·罗伯特·达尔文（1809年2月12日—1882年4月19日）。我讨厌他提出的进化论，让人类的"丛林法则"合理化。阳光均撒树林，竞相成长。它们共生在一起。最好的法则便是"共生"关系。

出了这片山谷，山梁往外张开，豁然开朗，一个巨大的更深的山谷出现在了眼前。山谷之下是一个叫畈心的村庄。涧水喧哗，飞泻而下。山腰上，被挖了的竹林，露出新鲜的黑土（腐殖层）。这些日子，山林里有许多挖冬笋的人，还有许多砍毛竹的人。毛竹横七竖八地堆在山道边。出了竹林，山道陡然收窄，大坡度而下。山道被雨季的雨水冲刷出了深深的坑道——山道成了临时泄山洪的河床了。我才辨别出来，山体都是焦土，十分贫瘠。在这样的山上长出高大乔木，真是难为树了。像贫民窟的孩子长得圆滚壮实，真是没有辜负了食物的心愿。植物并不嫌弃泥土是否贫瘠，只要落地生根,枝伸叶展,它就有办法"化腐朽为神奇"。我们就说非常普通的枫香树,在不积水的地方,无论是在变质岩、砂砾岩、泥岩、粉砂岩,还是在碎屑岩、花岗岩等山体,枫香树的根像钻头一样往下探,根须四散,尽可能汲取土层养分。我们看到山上的枫香树,没有哪一棵是病恹恹的。槭科树的生命力更强大,在岩石缝也能长得尽可能高大。

山道太窄太陡,我只得一步一步,以后退的方式走下去。右边的山上是针叶林,但略显稀疏,蕨类植物覆盖了山体。左边的漏斗形山谷,长着青幽的阔叶林,间杂着不多的毛竹。溪涧藏在阔叶林之中,流淌声隆隆隆。山谷有了震耳欲聋的回声。

到了山脚下,溪涧被引入两个巨大的圆形水池——畈心人饮用水的蓄水池,村民用水量不大,漂缸(方言,漂缸即水大量溢出水池)得厉害,哗哗直射,注入畈心溪。作为一条山涧已终结,和别的山涧水汇合,化为溪,淌过十里山湾,流入丰泽湖。我看了一下时间,从海拔八百米涧水源头而下,我已走了约两个小时。山道不是很长,却难走,且我走走停停。当地山民徒步下来约需四十分钟。我并没有看到山龟。或许是深秋,山龟已冬眠了;也或许山龟本来就是很懒的动物,喜欢藏在石洞里。其实,山龟是十分神秘的动物。漫画家丁聪总结自己长寿经验:多吃肉少运动。十余年前,我在报纸上看到老先生这个访谈,忍不住哈哈大笑。聪老先生的长寿秘诀,是不是来自山龟呢?

在五府山山脉,我发现溪河(畈心溪、金钟溪、甘溪、毛源溪)的河床都堆满了石头。石头一般是桌子大,或鹅卵石饭碗大。石头来自山上,被洪水带了下来。顺溪而下,徒步五华里,到了上盖竹洋的马路口。这里是中心村畈心。万涛说：我们登山回盖竹洋。他体力充沛，又常在户外走，不惧登山。

还是等车，请一辆车带我们上山。我说。

盖竹洋是空壳村，无车上山。一辆带货的电动车开了过来，我招了招手，司机停了下来。我说：带我上盖竹洋，付你钱。司机看了看山，不说话，发动车子，开走了。过了半个小时，又来了一辆电动三轮车，我直接招呼司机：给五十块钱，送我上盖竹洋。司机很愉快地收了钱。上山的马路太陡，颠簸得厉害，我的腰都被颠得裂开了。万涛说：十五分钟的山路，给五十块钱，给多了。

在盖竹洋，我喝了一大碗热水，疲乏一下子消退了。我又去野草地。在傍晚时分，鸟，尤其是雉科鸟，会去那条浅沟里喝水。我得把自己藏在林子里，看鸟喝水。

浅沟的水很羸弱，几乎流动不起来。这里是溪涧的源头。溪涧汇集了两道山梁的渗水，有了汤汤之流。溪涧的流程也是收集水的旅程。大河大湖也因此形成。

对于一座山而言，溪涧非常宝贵。涧流声与鸟鸣、风声、雨声，合奏了自然之声。溪涧还造就了自然生命世界的丰富性。

树冠之上是海

　　暮色在 16 点 50 分开始垂降。暮色不知是从哪儿垂降下来的。黄家尖的山峰上，仍是橘黄色，阳光有些粉油。山梁上的竹林浸染在夕光之中。山影覆盖的山垄，有蒙蒙的灰色。灰色是有重量的颜色，压在树梢上，压在草叶上，山垄变得有些弯曲。

　　黑母狗站在窗户下，伸长了脖子望着皂角树。三只狗崽支起前身，躲在母狗腹下吮吸奶水。母狗的脖子上，拴着一条白色金属链，它扭动一下脖子，链子嗦啷嗦啷作响。狗崽滚胖，母狗却骨瘦如柴。半月前，母狗生下七只狗崽，陈冯春知道母狗奶不活这么多狗崽，他提一个竹篮，随手抱走四只，拎到山下人家。抱走的四只狗崽还没开叫，眼睛还没睁开。万涛问陈冯春：后来，那四只怎么样了呢？我说，这就是命运，与人一样。母狗的眼睛乌溜溜，透出深灰色的光。这是远山的颜色。远山浮着一层烟霭一样的雾气。由南而北的峡谷，锁住了群山。交错的山垄沉在夕晖之下。

　　晚风从山梁而下，盖竹洋（地名）涌起了寒意。我找出毛衣穿上身。陈冯春的爱人在烧菜。屋内已漆黑，只有厅堂还残留着薄薄的天光。因为这里不通电，只有在灶膛可以看见非自然光。我进去烧灶膛，添木柴。木柴是竹片。我劈开干燥的长竹筒，把竹片塞进灶膛，火一下子扬起来。我对陈家大嫂说：可以点蜡烛了。陈家大嫂喊：冯春，太阳能灯可以点起来了。

院子里的三个太阳能灯，亮起来了。灯光有些惨白，很淡，甚至还看不见射出来的灯光，只有灯罩周围吸着一团毛茸茸的白光。三盏灯，看起来，像三朵白棉花。厨房的太阳能灯挂在墙壁上，挂得有些歪斜，光也歪斜，照不进锅里。

"菜上桌了，大家吃饭了。"我吆喝了一声。

厅堂全黑了。屋外的灯，只照得到门槛。陈冯春从厨房拉出灯，挂在柱子的铁钉上。灯没亮出瓦数应有的亮度，扑在柱子上，如一只发出荧光的白鼠。我们围着简朴的八仙桌，一餐饭很快吃完。吃完了，大家仍然围在桌边。因为一个屋子里，只有厅堂有灯光。山野清静了，竹鸡的叫声显得更悠远嘹亮。南边的混杂林里有两只竹鸡在叫，"嘘叽叽，嘘叽叽"。早上，竹鸡也叫得早，天刚刚亮，它们就亮开了嗓子。竹鸡一窝窝生活在一起，少则三五只，多则几十只。一窝竹鸡盘踞在一个林子里，一起外出觅食，成群结队。

我凝视着柱子上的灯，长久地凝视。事实上，我并不惧怕黑。但我渴望满屋子荡漾着灯光。那样，我会有一种被温暖包围的感觉，不会有悬空感。深度的黑暗，让人悬空，如漂浮在水流上。灯光散发天然的母性。诗人郑渭波写过这样的诗句：升起一盏灯，我不再渴求光明。诗人在黑暗中住得太久了。在黑暗中久住的人，生活形如地窖。灯慢慢亮开,如昙花在盎然怒放。我在城市生活得太久了,没有哪个夜晚离开过灯光。在灯下,喝茶、翻书、上网,即使是散步,也在灯光明亮的人行道或者公园里。灯光是我们亲密无间的伙伴。我们从没在意过灯光。灯是那么普通,一个玻璃外壳,里面弯着几根细钨丝,钨丝发热,光散了出来。灯是屋子的心脏。

闲谈了一会儿,万涛回房间睡觉了。我看了一下时间,才18点50分。我们同睡一个房间,他睡帐篷,我睡旅行床。旅行床是折叠床架支起的布垫,睡起来往下凹陷,不好转身,头也往下垂。陈冯春拎了一个充电应急灯,竖在旧沙发靠背上。我晃晃拇指大的手电,说,不需要灯,有手电。万涛打开充电宝台灯,阅读2020年第6期《天涯》杂志。在高海拔的空心村,有人阅读《天涯》,这个人无疑太奢侈了,内心高贵。我把台灯关了,说,电很宝贵,留着手机充电吧。我铺好床,却不想睡。我站在院子边的篱笆下,仰头望星空。

四野清朗,山影黑魆魆,山坳中的梯田却明净,也愈加开阔。我也不知道是什么鸟,在"铃铃铃"叫。田边有两棵喜树,长在田埂下的一块草地里,蓬勃青绿。叫声就是从喜树发出来的。鸟的体形可能较小,因为鸣叫声既轻盈又悦耳,像一对风铃被风徐徐吹动。星空似乎很低矮,如蓝手帕盖在山顶。

星星如一只只萤火虫,在天际发亮。光越来越亮,亮出水晶体的白色。月亮还没出来,即使要出来,也要等到凌晨,月也是残月。农历月末,月亮藏在一个深不可测的水潭里,还无人把它捞出来,也没有鲤鱼把它衔来。萤火虫越来越密集,从蔚蓝水幕爆出来。水幕如一个蒸锅玻璃盖，火在蒸锅下噗呲噗呲地烧，水慢慢变热，蒸汽凝结在锅盖上，凝成水珠。水沸腾，水珠密密麻麻，一滴一滴落回蒸锅里。玻璃锅盖上的水珠，透明、纯洁、朴素。星星就是水幕中的水珠。如果我把手捂在锅盖上，手会很快发热，热量沿着我的毛细血管网，进入筋脉，传遍全身。如果我伸出手，可以掬满手的星星，我想，也会全身燥热。可星光照下来，冷冷的，霜一样降下来。我把火盆端到院子，依偎着火光。炭火微弱的红光扑在脸上，有热泪滑落之感。

皂角树高大，树腰之下，爬满了藤条。皂角树是落叶乔木，在晚秋，它太空落了，只适合挂星星。星星在光溜溜的树梢上，亮晃晃。两棵银杏树发出簌簌之声，叶子纷落。

有些冷，我坐不住。我躺在床上，听万涛节奏有致的鼾声。"怎么这样安静呢？什么声音也没有。"万涛说。他并没熟睡。我说，夜声是很难察觉的，到户外就可以听见。

迷迷糊糊地，我们都入睡了。我们暂时忘记了这里是茫茫大山。

"你听到叫声了吗？这是什么声音？"万涛坐了起来。我说，没听到，我正在做梦，梦见一个高高的山崖，我坠了下去，一只鸟飞来，把我驮走了。我穿起了衣服，打开略显破旧的木板门，一阵冷风涌了进来，随风一起涌进来的还有星光。我裹紧了衣服，站在屋檐下。我看了看时间，是凌晨两点10分。

星星大朵大朵地开在苍穹的崖壁上。那是一些白灿灿的毛茸茸的花，歌谣一般的花。我知道，那是一群天鹅，飞往天庭，越飞越远，影迹杳杳，留下一粒发光的背影，但不会彻底离我而去。南边山梁下的山谷，发出了"噢哦，噢哦"的声音。声音清脆柔和，有一股爆发力。我对万涛说，这是山麂在叫。山麂四季都会求偶，有胎不离身之说。山麂生了仔仔，很快会求偶。山麂的觅食范围一般在六平方公里以内，可雄麂在求偶期，会去三十公里外会"情人"。雄麂发出的求偶声，可传三公里之外。这是一个叫驼子的猎人告诉我的。

"要不要去田垄看看？那里肯定有野兔在吃草籽。"万涛说。

"这一带，野鸡非常多，说不定野鸡藏在田里。"

我们打起了小手电，起身去田垄，忍了忍，还是没去——露水太重了。地上湿湿的，屋檐台阶湿湿的，我的额头湿湿的。露水不知不觉湿透了草木。我摸摸竹篱笆上的竹竿，水吧嗒吧嗒落下来。露水在凝结时，顺带把星光也凝结了。每一滴露水，都闪烁着光。聚集又分散的星星，像冻在高空的雪花。

"月圆之夜，在盖竹洋看星空，可能会更美。"我说。万涛不说话，仰着头看天空。

"月太明了，星光会弱一些。"我自嘲。

我站在皂角树下，望望四野，素美而清冷。四野都是树冠。山是树冠堆叠的地方。树冠遮蔽了庞大的山体。比山体更壮阔的是树冠。上午走山谷，我和万涛从古道而下，穿过一片芦苇茂密的山地，下到了山坞。这是一个极少有人深入的山坞。溪涧湍急。我们很难看到大块的天空——树冠屏蔽了阳光。我们走走停停。枫树，栲树，冬青，鹅掌楸，苦槠，水杉，杉松，大叶栎……它们都有着高大的树冠，或如圆盖或如卷席或如草垛或如阳伞。

星夜之下，树冠支撑起了大地的高度。

夜寒。我们又继续睡。可我怎么也入睡不了。我眼睁睁地看着木窗。木窗半开,风冷扑扑。也可能是沉默的群星,在不停地唤人。山中冷夜,我们可以听见星星的呼喊声,声声慢的呼喊声。溪水般的呼喊声,星星是一群白鹭,在树冠夜宿。树冠是它的帐篷。天亮了,它们悄然离去,随夜色离去。它们在离去时有着长调式的鸣啼。在夜宿时,它们以风发声,以树叶发声。

凌晨5点15分,我起床了。睁着眼睡觉,比梦魇还让人难熬。我倒了一杯热水,抱在手上。天深灰色。天光一丝丝渗出来。远山朦朦胧胧。"坤坤坤",一只鸟在涧边枫树上叫。我不知道是什么鸟在叫。它的叫声像敲钹。鸟鸣声惊散了群星。星星藏在深海万米之下的海底,水光漾了出来。落下的星星不是消亡,而是退隐。星星不会死亡。在亘古的大海中,一颗星星就是一座岛屿。岛屿不会沉没,而是不露峥嵘。失散的人在岛屿上重逢。

以露水为马,驭着星星,穿过了长夜。

与露水相遇的人,也与星星相遇,追随大海,浪来涛去。

空谷

　　山谷弯弯折折如盲肠,山坞连着山坞。我去了一次又一次。其实,它只是五府山山脉数百个山谷中一个普通的山谷。

　　峡谷口如一个敞开的口袋,有几十亩稻田。大多数的稻田已撂荒,有的被水淹了,成了小野塘;有的成了泽地,长满了菰草;有的成了旱地,被地锦和牛筋草所占领。没被撂荒的稻田,种上了各种蔬菜。乌鸫、卷尾、白鹡鸰、山麻雀等成群地在荒田吃食。它们的巢筑在山边的灌木林。三月,雨水洋洋,草在田水下泛青,稀稀朗朗,不多的草芽浮在水面,被水荡着。旧年的枯草衣也被水来来回回荡着。失群的白鹭在站在田中央,也不专注觅食,偶尔仰起脖子,不知所望地叫着,嘎嘎嘎。

　　茅荪抽绿,新绿被枯叶一层层地包裹着。枯叶顺着风,向北倒伏。绿似乎抽得很艰难,绿中透出浅青浅黄,一株茅荪抽出卷筒状的两片叶。小蝗莺一窝窝地藏在荪丛里。荪叶沙沙沙地抖动,秆子在瑟瑟地摇晃。扔一个石头过去,小蝗莺呼噜噜地飞向山边芒草。两条水蛇惊慌地游出来。三月的雨水时盛时歇。雨抽丝,抽密密的丝，被暖风揉成一团，雨团又被风捏碎，成了齑粉，空空蒙蒙，撒向各个角落。雨歇，太阳晕黄，油粉粉。新绿要不了半个月，吞噬了枯叶。它们怎么长得那么快呢？苏叶油油。主茎如春笋的速度往上长，一节一节地拔，一个节抽两片叶，而枯叶从茎节上烂，霉变发黑，落入水中。万物生长可能是这样的吧：将生长的便加速冒进，将死亡的便加速败退。这是一个同时进行的过程，也是一个彼此映照的过程。生长的与死亡的，以最近的距离逼视，彼此守护。

秧鸡在小池塘、烂田、泽地出没。清早，在某处草丛，秧鸡亮起嗓子咕咕咕地叫。一声一个单音节：咕——，嗓子眼如塞了棉团。似乎秧鸡不是为了啼鸣，而是想咳出棉团，以至于失去了情韵，让人觉得秧鸡不解风情——呆如木鸡。其实，秧鸡是一种很活泼的涉禽，在近水的灌丛或草地或沼泽地栖息，红喙如长夹，黄腿如长弦，走步飞快。它很隐蔽地吃食。吃虫蛾，吃螺贝，吃鱼虾，吃蛤蟆青蛙，吃蜗牛蜓蚰，吃蜥蜴蜈蚣。它的身子胖墩墩，但轻巧。乡人不识秧鸡，把秧鸡当作野鸡之一种，称之水野鸡。水沟里的紫堇花刚开，红红绿绿，一丛丛，铺满了视野。秧鸡从远方迁徙而来，在草叶茂盛的地方，筑巢、孵卵、育雏，度过漫长的夏季。

咕——咕——咕——，正是秧鸡的求偶声，它在召唤伴侣。仔细听听求偶之声，会发现，秧鸡是一种羞涩的鸟。它张起了翅膀，在草泽中抖着暗灰褐的翅膀，跳起了捕虾舞。当苏长出了茭白，秧鸡便有了自己的小家族。它们列队出来觅食，从草窝嗖嗖嗖地跑出来，嘎儿嘎儿嘎儿嘎儿地叫，声音短促激烈。秧鸡叫一声，仰一下喙，叫声如电音，震动人心。

小秧鸡破壳了，小池塘和泽地的荸荠长出了青苗。小池塘是个空塘，无人养鱼也无人种藕。乡人清理田埂割下来的野刺野藤，便扔在塘里。藤刺硬质，被水常年泡，皮和刺霉变发黑脱落，成了硬邦邦的干条。干条是翠鸟和白颈鸦的捕鱼台。塘里有许多野鱼，小如羹勺。鳑鲏、白条居多。翠鸟或白颈鸦站在干条上引颈高歌，或作冥想状，见了鱼，以迅雷不及掩耳之势，一个俯冲，叼上鱼，远飞而去。塘泥之下，多泥鳅和黄鳝。木匠老五在无工可做时，拎一个鱼篓，蹲在塘边，用针头麻线钓黄鳝。

无荷无菱的塘，空着，多么可惜啊，在燥热的夏秋，塘面还浮着萍。一个浮着萍的塘，无由得让人伤感——旷无，是人的晚境之一种。我去菜场买了二十多斤荸荠，在春分之日，撒向池塘、泽地。零零散散地抛撒。荸荠是莎草科泽生植物，烂贱易生。烂贱之物有着极强的生命力，端午之后，塘面和泽地漾起了葱白色的荸荠花。入冬了，有村中妇人提一个篮子来挖荸荠，布巾裹着头，蹲在泥地，翻出泥。荸荠是挖不完的。荸荠往地下扎根，落下的茎块、根须和根兜在来年都会发芽。即使是剥下的荸荠皮，也长根发芽。

池塘边的一座无人山庙，破败了。但庙侧的一棵桃花开得十分夺目，在千米开外可见。这棵桃树，我也不知道是谁种下的。谁这么多情这么修心呢。桃树栽在密密的油茶林中。桃树是乔木，长得高，盖过了油茶树，花枝便雨伞一样婆娑撑开了。桃熟了，也无人采摘，桃树成了鸟树。鸟是桃树上的另一种花朵，啾啾喳喳鸣叫的花朵。鸟以伯劳、鸦雀、姬鹟居多，吃桃胶和桃胶粘着的昆虫，吃桃肉。桃树是鸟的筵席。红蚂蚁在山庙墙根下筑窝，来到树上吃桃子。红蚂蚁密密麻麻地爬出一条红线，翘起上颚，举着鲜白的桃肉，往窝里搬。搬着搬着，被鸟吃进了嘴里。吃得半空的桃子，要不了两天，烂了，落在地上，浆肉四溅。山麻雀在树下安静地吃着。没吃完的桃子留给了虫。

与桃花开得一样艳丽的，是野山樱。十年前，我在山谷，只看到五株野山樱：谷口右边山崖一株，山腰一株，山谷坳口一株，泉水井坳口一株，石岩山沟一株。在野山樱开花的时候，只要站在山谷沟的石道上往山上眺望，便能一目了然：花艳艳，堆在一棵树冠上，草帽状，树叶全无。这是野山樱独自灿烂的时候。在立春后它即开花，花期比桃花早一个半月，山野还是萧黄糅杂，落叶树尚未发青，野山樱便涌泉一样喷出了花朵。它给人一种暖烘烘的感觉。识得野山樱的人并不多，以为那是野桃树，说：野桃树开得真野啊，烧得眼睛发亮。它和白菜花、萝卜花、春菊等，都是迎春的花。它们是春天的报讯人，举着花盏，站在山间或田头，冷冷瑟瑟告知春的消息。野山樱花期很短，十来天便谢了。野山樱初开，红得绚烂，阳光越烈越红越盛大，时隔三天，花色渐变为白色，花瓣如丝绸，水分饱满，失水后生出淡淡黄。南风吹来，花飘向山野。百花将开，山冈欲燃。

石岩山山腰上有了成片的野山樱丛林。虽然树不高，但花覆盖了半边山体。我不知道野山樱是如何繁殖的。可以确定的是，种子繁殖是野山樱的主要繁殖方式之一。有一个好心人，想把山道两边坳口的杂木清理一下，砍得干净一些。我得知后，赶紧制止了他。我说，山谷有野山樱和垂丝海棠，泉水井坳口有垂丝海棠，哪舍得砍啊，再说了，灌木茂盛了，山泉水也就丰沛了。

有一次，我看见西边山腰上有一株野山樱盖了好大一块地。我估算了一下，树冠簇拥的繁花足足覆盖了一亩地。这要多大的树呀。我没见过这么大的野山樱树冠。我一个人登山上去，探寻那棵野山樱。这是久雨之后的晴朗天，山涧咚咚，山地有些湿滑。我登上了山腰，浑身汗湿。野山樱长在一块废弃的番薯地上，树干如圆木桶，在三米之上开枝，斜张而伸，一层叠一层，树形呈塔状。我暗暗责怪自己：这么粗大的野山樱，以前怎么就无视呢？

山谷两边的山上，除了松树杉树板栗树泡桐乌桕树，我没见过胸径超过一米的树。这棵野山樱的胸径约有一尺，算是野山樱中的"巨无霸"。树藏得很深，尤其在无人踏足的山上，会躲避人的眼睛。一棵有年份的树，其实就是无问岁月的隐者，隐去自己的身份，隐去自己的繁茂，隐去自己的过去和将来。野山樱也算得上是"怪树"了吧，尤其在山石嶙峋的贫瘠山上，虽然长得很慢，但繁殖力旺盛。

走在山谷，有时我会想，桃花是属于凡间的，野山樱花是属于三界外的，有着不食人间烟火之美，它和飞鸟、游云、林中水滴，彼此引为知音。我又猜想那个种桃树的人，可能他觉得破败的山庙不属于山，是人世间的一部分，确实需要一棵桃树陪伴。

溪涧穿过谷口，流向不远处的田畈。溪涧约两米宽，埋在沿途的灌木、芒草和藤萝之中。不见溪水，叮咚之声盈耳。有一个牧羊人，在山谷口进去的山峦转弯之处砍了藤木，筑坝蓄水，供人游泳。天热，孩童在水里嬉闹半天，扑通扑通地扑水花。右边山坳是茂盛的茅草。我知道，环颈雉常出没在山坳——有四个环颈雉家族在此安生。

山脚是两条溪涧的汇流之处。南边狭窄的山道通往更深的田畈心村。山道已多年没有人行走,被灌木和芒草遮盖。我尝试去走走,走不出百米。灌木比人高,密匝,野刺多。据牧羊人说,深山里的杂木成林了,比钵头还粗,野猪和山麂四处乱跑,随时可见。他有一只羊乱跑,跑到了深山里。羊是母羊,在杂木林里产了两头羊羔。他去找羊,在溪涧的源头看到一头野猪有三百多斤。大野猪带着六头小野猪在拱地找食。他爬上树,躲了两个多小时,待野猪离开了,他才抱着羊羔下山。他说,他坐在树上,双脚发抖,粗气也不敢喘一口。

汇流之处有两个平缓浅潭,是山洪在悬崖处飞流而下冲刷走了沙石,形成了潭。潭两边各长了油茶树,斜溢的树冠遮住了潭顶。有乡人在潭中见过半斤重的娃娃鱼。我羡慕得要死。我裹着头巾,钻进藤萝和芒草丛生的溪涧,去寻找娃娃鱼。我能看一眼娃娃鱼的话,我太满足了。草太盛,锯齿状的草叶割脸。我钻出溪涧,满脸淌血,衣服上粘着横七竖八的蜘蛛网。我徒劳了半天,只看到了一条大水蛇。当然,我发现了更让我入迷的事情:山鹪莺和苇莺的鸟巢,挂满了芒草和灌木。这是非常隐蔽的鸟巢。走入山谷,鸟语盈耳。扇尾莺科、蝗莺科、柳莺科、树莺科、莺鹛科、噪鹛科等鸟类特别多。它们大多是体形较小的鸟,大多在山缘地带、低地林草地带生活,善飞,成群结队,叫声非常明亮、清脆、婉转。所以,每次进入山谷,如同进入了鸟类音乐会的演奏现场。有一种聆听,可以称之为沐浴。天籁的沐浴。

尤其在秋天徒步,山谷有了更让人沉醉的山色。山上的香枫树红了,乌桕树黄了,山毛榉褐了。山中无高大的香枫树。香枫树长到碗口粗,被人砍伐了,但又迅速发枝。香枫树是砍不死的树。遍布山野的香枫树如密密的火把,只要秋风摩擦空气,火把便彤彤地亮了。南朝乐府民歌《西洲曲》唱得很浪漫:"日暮伯劳飞,风吹乌臼树。树下即门前,门中露翠钿。"白露之后,乌桕树被霜露所浸染,叶色灿黄。可以说,在南方,香枫红乌桕黄,这两种最壮丽的颜色,给了了秋天层次之美。

山谷太偏僻,因鲜有人来,也鲜有人居住,又多杂色,似乎也很容易被人遗忘。而我也通常走峡谷,很少登山。登山多累啊,尤其对于我这样低血糖症患者,登山是一种冒险。金钟河在峡谷湍湍而流,河石裸露。河滩有平整的野生牛筋草皮。草皮滩是蛇捕食鸟类的砧板。我多次见识蛇捕鸟。蛇盘在草皮上,鸟吃草籽或昆虫,蛇闪电般扑过去,大快朵颐。河水是泉水或雨水,四季青碧。丰泽湖的鱼群(以鲫、鲩、鲤为主)在丰水季逆流而上,在金钟河的草丛孵卵。鱼野生着,也无人捞鱼。马口鱼只在夏季斗水而上,一群群做逍遥游。冬季,水浅下去,露出淤泥。乡人拎个铁桶来捡河蚌。河蚌比巴掌大。这是小䴙䴘越冬的世外桃源。小䴙䴘在水边草丛隐蔽之处筑巢,孵卵育雏。

引人注目的是红嘴鸥。红嘴鸥在十月之后,来到峡谷外的丰泽湖,在低空呈半圆久久盘旋。浮面的死鱼,和浮面浪游的白条,是它的至爱。红嘴鸥是南迁的冬候鸟,以群落生活。而在丰泽湖见到的红嘴鸥,通常是一只或两只——迁徙途中失群。因为有了丰富的吃食,它也不再寻找更远的越冬地。我站在坝顶,望着低翔起舞的红嘴鸥,心里有说不出的惆怅。何谓故乡,何谓异乡,何谓归处,我竟然说不出所以然。人有了双脚,如鸟有了双翅,需要追寻更远的地方，远方才有高贵的自由和诚挚的爱。我年过五十，又有了不同的想法。无论走多远，人始终无法摆脱的是肉身。我便奢望，肉身可以抽枝发芽，即使抱身于山中。我不是一个易于悲伤的人，但我还是会泪流满面，当红嘴鸥出现在我眼际。

也许是这样，我不再留恋于市井，不再抱有别的期待，我更热望于内心，我便迷恋在转山走谷。

晨湖

叽哩哩、叽哩哩、叽哩哩、叽哩哩、叽哩哩、叽哩哩、叽哩哩、叽哩哩、叽哩哩、叽哩哩、叽哩哩、叽哩哩、叽哩哩、叽哩哩、叽哩哩、叽哩哩……

凌晨4点20，这只鸟一直在叫，婉转优雅，气韵绵绵如流水。我不知道这是什么鸟，但我知道它在求偶。我只在凌晨听过它的叫声，气势汹涌，如水浪推搡着水浪。4点45分，四声杜鹃高声啼鸣：咕、咕、咕、咕。闪、去、闪、平，四个声调，抑扬顿挫，铿锵有力的四个单音节。

在四声杜鹃的高声啼鸣中，天阔亮了，白灰色的山野渐渐澄明虚蓝。5点，林子里都是鸟声——矮脚黄莺叽哩呱啦呱啦叽哩，争闹不休。它们为迎接即将升起的太阳而不舍歌喉。我不知道是鸟类的感光器官敏锐，还是生物钟的缘故，它们对一天二十四小时、一年二十四节气，能做出精确的反应。

我再也入睡不了，或者说，为了精确记录它们凌晨的鸣叫，我入夜便睡，天蒙蒙亮便起床。我坐在湖边，远望湖中的小岛。

鸟声来自岛上。说是岛,其实是筑湖时,没有被水淹没的山冈。岛约半个平方公里,计有七八个,在淡淡的晨雾中,若隐若现。岛大多平缓,乔木灌木茂盛。

我曾坐水库管理局快艇登岛。岛上的乔木以野杜英、木荷、冬青、香樟、大叶榉为主。我发现树上、草窝有非常多的鸟巢,大的如脸盆,小的如袋囊。蛇非常多,盘在树上,或在山蕨丛滑游。最多的昆虫是蚂蚁,垃圾篓那么大的蚂蚁窝,我看见了三个,它们挂在杜英上。土包上隆起的"镂空土雕",也是蚂蚁窝。哺乳动物有黄鼠狼、山鼠、獾。黄鼠狼很会捕鱼。秋季湖水下降,露出岩体,黄鼠狼隐藏在岩体,群鱼戏游于浅水,悠然自乐,葬身黄鼠狼之腹。

4月中旬的高峡之湖,晨雾渐起。湖在群山环抱之中。雾遮没了山,(视觉中)山已不存在。鸟声渐隆。鸟声分散。"叽哩、叽哩、叽哩……"这是树鹊在叫,声声平滑。"嘎啦,嘎啦"池鹭醒来了,它等待雾散,飞入湖中觅食。"叽哩,叽哩,叽哩"黄鹡鸰有一群,聚集在某一棵树上,不甘寂寞地饶舌。

雾擅长迷幻术,让这个世界似真似幻,既真又假。雾无处不在又缥缥缈缈。雾的迷幻术怕光。太阳升上东山,阳光像卷风机,把雾卷走。岛、森林、山又露峥嵘。阳光照在岛上,"叽哩哩"的叫声消失了。这是一种奇怪的鸟。

湖边矮灌木丛生。露水深重。我的头发湿湿的。路边的草木缀满了露珠,莹莹亮亮。白鹭从岛上树林飞了出来,嘎嘎嘎,高声鸣叫。它们低空飞行,贴着湖面,飞往草泽地(水库尾部有一片三十余亩沙地,长满了马塘草、竹节草、半枝莲、苔草、蒿草),

飞往峡谷田畈。

仲夏雨季之后,湖水淹没库尾。现在,草泽地芳草青青、浅水泱泱,野花绚丽。这里河蚌、田螺、小鱼小虾十分丰富。蜘蛛在草叶张网,捕线虫、蜻蜓、椿象吃。我赤着脚,在草泽地边沿走,软软的泥浆裹着脚,黏黏的。鹭鸟并不惧怕人,悠闲自得。青蛙和赖皮蛤蟆在水里跳来跳去,或蹲在草丛,鼓起腹部,弹出舌头,食飞虫。河水自峡谷而来,在草泽地冲出一条约三米宽的河道,汇入湖中。河水清浅,鱼游了上来。

鲩鱼沉入水底,幽灵一样。它黧青的背部,如沉卧的山脊。鲩鱼有庞大的鱼群,三五尾成群,十几个小群组成一个箭形的鱼阵,摆动的鱼尾撩起水花,哗哗哗。鲩鱼在找草丛孵卵,没有找到草丛,不会停止斗水。在乱石扎堆之处,马口鱼在戏水,一个鱼群有三十多尾。它们聚在水花抛起的河道,不进不退,或者进进退退。我摸一个石头扔过去,马口鱼惊慌四散而逃,但要不了三十秒钟,它们又汇集在一起。

水老鼠从草丛游了出来,如潜艇,叼起马口鱼溜走。草地鹞在凌空盘旋,俯冲而下,捕杀水老鼠。

这一块草泽地,有丰富、完整的生态圈。青蛙、赖皮蛤蟆在水中孵卵,昆虫在草叶孵卵,鱼虾吃卵吃昆虫。鸟来了,水老鼠来了,蛇来了。在淤泥层,我还看到黄鼠狼的脚印。脚印很密集,看样子黄鼠狼经常来草泽地吃食。

因为禁湖禁钓禁猎,很少有人会来到草泽地。湖有一种沁人心脾的静谧。湖面还散着薄薄的雾气,雾气萦萦,但又游走散去。雾气贴着湖面,笼上轻纱。这个世界,如此安谧。树是安谧的,水是安谧的,雾是安谧的。即使是鸟鸣,也是安谧的。

森林中的湖泊,为什么令人流连忘返,不仅仅是因为湖色远天般湛蓝,山色空蒙,更因为人从湖中获得巨大的安谧。这种安谧是湿润的,荡漾的,恬淡的,如母爱。安谧之气让人宽阔,可以排除沉积在心肺的人间废尘。

湖面的雾完全散去了,白白净净。

湖岬的湾口也是回水之处,荡在湖面的草叶、种子、花朵,被水流回转到了这里。湾口呈"U"形,柳、刺槐、枫杨等,长得很密匝。柳枝垂到水面,芒草和芦竹掩湖岸而生。大鱼藏身于此。咕咚、咕咚,大鱼腾起,跃出湖面,重重落入水中,水花腾得高高。

我看见一只水獭从岛那边游了过来,时而潜泳,时而拱起黄褐的身子,嘴巴潜出水花。入了湾口,它深潜了下去,不见了。过了好一会儿,它钻出了水面,嘴巴里咬着一条大鱼。

在昨天走访湖边山民时,我就了解到湖中有水獭,在早晨或傍晚,运气好的话,可以见到水獭捕鱼。水獭属鼬科哺乳动物,非常罕见。我曾在一个山中水库(当地人说水库里有水獭),守过十个傍晚,也没见到水獭踪影。它是水中逍遥客,也是水中之王。但已濒临灭绝。它敏感、神秘,不轻易现身。它只生活在无污染的山中河道和湖泊。

水獭叼着大鱼冲出水面那一刻,我的心提到了嗓子眼。我激动无比。在野外,我有两次激动得手足无措,心情紧张,眼神发直。另一次是在黄岗山,环抱一棵南方"铁杉之王"。我抱住它,手脚发抖,语无伦次。客观地说,在野外,我算是见多识广的人,一般的自然景象、珍稀物种、动物怪异的生命现象,我见得很多,算是稀松平常了，但见到水獭，太难了。见它如见神。俗眼哪见得了神呢？心底有神之人才见神。

在另一个湾口，有两个妇人收虾笼。虾笼如筲箕，一张白丝网布在两根刚竹上，绷紧，一根粗苦竹弓网入水，傍晚浸下去，早晨提网。湖区是禁渔的。山民偷偷地笼虾鱼。虾是白水虾，豌豆荚一般大。我看了看她们的鱼篓，虾获各有一斤多。白水虾白灼或炒青椒，都是极其鲜美的。鱼篓里，还有几条翘白和阔嘴鱼。鱼有筷子长，白白胖胖。我对妇人说：给你一个法子，你每天可以多收一些鱼虾。妇人呵呵呵地笑了。我说：油菜饼粉末拌在剩饭里，一碗就够了，弓网下去时，撒在网里，鲫鱼、鲤鱼、草鱼、翘白鱼、阔嘴鱼、白条、白虾，都很爱吃。

高个子妇人问我：甲鱼怎么钓呢？夏天晚上，甲鱼摊在石头上歇凉。

"水库禁止抓鱼，你还想抓甲鱼啊，罚款很高。"我说。

"我偷偷在湖里抛几个鱼钩，鬼知道。"妇人说。

"切一片猪肝，暴晒半个小时，当诱饵。"我说。

两个妇人，一高一矮，提着鱼篓，有说有笑，回家去了。

太阳映入湖面。四面山坡被阳光普照。环湖公路有骑电瓶车的人，有晨跑的人。山坡上是树林和毛竹林。峡谷口而进，约长三十公里，山梁纵横，有广袤的人工林、竹林和原始森林。我深入的小峡谷、山谷非常有限，但三条长峡谷我走过了。群山是一个迷宫世界，没有三五年徒步深入，是很难充分认知的。群山是一个自成体系的隐藏世界。过雨之水、山涧水、泉水，经河或溪，最后汇入了湖中。湖是液态森林，或者说，是广袤森林外延的生态系统之一。峡谷中有一个山谷,名蜜蜂谷。养蜂人养了近二十年的中华益蜂,每年冬季,黑熊抓开蜂箱掏蜜吃。养蜂人从来没发现过黑熊偷吃。黑熊爱吃蜜,冬季食物匮乏,它选择晚上下手。

在访问湖边山民时,有山民说,湖边有很多野猫,在桃花梨花盛开的时候,晚上野猫叫春,喵喵喵,叫得很热烈。发情时,野猫还打架,嘶叫得让人害怕。山民的说法得到了验证。环湖时,我发现了两次野猫。野猫爱吃鱼。野猫是南方森林中颇具神秘的哺乳动物,吃鱼吃鸟吃两栖动物吃爬行动物。它在树上过夜,以岩洞或树洞作巢穴。一只野猫的领地是四平方公里。

群鹭在湖面低飞、在草泽地吃食。岛上的乔木林栖落了好几百只白鹭,嘎嘎之声回响。4月是鹭鸟营巢、孵卵、育雏的季节。4月是一辆被雨水催赶的马车,载着夏候鸟来到了深山之湖。

在山中多日,唯这个早晨,我目睹了湖完美的呈现。人的生命不可以贫瘠——如眼前的湖。遂记之,丰泽湖畔,鸟鸣声中。

下午的森林

晌午，从闽赣交界的分水关，择一机耕道蜿蜒而进，过两个小山湾，豁然开朗，山谷跳入眼际。两条高耸的山梁奔跑而下，慢慢收拢，形成了山谷。山谷形似脸盆，乔木参天，弥眼苍翠。在高处的山梁之间，隆起一个梭形山坡，陡峭高峻。眼前庞大的山体叫仙山岭，数十条山梁如榕树的粗壮根须暴突出来。山梁交叠，山谷凹陷。这是一个无人的山谷，临涧而筑的三栋废弃民舍破旧欲倾。

一条溪涧从山垄冲出来，乱石杂堆。樟树、冬青、刺槐、朴树，沿着涧边蓬勃生长。溪涧之北是空旷地，地垄依稀隐现，因无人种植，长了福建茶、软枝黄蝉、硬骨凌霄、俏黄栌、荆牡、悬铃花等灌木。蝴蝶在山谷纷飞。

这是4月下旬，正是蝴蝶破蛹而出的繁殖季节。我在灌木和草叶上，看到了各种蝶卵，一泡泡的，形态各异。形似甜圈圈的，白莹莹，是黑灰蝶的卵；形似熟米枣的，析出澄黄澄紫的浆色，是大二尾蛱蝶的卵；形似青覆盆子，毛茸茸球状，是断环蛱蝶的卵；如一瓣百合花倒竖，是梨花迁粉蝶的卵；形似剥了橘皮的肉囊，是梳翅粉蝶的卵。

毛毛虫在大花栀子上爬，在梨树上爬，在野荞麦上爬，在野芝麻叶上爬，在苦竹叶上爬，在地上爬。毛毛虫怪异，让人觉得皮肤出斑瘙痒。毛毛虫是蝶的幼虫，形态各异，虫体光滑或长有肉棘，前胸膨大。幼虫是蝶类唯一取食寄主植物或寄主生物的时期。我取了一根刚竹，把树叶、草叶撩起来看。我讨厌毛毛虫。毛毛虫爱吃白菜叶，爱吃梨树叶，爱吃柚子树叶，爱吃栀子花叶。白菜多好吃，梨子多好吃，柚子多好吃，栀子花多美，都是我喜欢的。十余年前，我爱钓鱼，捉菜叶上的毛毛虫做鱼饵。河里的任何鱼，都爱吃毛毛虫。毛毛虫有臭味，是它头上的臭角射出来的，略黏的液体要么绿色要么黑色。鱼钩刺进毛毛虫前胸，鱼线抛入河里，鱼拽着鱼钩跑。

毛毛虫美得奇异，奇异得让人想呕吐。最懂得仿生学原理的，一定是毛毛虫了——布莱荫眼蝶的幼虫可以乱真枫香树种子，小妖灰蝶的幼虫与双齿多刺蚂无异，卡环蛱蝶的幼虫与黄蚱蜢没区别，中华麝凤蝶的幼虫和珊瑚一模一样。毛毛虫精通隐身术，隐身在树叶草叶、花苞以及菌类、腐殖层。它唯有隐身才可以保全自己——它是鸟类、鱼类、蛙类、蜥蜴珍爱的美食，营养丰富，易于消化。

蝶类是完全变态的昆虫，一生历经卵、幼虫、蛹和成虫。凤蝶科、粉蝶科、灰蝶科蝶类的蛹属缢蛹，前胸带状丝和尾端丝吊着蛹体，附于树枝上，如孩子荡秋千，蛱蝶科蝶类的蛹属悬蛹，以腹部末端的臀棘与丝垫把身体倒挂起，像寺庙屋檐下的风铃。蝶的老熟幼虫也吐不多的丝，结蜘蛛网一样薄薄的茧房，蛹睡在茧房，把幼虫的营养转化为成虫的营养,孕育成虫的器官,发育成熟后,破茧而出,蝴蝶翩翩而舞。

在枫香树叶上,我找到了已破了的茧,像一个被虫蛀空了的花生壳。

而这个山谷,为什么会有这么多蝴蝶呢?是不是因为山谷湿气重,又无人喷洒农药?不得而知。蒲儿根、毛茛、一年蓬、鼠曲、紫花地丁、灰菜、婆婆纳等野草,在竞相开放。涧边,荒地,旧屋前的院子,墙垠,都是野花的世界。蜜蜂在嗡嗡嗡。蝴蝶呈波浪形翻飞。

蝴蝶斑斓炫目。蝴蝶的翅膀是春天的另一种旷野。我拍蝴蝶照片。我拍它们纷飞,拍它们栖落,拍它们追逐,拍它们交欢。它们自由而快乐。它们善于跳山地舞。它们随意而美好。南方森林,蝴蝶与飞鸟、跳瀑一样,是灵动的大写意;是树木、花朵与流水的叠加之美;是穿着色彩艳丽长筒裙的翩翩少女,轻盈曼妙;是庄周亘古的梦境。每个人都追逐过蝴蝶。我站在野地,蝴蝶落在了我的肩膀上,落在我的头发上。我如一棵树站着。站着,不说话,也无比美好。

我记了一下,我看见的蝴蝶有宽带青凤蝶、金凤蝶、曲纹黛眼蝶、圆翅钩粉蝶、蛇眼蝶、大绢斑蝶、箭环蝶、绿豹蛱蝶、白带螯蛱蝶、忘忧尾蛱蝶、孤斑带蛱蝶、白弄蝶、傲白蛱蝶、白裳猫蛱蝶、翠蓝眼蛱蝶、黄帅蛱蝶、朴喙蝶、棕褐黛眼蝶、宽尾凤蝶、斐豹蛱蝶。没有最美的蝴蝶,只有更美的蝴蝶。

在山谷,我徜徉了一个多小时,沿着右边黄土路的机耕道,进入更深的林木幽幽的山垄。机耕道有被三轮电动车碾压的辙痕,密密浪形的胎纹印在黄土。山垄两边都是野生阔叶林,乔木灌木混杂,形成墨绿的坡度。在森林覆盖的巨大山体,无论是山坡、山梁、山谷、山峰,还是山弯、山岬,不论从哪个角度看,都是极美的。它们的线条柔和,呈弧形或半弧形。山体呈瓜形或鱼形或笋形或垛形或尖塔形。

不同的角度,山体出现了形状的变化,而不变的是浑然天成之美。以前,我不懂画家为什么要去野外写生,依照相片画画不是一样吗?在我长期去野外做田间考察中,我明白了,山川的线条具有和谐之美、灵动之美、变化之美、构造之美、色调之美。山川并非岿然不动,(在不同的视角下)而如河鱼畅然游动。自古以来,人师法自然,去雕琢,去燥气,所推崇所遵循的,正是自然法则。

黄土路沿着山垄,向山腰而上。我走了约两华里,阳光突然消失。我抬头看了看天,厚厚的黑云盖了山巅。暴雨很快落下来了。我仓皇找躲雨的地方。走出山垄,去旧屋避雨,来不及了。一般来说,山中有机耕道就有躲雨之处,如草寮、石洞、木亭、山庙。我往上走了百余米,看见一个草寮,跑了过去。草寮很简单,四根粗壮的木柱,芒草盖顶,两根横挡可坐人歇脚。顶是"八"字形斜顶。芒草尚未霉变,草叶素黄。这是一个去年冬翻顶修葺过的草寮。我刚落脚,暴雨哗哗而下,雨声震野。

我太愚笨了。蝴蝶有预感天气的能力。我怎么反应不过来呢?山谷有那么多蝴蝶聚集,是暴雨将至的预报。蝴蝶对微环境的变化十分敏感。蝶蛾蜂对局部天气能做出敏锐的反应。

人类对蝶类进化起源的奥秘探索,并不透彻。因为化石证据匮乏。蝶类从五千万至一亿年开始分化。哺乳动物的第一个分支——蝙蝠开始飞行，昼伏夜出，捕食昆虫。蝶类为躲避天敌，夜伏昼舞。

蝶类的多样性依赖于生态的多样性，尤其植物的多样性。蝶类取食寄主植物的同时，还依赖植物提供丰富的蜜源。植物是它们唯一的食源。仅有食物还远远不够，某些蝶类的繁殖离不开野生动物的粪便——雄性蝶类通过沾带粪便气息来增强自身气味，以吸引雌性。没有野生动物，那么它们无法完成交配。仙山岭有大面积的原始森林，植物丰富，野生动物十分常见。

在我走访山民时，山民说：仙山岭猴子太多了，野猪、黄鼠狼、野兔、狗獾、山麂就更多了。分水关下，有一对老年夫妇，守公路有十余年了。闽赣公路拓宽时，他们来守公路，看护物资。公路修好了，他们却留了下来。来往车辆司机在他们家加开水，洗脸刷牙，用膳。车坏了，还借宿。夫妇忠厚，为人和善。老婆婆说：修路时，山腰上机耕道有工人抛玉米棒，猴子天天来吃，修路人走了，猴子来到桃林摘桃子吃。

当地的一个摄影爱好者，每年登顶仙山岭至少三次。他是资深户外运动爱好者。他说：登顶需要两个半小时，一般山民登顶需要四个小时。

仙山岭至少有三个猴群，最大的猴群不少于二十只。武夷山的短尾猴盛名颇隆。仙山岭处于武夷山主峰黄岗山北部山系，与五府山山系相衔，均属于武夷山脉北部余脉，隶属铅山县武夷山镇管辖，也是武夷山山脉北部余脉最巍峨的山系之一。进入山谷，我最想看到的便是短尾猴。5月，桃李未熟，玉米刚长棒，山下无食可取，短尾猴不会下山。

"失之东隅，收之桑榆。"我意外看见了"蝴蝶会"。喜不自胜。

暴雨从山巅压下来，寮顶瞬间泻下雨瀑。瀑珠溅起黄泥浆，湿了裤脚。我抬起脚，搁在木档上。雨夹裹着风，有些冷。雨势一下子遮住了山峰。雨珠从高高的树梢跳溅下来，噼噼啪啪，玉珠倒溅。森林里，雨珠之声不绝于耳。雨珠打在树叶上，当啷当啷，树叶弹起雨珠，落在下面的树叶上，又弹起，又落在下面的树叶上。雨珠一层层落下来。没有弹起的雨珠，汇集在树叶，滑落下来。

雨势白白亮亮，如海潮腾起的泡沫水珠。森林沉在海潮之下，兀自汹涌。我情不自禁地哼唱起《沧海一声笑》：

  沧海一声笑，滔滔两岸潮

  浮沉随浪，只记今朝

  苍天笑，纷纷世上潮

  谁负谁胜出，天知晓

  江山笑，烟雨遥

  涛浪淘尽红尘俗世几多娇

  清风笑，竟若寂寥

  豪情还剩了一襟晚照

  苍生笑，不再寂寥

  豪情仍在痴痴笑笑

暴雨来了，但并无大风，树没有疯狂地摇动。雨声清脆，果断。大地所有的燥气消失了。人的燥气也消失了。暴雨虽喧哗，但大地重获安宁。蝴蝶躲在树叶下,树叶被雨弹起,蝴蝶震颤一下。但它纹丝不动。暴雨之下,森林有一种令人惊悚的安静,滔天般盖来。

寮顶的雨瀑渐渐羸弱了,潺潺而下,雨珠继而滴答滴答。暴雨下了十来分钟便停了。黑云化为雨水,渗入了大地,天空空阔而明亮,白白的太阳如一朵桃花水母,在蓝湖漂荡。

森林仍有嗦嗦的叶落水珠之声,舒缓平和,如钢琴演奏的谢幕之曲。我摇动一棵碗口粗的树,水珠"唰啦"一下,将我头发透湿。机耕道是无法再走了——成了被水临时占用的河床,泥浆翻滚。新鲜的野花和腐叶、柴枝、鸟窝,一并被水冲了下来。昆虫(蜜蜂、椿象、甲壳虫、天牛)在黄泥浆水里挣扎。它们再也飞不了,成了鱼蛙的美食。

我沿着机耕道山边,走了二十来分钟,登上了山梁。

山梁有一片平地,五裂槭、白辛、樟树、黄山松、短柄枹栎、含笑、阔叶天台槭,高高耸起,形成稀疏的乔木林。林下却无灌木,稀稀的茅草享用了林间剩余的阳光。细细的刺藤伏地而生。雨珠稀稀落落,落珠之声清晰可闻,如稀薄的钟声。太阳的光线不是十分明了,白白黄黄,花花的,给人目眩之感。每棵树的树冠却完全呈现了出来。水珠析出的阳光,更透明美净。知了在这个时候,吱呀吱呀鸣叫了起来。只有一只知了在叫,但我辨不清是从哪个方向传来的。似乎每一棵树,都有知了在叫。

雨的珠沫并没散去。珠沫悬浮在空气中。珠沫悬浮着太阳的光线,柔和、静美、恬淡。我想,这里可能就是七个小矮人生活的地方。七个小矮人坐在树桩上唱歌,戴着雪帽,盼望着大雪来临。他们学着猫头鹰叫,学着狐狸叫。他们吹着悠长的口哨,等待着白雪公主出现。

　　林地湿湿的,脚踩下去,腐殖层的水溢上来。茅草开着白细的花。千里光开着黄晕晕的花。剌藤(蔷薇科)开着大朵大朵的白花。我的手上开了四朵紫红的花(摘了四朵木槿)。一双戴胜鸟呼噜噜从茅草丛飞起,飞出了林子,向山谷飞去。

　　山风渐起,轻轻扫着树杪,沙沙沙。树上的雨珠窸窸窣窣地落下。树叶光亮而澄碧。山风扫尽了雨珠,也扫下更替的落叶。落叶有的是黄黑色的枯叶,有的是新嫩之叶(被暴雨摧折),有的是半绿半黄。树叶轻轻飘下来,旋转着摇摆着。树叶落下来没有声音,但拉动了光线晃动。

　　山梁另一侧,流泉之声如环珮叮当盈于耳。流泉潺潺,从树丛直下,淌入另一个山谷。那是一个收窄、矮灌木茂盛的深谷。石灰石山岩叠出了悬崖。但悬崖并不高,二十余米高,但陡峭。石崖长着两棵黄山松、一棵鸡爪槭和一丛苦竹。苔藓爬满了崖体,厚厚的一层,油绿。泉水从崖口落下来,落在石块上飞溅,又落下来,跌入深谷。棕树和粉叶柿树从深谷探出了冠盖。流水汤汤,以自己轻快的节奏,汇入鸟的合唱。

　　灰燕尾在崖石跳来跳去,水珠飞溅在它身上,它抖一下,继续在苔藓找昆虫吃。它嘘嘘地叫着。这里是它的忘忧谷。嘘嘘,嘘嘘。它翘起头,伸长了脖子在引吭高歌。它在呼唤伴侣。深谷里,棕腹柳莺叽叽叽叽,以滑音转换着不同的单音,柔润甜美。棕腹柳莺非常之多,它们喜欢在有流水的森林,度过求偶、孵卵的初夏。对于即将高飞的新生命来说——棕腹柳莺幼鸟即将试飞,森林是它们的母地。棕腹柳莺是留鸟,在哪儿出生也在哪儿终老。

它们没有故土也没有异乡。

暴雨之后,昆虫飞得异常活跃。空气清新,湿度够大。伯劳、灰纹鹟和凤鹛从树上飞了出来,追逐昆虫。它们边追逐边鸣叫。在森林的任何一个角落,我们都可以听到天籁般的鸣唱。

走过一个山梁,又走过一个山梁。鸟鸣始终伴随着我的脚步。鸟,似乎担心我会迷路,以时高时低、时尖时圆的声调,带领我走入森林的最深处。有鸟鸣唱的地方,人就不会孤单,也不会恐惧。我时而仰望着高高的天,时而远望高处的森林,我登山的脚步显得更加坚毅。人需要勇气,去探索自己热爱的东西。当我一个人走在森林,我很少会感到单调,更不会感到孤独。森林让一个孤单的人变得无限丰富。每一棵树,我都可以靠近、环抱;每一声鸟啼,都归入我耳,灌入我心。此时,人就会化身为高山、森林、天空,人就成了星辰大海。

临近傍晚了,我下山。其实我登得并不高,才登上了山腰。森林有自己的小气候,时晴时雨。天下起了蒙蒙小雨。森林嗦嗦嗦。嗦嗦嗦、嗦嗦嗦。这是细雨之声,鸟鸣啾啾。

山谷完全寂静了,灰白白的游云在飘荡。遇见了两个年轻人,一男一女,很亲昵。他们用手语说话。他们是上山采蘑菇的,从另一条山垄下来。我看了看他们的篓子,蘑菇有半篓子多。女的穿牛仔裤白汗衫,身子高挑挺拔。男的穿牛仔裤黑汗衫,个头偏矮,但健壮。我很羡慕他们。

蝴蝶不见了。一只黄鼠狼在灌丛穿来穿去。鸟投林,驮着白昼最后的白亮天色,消失于浩渺的林中。

森林越来越黑,最终与夜色融为一体。

第二辑 嘉木安魂

南方铁杉丨漆丨乌抒溱湖丨马者的夜晚丨沙子坝丨树上的树丨酸橙丨嘉木安魂

南方铁杉

案头上摆放着九颗球果。球果楔状长圆形,黄褐色,和土花生差不多大。我把球果托在掌心,像托着一座万仞之山。

这是南方铁杉的球果,是我从武夷山主峰黄岗山捡回来的。

如果说,有什么树最值得我神往,那便是南方铁杉。在我眼里,它是树中的神。生长神树的山,便是圣殿。

美国自然文学作家约翰·巴勒斯有一本经典之作《醒来的森林》,其中有一篇《在铁杉林中》,我至少读过五遍。仅凭这个篇名,就深深吸引我。一片苍莽的铁杉林,人走入其中,是多么美妙。在我去过的南方高山之中,如梵净山、武陵山、龙泉山、莲花尖(钱江源)、五峰山、黄山、仙霞岭、铜钹山,我都没见过铁杉。我每去一座高山,都会问当地人:这里有铁杉吗?

庚子年春,因新冠疫情,我被困在家,在网上看《世界遗产在中国——武夷山》的影像资料,意外地看到了黄岗山南方铁杉林的特写镜头,我惊喜万分。我给在江西省林业局从事自然保护工作的高级工程师郭英荣打电话,我说,黄岗山有南方铁杉林,我很想去看看。

郭英荣是生物多样性保护专家,曾在江西武夷山国家级自然区管理局任职八年,熟悉保护区内的生态系统如熟悉自己的掌纹。他说,未经保护区管理局许可,外人不得进入。

他的话,一下子凉透了我。但我并不死心。

庚子年八月,我和上饶市文化人徐勇、丁智深入黄岗山腹地,做旅游资源调查,我找草坪自然村茶人梁华,请他带我上山去看南方铁杉林。他很吃惊地看我说:那是保护区的核心地带,哪能随便上去得了?村民也不例外。

我想我可能是看不了南方铁杉林了。

李叔同在《晚晴集》里说,念念不忘必有回响。回响来了。辛丑年四月二十三日,江西武夷山国家级自然区管理局约郭英荣和我,去铅山座谈北武夷山生态文化。座谈会后,郭英荣对我说:你对南方铁杉念念不忘,我们下午就去黄岗山实地考察吧。

在人们的印象中,即使是江西人,大多数人认为武夷山归属福建省管辖。其实,这里有个常识性误区。广义的武夷山指武夷山脉,是闽赣纵贯南北的山系,属于新华夏地质构造单元南岭山系的东北延伸支脉,东北延展接浙赣间的仙霞岭,西南伸至赣粤边界的九连山,古有"北引皖浙,东镇八闽,南附五岭之背,西控赣域半壁"之说,全长约五百五十公里。山脉主峰黄岗山海拔2160.8米,被称为"华东屋脊",位于江西上饶市铅山县境内。狭义的武夷山指世界文化和自然双重遗产地,以桐木关为界,以南归福建省管辖,称南武夷,以北归江西省管辖,称北武夷。南武夷的九曲溪一带对外开放,是国家5A级旅游景区。北武夷山不对外开放，是江西省首批六处省级自然保护区之一，2002年晋升为国家级自然保护区，是世界罕见的生物基因库，更是一个尘封的神秘世界。

车行一个半小时，到了桐木关。沥青公路改为沙石路，由桐木关自山腰蜿蜒而上，20世纪70年代末至80年代初，因国防建设需要，凿崖石开沟壑。这是一条南坡北坡互通的生态作业路，未经自然保护区同意，任何人不得通行、上山。在古代，桐木关是闽赣第一关，茶叶丝绸之路亦由此发端。山道险峻，悬崖壁立。我虽有严重恐高症，但我并不害怕——高大阔叶乔木和灌木遮蔽了崖下的深渊。我目不转睛地看着车窗外，在视野中搜索南方铁杉林。车在山中转了半个来小时，眼前突兀一片冲天而起的南方铁杉林。南方铁杉似杉非杉，是松科大家族的重要一员，墨绿而油黑。

在一处弯道边，车停了下来。向导是保护区分管科研的副局长方毅，他是保护区"林二代"，在保护区长大，大学毕业后又回保护区做林学和管理工作。方毅充满豪情地对我说：这个地方叫猪母坑，海拔1850米，武夷山的南方铁杉种群分布约1560公顷，在世界范围内罕见，同一纬度，也仅有武夷山分布，以猪母坑的种群分布面积最大。郭英荣指着路边一棵高耸入云天的南方铁杉说：看看吧，这是南方"铁杉之王"，胸径有127厘米。

面对树王，我已经说不出话了。我仰着头，眼巴巴地望着。它高大挺拔，独干直条而上，枝丫一层压一层，形成巨大的冠盖，如十八层高塔。枝丫平展外斜而树梢微微翘起，针叶如梳，平散而开如摇扇。我数了数枝丫层，有十八层。冠盖严实，但针叶并不层叠稠密,一根根枝丫分割出天空线,透出纯白的天光。

路边空地竖了一块科普牌,蓝底白字:南方铁杉为松科铁杉属下一变种,是我国特有的珍稀裸子植物,第三纪孑遗物种,被誉为植物界的"活化石",在其他地区零星或团状簇状分布,唯有武夷山山脉黄岗山区域保留着面积约为四百公顷,树龄约三百年的南方铁杉原始林,极为罕见。这棵苍天古杉,已有五百多年的历史,它树形高大、优美,且枝条众多像人的手臂一样伸展开来,我们称它为"千手观音"。

路下,是一片密密的南方铁杉林。我慌不择路地从公路跳下茅草地。茅草很稀疏,倒伏着,还没发青。地上是厚厚的积叶层,脚踩在积叶上,很松软。这块小山地是山鞍,颚部似的凸起,有十三棵高大的南方铁杉高入云天,冠盖遮住了整个山鞍。我伸出手,抱了抱其中一棵,可以环手。林下是一些小灌木,看起来很瘦弱的样子,不见新叶。我拽了拽灌木,很有韧度且刚硬。郭英荣说:这里随便一棵南方铁杉,都是环抱粗,树龄普遍约有三百年。

黄岗山多雨多雾,高海拔林区一年有二百余天笼罩在雨雾之中。方毅说,今天阳光好,满山金光闪闪,十分难得。我站在林子里,看不到阳光,但光线很清晰。从山鞍右边而下,有一条很狭窄的小路,是行脚踩出来的。路斜缓,但很陡峭,脚随时会踏空。这里怎么会有一条这样的路呢?我正疑惑,郭英荣站在一棵南方铁杉下说:谷底有一片九十亩南方铁杉林,在2014年是江西武夷山国家级自然保护区管理局与南京林业大学合作的固定监测大样地,每年林学专家会去样地采集数据,走出了这么一条巴掌宽的路。

从山鞍俯瞰下去，是一个簸箕形的山谷。山谷并不深，高大茂密的乔木树冠如一片绿色之海在寂静中涌动。小路斜缓而下，呈"之"字形。我回头仰望，树王冲天而上，高约三十五米，如一朵墨绿的蘑菇云。山谷中的高大乔木以南方铁杉为主，可林下积了厚厚的阔叶树落叶。这些阔叶树落叶从哪里来的我也看不出。我捡起几片落叶，细细辨认，看出有栲树、甜槠、青冈栎、五裂槭、马银花。高山地区常有大风来袭，卷起树叶在林子里打旋，树叶随风而落。

其实，山谷很深，深不见底。沿谷而下，我们都不说话。郭英荣很神秘地交代我：这一带是黄腹角雉的主要栖息地之一，常有黄腹角雉出来觅食或求偶。黄腹角雉是国家一级保护动物，全球种群数量约四千只，与江西"省鸟"白鹤一样珍贵。

走山谷，我是全神贯注的。我竖起耳朵听林中动静，放开眼界看林子。这也是我走森林的习惯——听到的，看到的，比一切都重要。在大自然第一现场所获得的感知和体验，不可复制，独一无二。人在其中，回到自然性最重要。山谷是死亡般静谧——除了鸟鸣。"叽哩、叽哩、叽哩"，只有一种鸟叫。我听不出是什么鸟在叫。啼鸣忽而东忽而西，忽而南忽而北，是一种鹟莺类鸟在叫。啼鸣清脆而悠远。

到了半山谷，淙淙涧水之声响彻。越往下，涧水声越响亮，听得出，涧水流量很大，流速激荡，哗哗哗，奔泻飞出沟谷。我看清了对面的山体，巨型石壁横截，阔叶树丛生，菊花色的阳光盖住了山坡。而我身处之地，是南方铁杉生长最密集的地方，树干粗壮,树皮红润。我一棵树一棵树地抱,抱着仰望树冠。树皮红润是生命旺盛的直接体现。长寿树种在将衰将亡之时,树皮或炭黑或灰白,皮质溃烂。润润的暗红色是树旺盛的颜色。

林中,一棵山矾和一棵女贞开出繁硕的白花。两棵树相距约二十米,在同一个坡度上。树丫从南方铁杉的冠盖之下斜出,取得一片空隙。两树之花,均细碎纯白,花瓣有油质绒毛,粗看一眼,我还觉得它们是同一树种。这是山谷中唯独开花的两棵树。有几棵野茶树,甚至新叶都没发。抵近谷底,有南方铁杉和其他松科树倒在矮灌木中,寿终正寝。南方铁杉寿千年,但不是每一棵铁杉都能活三五百年甚至千年,特定的地质、风向、酸碱度,决定其寿命。虽是同属黄岗山,武夷南坡南方铁杉较稀少,因为海洋气候止于南坡,南方铁杉经受不了年年来袭的猛烈台风。

下到了谷底,一片槭树林拔地而起。槭树并不粗,最粗的一棵只有碗口粗,但高在十五米之上,即使是大拇指粗也高达十米之上。在幽深的谷底,阳光稀缺,它们在拼尽全力往上生长,争夺阳光。活下来,是它们的唯一要务,然后再变粗变壮,竞天而择生。谷底并不是很大,是一块约千平方米的平地,看得出,这里在十年前有过高大乔木林,其中几棵连片的高大乔木因为自然的原因,比如雪灾或泥石流而死亡了,留下了树窗。槭科树以强大的繁殖力和生长力,占领了谷底。

我们并没有遇上黄腹角雉。我对郭英荣说:黄腹角雉吃食,是先扒后啄,扒动树叶会发出沙沙沙声,我们都没听见沙沙沙声,证明黄腹角雉没来山谷。

山谷大而深,树木参天,这样的地方很容易让人迷路。我们沿路返回。我请教郭英荣：这大片南方铁杉林，我没看到一棵南方铁杉幼苗，都是高大粗壮的，哪怕碗口粗的也没看到，这是什么原因。

郭英荣是林学专家，尤其对北武夷木本植物有过八年的深入研究。他说，这就是南方铁杉珍稀之处。他拽下一支树丫给我看，说：南方铁杉主要分布在海拔1260米至2010米之间。它的花粉无气囊，多数散布距离不远，自然迁移能力很低，且生活在阴湿地带，是耐阴湿树种。南方铁杉以种子进行繁殖，且只有在适宜的环境中才能萌发，幼苗幼树的自然分布主要是在林缘和林窗或者是空旷地。在大森林中，一棵南方铁杉种子找到发芽生根的地方，绝非是一件容易的事。每一棵南方铁杉，都是大自然杰出的造化。

在山鞍，我找球果，找了一大片地也没看到一颗。我蹲下身子，扒开落叶找。球果藏在落叶之下。球果很小，三分之一节无名指长。我问郭英荣：黄山松、湿地松、油松、高山松、塔松，它们的松果都大如土豆，南方铁杉的松果怎么这样小？

松果大容易被松鼠发现，松鼠爱吃松果，松果小难发现，这就是南方铁杉进化而来的智慧。郭英荣说。

我捡了九颗球果，塞进了衣兜。我回到南方"铁杉之王"树下，眼巴巴地长久仰望着，便想：在时间的长河之中，人真是沧海一粟。人仅仅是树上的一个松针。

方毅说：南方铁杉是怕热的树，自然保护区内的南方铁杉几乎连片分布在阴坡。中棚与余家源块处于鞍部，庙基块处于沟谷顶部，仅有篁碧坑顶的南方铁杉全部处于阳坡，在低于海拔九百米很难存活，猪母坑具有海拔高、潮湿多雾、处阴见阳、背挡大风的得天独厚天然优势，才成了南方铁杉安生的神奇天堂。

沙石公路上有一拨工人在拉线管，问了工人得知，在特定的区域将安装摄像头，监控山中的生态系统。有一个老教授带领三个学生在采集昆虫标本。路顶一处岩石，有一株五米来高的南方铁杉树苗，从一堆矮灌木中冲出，油绿生长。

我徒步沿公路而下。我眺望群山夹裹之下的桐木关大峡谷，夕晖暖照，绵亘百里，气吞江河。猪母坑的山坡悬直而下，南方铁杉林凌空耸立，每一棵南方铁杉如铁塔高悬。

"在武夷山自然区工作时，遇上不愉快的事，感到苦闷了，我就一个人骑摩托车来南方铁杉林，在树下坐坐走走，所有的不愉快就会烟消云散。人在树的面前，多么渺小，生命何其短暂。万物在生长，万物在更替。"这句话，郭英荣至少和我说过五次。我十分赞同他的话。人在森林中会谦卑，会认识到作为个体的人，有限性远远大于无限性。人是沧海一粟。人是林中的一片树叶，微不足道，随风而落。

路边也即林缘地带，云锦杜鹃在爆血红色的倒尖形花苞，马银花则满树簇拥红花，我还错以为马银花是满山红——马银花属于杜鹃花科杜鹃属马银花亚属，与满山红同属杜鹃属，相似之处确实太多，非专业人士很难确认。

黄岗山是一座大自然的神庙。我每次来，都带着惊喜心。而这次来，更像是朝圣。南方铁杉值得我膜拜。

漆

四舅结婚的时候,我还小。我三哥喝了三天喜酒回家,大病一场。他得了漆病。这是一种难以忍受的过敏症。漆病即漆中毒,脸部、手部皮肤过敏,并慢慢肿胀,奇痒难耐。三哥,是家中唯一会漆中毒的人。大哥结婚油漆家具,家里有油漆师傅上工做活,便让三哥在另一间屋子避开。那时家具时兴用土漆,漆得红艳艳,画上大丽花。做油漆的师傅叫米粉槌,穿一件花衬衫,穿一双皮革半高跟皮鞋,咯嗒咯嗒,走在巷子里的石板路上,脚步声特别响亮。他做三天,休息两天,让东家不怎么待见。我母亲也说:"做个手艺,哪有那么累,怪不得讨不到老婆。"他每次出门,用菜油抹一下头发,梳得油光滑亮。但他油漆做得好,细致,用上二十年也不脱漆,色泽鲜艳如初。

三十多岁了,米粉槌还是单身。他和我祖父是忘年交,荡荡街又来了我家,和我祖父喝酒,一人一碗,煎一盘辣椒,喝得额头冒汗。我祖父问他:"你什么时间讨老婆啊,老婆是一件穿不烂的棉花袄,有老婆好,有老婆好。"每次,米粉槌这样回答:

"只差选日子了,人别人带不走了,跟我跟死了心。"我祖父问:"哪个女人啊?这么好,快快接回家。"米粉槌呵呵答:"还不是西山那个女的?我去一次,老母鸡都杀了给我吃。"米粉槌走了,我母亲便说:"哪个该死的女人会嫁一个头发抹油的男人?"我外婆家在西山,我母亲对西山熟。

村里唯一的油漆师傅,便是米粉槌。他也不带徒弟。几个邻居小青年想跟他学,他说,我带徒弟干什么?不上山不下田,一个人随便到哪里都可以糊一张嘴巴。

做油漆之前,米粉槌学过几年画画,画年画。可年画卖不出去,糊口都难,便和郑家坊一个老师傅学了三年油漆。他做油漆,不买漆,只做自己的土漆。漆是他自己上山割的。他会调漆,据说是饶北河一带,漆调得最好的。

山上有很多漆树。在油茶山的开阔地,漆树和梓树在芭茅丛中,高高地突兀生长出来。春天,芭茅发叶了,漆树也发叶了。漆树是落叶乔木,红树皮青树叶,木质生脆,叶子像一把杀猪刀,和香椿树叶相似,暮春时开出满树的白花。一撮撮,一支红茎开出好几枝花。入夏,珠圆的青果籽,一束束挂在枝丫上,秋后,果籽发紫发黑且慢慢干瘪。大山雀来了,站在树上,啄食果籽。这时漆树叶红如焰火,透明,在风中哗哗作响。几场寒霜下来,树叶渐渐熄灭了火焰,变得金黄。往山梁上看,黄色的漆树叶、麻白的梓树叶、墨绿的山茶树叶,在枯黄的茅草山上给人秋天华丽之美。相比于春季,我还是喜欢山野的秋季,绚丽多姿,给人炽热的燃烧感。初雪接踵而至,漆树叶落尽了,留下粗糙的树干。树皮灰白,树像树的影子。

一棵漆树，在四季之中，颜色是极其分明的，干干净净。漆树会流"奶汁"。"奶汁"即土漆。土漆也叫大漆、国漆、木漆。树叶完全发青了，米粉槌去山上割漆。他清早上山，用圆口刀螺旋形割漆树皮。割三圈，在最下面的刀口，插一个蚌壳。土漆沿螺旋形树槽，滴进蚌壳里。滴半天，满一蚌壳，再倒进木桶里。漆流出来，是奶白色的，进了木桶变成了油亮的金黄色，松脂一样。一棵漆树，每十天可以割一次漆，漆树还可以蓬勃生长。漆树割了一年，缓一缓，隔一年再割。割了的刀口不会愈合，树皮往内收缩，刀口鼓起来，形成了肉瘤。漆树长了七年，才可以割漆，不然割一次便枯死。一棵漆树，可以流十公斤漆。

死在山上的漆树，都是满身的肉瘤。它有多少肉瘤，便是挨了多少次刀。漆是象形字，通桼，"木"之下，插着两把"刀"，"刀"下是流出的"水"。从木中提取漆的手艺，在造字之前便有了。汉字之中，"桼"可能是最残忍的字了。漆树的命运，便是一生饱受千刀万剐的戕害。庄子曾在楚国担任过漆官，他在《庄子·人世间》说："山木，自寇也；膏火，自煎也。桂可食，故伐之；漆可用，故割之。"这是生活的辩证唯物主义。重情之人必受情伤，也是这个道理。

生漆可以熬熟漆。用纱布把生漆筛了又筛，漆液纯净，更黏稠如蜂蜜，用一个木轮子在滚筒里搅动，日晒几天，兑入一定比例的桐油，成了熟漆。油漆匠会教徒弟手面功夫，如怎么上漆？什么时间上漆？怎么画画？在什么器物上画什么画？但不轻易教徒弟熬漆的手艺，甚至终身不教。到了传授熬漆手艺的时候，一般是师傅觉得徒弟对自己始终恭敬、没有异心、人品敦厚才教否则，宁愿把手艺带进棺材里，烂在泥里。

生漆呈乳黄色，空气氧化后为深红色，又逐渐深化为黑色。漆添加了铁粉，是深黑色。夜黑如漆，是最黑暗的夜了。漆添加了胭脂，是深红色。胶红如漆，是花朵绽放的极致。黑漆深沉内敛，红漆富贵典雅。漆添加了金铂，便流光溢彩；漆添加了银铂，便星光闪烁。生漆存放时间长了，会干固。干固了的生漆便不能再用了。生漆置于木桶，用硫酸纸密封，可长时间保存。

我祖父六十来岁的时候，便置办了两副棺材，一副是我祖母的，一副是他自己的。米粉槌挑小木桶来我家，他漆棺材。他穿一条喇叭裤，轻轻哼唱着："好漆清如油，照见美人头，摇动虎斑色，提起钓鱼钩。"我祖父露出空洞的嘴巴，说，漆上心啊，这是千年床，马虎不得。米粉槌拿出漆刷，拍拍身上的围裙，说，老哥郎，我知道的，人生漆两头，孩子的摇篮要漆好，老人的寿枋要漆好。用砂布擦一遍寿枋，打瓦灰，上一层底漆，阴干两天，再上一层大红漆。两副棺材漆了十来天。一个漆，一个在边上看。他们有说不完的话。

一个说："老哥郎，寿枋板材结实，板钉长，抱在手上沉手，是一副好寿枋。"

另一个说："房子做好了，办寿枋是最后一件大事了。"

一个说："好事，人最后都是要办一副的，晚办不如早办。"

另一个说："早办是好，人不知道自己什么时候走的，也不知道自己在哪里走的。寿枋是人最后的一叶舟，管它漂哪里。"

一个说："漆生，也漆死。我漆了多少东家啊，漆床，漆八仙桌，漆脚桶，漆水桶，漆寿枋，漆来漆去，说到底，漆一生一死。"

另一个说："死比生更长，寿枋是马虎不得的。"

我祖父给米粉槌说过几门亲事，最后都不了了之。不了了之的原因是女方说米粉槌不种田，干靠做油漆怎么养得了家。米粉槌听我祖父说了女方意见，都乐呵呵地笑，说，死伯才会放下油漆不做去种田。死伯是笨猪的意思。米粉槌到了五十多岁，才讨了一个老婆。他的老婆是妹夫的嫂子。妹夫的哥哥病死在烧炭的炭窑，大雪天，连下葬的棺材都没有。米粉槌在妹夫村子做油漆，听说了这事，给妹夫哥哥买了一副赤膊棺材，连夜赶工，上漆，才得以出殡。妹夫觉得嫂子需要一个过家男人，照顾两个小孩，便做媒。

讨了老婆的米粉槌，再也没穿过花衬衣喇叭裤了，穿上了劳动布解放鞋，头发也毛碴碴，早上天麻麻亮便去种田，种了田再去上工做油漆。他常到我父亲手上借钱，说："哥郎，孩子去学校都去不了，三个孩子，我就是讨饭，也要培养他们读大学，做功夫的人太苦太苦。"他叫我祖父叫老哥郎，叫我父亲叫哥郎。

我祖父还没过世，米粉槌便过世了。我祖父路都走不了，由我哥搀扶着，去了下村，送米粉槌最后一程。米粉槌死，也是没棺材的，临时去棺材铺买了一副，油漆师傅也找不到，由画师胡乱刷了半天，抬了上山，时辰等着，不能迟了吉辰。不像现在，我村里随时可以找出三五十个油漆师傅，可这些师傅没一个会漆生漆的，都是涂化工漆，学半个月出师，去浙江的义乌、宁波、温州和温岭一带，做家庭装修，个个都被"师傅、师傅"地叫着。

漆，是最具东方神韵的元素之一，和瓷器、汉字、书法、二十四节气、围棋等一样，形象描绘东方气质。早在七千年前，新石器时代的河姆渡已有了漆木器。1978年文物部门发掘时，漆木器仍然"朱红涂料，色泽鲜艳"。

1625年，西塘人扬明在《髹饰录图说》原序中说："漆之为用也，始于书竹简。而舜做食器，黑漆之。禹做祭器，黑漆其外，朱画其内，于此有其贡。周制于车，漆饰愈多焉，于弓之六材亦不可阙，皆取其坚牢于质，取其光彩于文也。后，王做祭器，尚之以着色涂金之文、雕镂玉珧之饰，所以增敬盛礼，而非如其漆城、其漆头也。然复用诸乐器，或用诸燕器，或用诸兵仗，或用诸文具，或用诸宫室，或用诸寿器，皆取其坚牢于质，取其光彩于文。呜呼，漆之为用也，其大哉！又液叶共疗疴，其益不少。唯漆身为癞状者，其毒耳。盖古无漆工，令百工各随其用，使之冶漆，固有益于器而盛于世。别有漆工，汉代其时也。后汉申屠蟠，假其名也。然而今之工法，以唐为古格，以宋元为通法。又出国朝厂工之始制者殊多，是为新式。"可见漆的使用和漆工艺，陪伴着先人的繁衍生息。

瓷器、汉字、书法、二十四节气、围棋等，之所以几千年来让我们痴迷，不仅仅因为流淌着了我们古老的文化血液，没有断流，更是一种活的艺术。我们写下的每一个字，都与上一个字不同，但都代表着自己的气质、个性、磁场。漆也是如此。土漆和颜料最大的不同是，漆液在漆的过程中，分分秒秒发生变化。土漆里有一种物质，叫漆酶，它在不同的温度不同的湿度中，所呈现出来的色彩完全不一样。漆的过程是一个正在发生的过程，而不是一个固定的过程，如围棋的千变万化，如节气的气候流变。漆的厚薄，也呈现不同的色泽。漆的过程，也是一个个体生命再现的过程。

漆艺人，都有一个密封的阴房，阴房里的湿度使漆酶发生物理、化学变化，慢慢阴干，形成漆膜。漆追寻器物原始质的呈现，如木纹，如稠色。漆所呈现的光泽，让人安静，它细腻，它柔和，它内敛，它温润。漆就是天上的月光，照在大海上，大海更深沉；照在霜上，霜更透彻；照在瓦上，瓦更古朴；照在山梁上，山梁更静谧。

鄱阳脱胎漆髹饰技艺的张氏第六代传人张席珍，是一个闻名遐迩的漆艺人，他的作品"光泽圆润，外形若骨，刻绘精细，手法自然，巧夺天工。"可惜我没见过。市群艺馆馆长徐勇几次对我说，带我一起去看看，我都没机会去。髹漆、陶瓷、丝绸，被誉为传统古工艺的绝活，我不能不去看的。

漆艺之美，来自一棵树和一个人的臻美结合。我不知道地球上有多少种植物，事实上，每一种植物都有自己液体。液体是树的血液，是树的内陆河。而能够形成一个民族符号的树，可能也只有漆树了。漆液在刀口上慢慢滴，滴在蚌壳上，散发清香，绵绵无穷。它漆在木质上，漆在金属上，漆在丝绸上，漆在瓷器上，有美丽的花纹和源源不绝的慈祥光泽。我们的琴，我们的剑，我们的车架，我们的门窗和衣柜，我们都看见了一棵树和漆艺人的生命质地。漆光永远是一种不会让人寒冷的光，是漆艺人柔和的眼神。

米粉槌已经故去很多年了。他不知道漆艺是什么，他只是一个乡村手艺人,我还保存着他送给我的竹笔筒。竹笔筒上了土漆,画了一朵杜若花,嫣红的花蕊、雪白的花瓣,我用湿巾擦洗一下,还是活色鲜艳。每次从笔筒里抽出笔,我便想起他的花衬衫,河水一样哗哗的笑声。

鸟抒溱湖

眼际的湖面乌黑黑。船近,黑点放大,如葫芦浮在湖面。我低声嘀咕:从来没见过这么多赤麻鸭。湖面宽阔,渺渺无际。湖面在波动、摇晃。风从北边无声吹来,冷飕飕。

在10月初,赤麻鸭和绿翅鸭、斑嘴鸭、潜鸭等其他鸭科鸟类从北方飞来,数千只、数万只,成群结队,飞到南方越冬。它们以家族为群落,一个群落为十几只、数十只,数百个小群落,组成庞大的鸟群,以浩浩数公里的大队伍,飞跃山关,在南方的湖泊、宽阔河流、芦苇荡和湿地,以小群落栖息。在可栖息的水泽之地,它们留下数个、数十个或数百个,甚至数千个群落,继续南飞。而溱湖是赤麻鸭、斑嘴鸭和绿翅鸭的主要越冬地之一。

船的晃动不是因为风,而是水鸟拍打翅膀掀起了水浪。水浪推着水浪,船如浮叶。浅水区的枯荷就是这样的。枯荷独耸一支出水,如一支秃笔,或如道士头上的一顶发冠,荷叶漂在水面如蒲扇。蒲扇摇着摇着,摇出了皱褶的湖面。湖并不喧哗,没有水浪声。有几只赤麻鸭高高跳起来,又落下水,嘎嘎嘎地叫。湖面略显躁动，水鸟拍着水，扇起细珠串起来的水花，水花急溅着水花，白亮亮但又迷蒙。我问同船的吴琼：在溱湖越冬的水鸟，有数千只吧？她说，十几年前，来越冬的候鸟，也不是很多，这几年，来越冬的候鸟，一年比一年多，到了深冬，各类冬候鸟过万只。吴琼是姜堰人，在溱湖工作，热心于溱湖的生态观察。

溱湖是泰州最重要的湖泊之一，处于里下河平原，有八余平方公里之大，内有近百个树林茂密、沼生植物丰富的小湖岛。小湖岛与小湖岛交错着湖汊，湖汊逼仄，二十米至五十米宽，湖汊连通，湖岛如一艘艘停泊的森林之船。岛的圾口，形成碗状的小湖。小湖长耐水植物蒲苇、芦竹、芦苇、芦荻、芒草、美人蕉、石龙芮、鸭拓草、竹节草，长有挺水植物薰草、水莎、纸莎、灯芯草、水葱、旱伞草、野荸荠、黑三棱、慈姑、浮叶慈姑、矮慈姑、菖蒲、石菖蒲、香蒲、黄菖蒲、溪荪、茭白、荷、千屈菜、雨久花、梭鱼草、泽苔草、泽泻、水芹、水龙、空心莲子草、花蔺、黄花蔺、海芋，长有浮水植物莼菜、芡实、睡莲、萍蓬草、浮叶眼子菜、荇草、水鳖，长有漂浮植物大漂、野菱、田字萍、槐叶萍、紫萍，以及沉水植物水车前、枯草、黑藻、狐尾藻等。秋后，湖水下降，草洲半露，大多数的挺水植物和漂浮植物已枯黄，放眼望去，草茎挺拔，草头倒伏。略显浑浊的湖水之下，是昂刺、鳊鲅、参鱼、翘白、阔嘴鱼、鲫、蚌、虾、泥鳅、黄鳝、螺的世界。秋冬的草洲与浅湖地带，是神秘的鸟世界。

在一个湖湾，我看见一个白骨顶的群落。我数了一下，至少有十七只白骨顶聚集在一大摊芦荻边的湖面。这是我第一次见到这么多的白骨顶。站在岸边一棵冬青树下，我远远就看到了它们，黑黑的翅膀浮在水面。我以为是黑水鸡。待走近了，我看到白白的喙。嗯，这是白骨顶。白骨顶是冬候鸟，秋分之后即来到南方，待来年5月飞走。来时是一对"情侣"，走时是一个小家族。它们在岸边草窝或灌木林丛营巢。我以前也多次看过白骨顶，一只约三百克，而眼前的白骨顶，一只足有四百五十克，也许是这里食物太丰富了。白骨顶是非常机敏的动物，在二十米开外感觉到人的动静，"叭叭叭叭"踩出水声，钻进草丛或岸边小竹丛、灌木丛，不见影踪。在野外观察白骨顶或黑水鸡，我会找草丛或大树藏身，静静地候着它们。白骨顶吃小鱼小虾，吃小螺蛳，吃蜗牛，也吃水面飞蛾或其他昆虫。它啄食的速度很快，张开的喙如两根磨尖了的铁筷子，唰地啄下去。吃完了，它甩一下湿漉漉的头，叭叭叭地踩水游玩嬉戏。在我有限的几次观察中，我从没发现白骨顶以较大群落出来觅食，一般是三两只，前后出游，或在低矮稀寥的沙地吃食。它的两只脚修长，腿关节粗大如小蚕豆，有很强的韧性，走路非常快，跳着走。溇湖的白骨顶似乎并不"机警"。我久久地站在芦荻边，它们也不惧怕我，偶尔还看着我，"咕——咕——"轻快地叫着。它们在快乐地戏水。我不知道它们是不是来自同一个家族，但它们亲密无间。

与白骨顶"集会方式"不同的是小䴙䴘。在同一个湖面，我看到了三个小䴙䴘家族。临近岸边，有一片枯荷，三只小䴙䴘在潜水觅食，每潜一次水，时间约四十五秒。它们一起潜水，一起露出水面。在一丛露出芦苇的湖面，有四只小䴙䴘在游水。我扔了一根短木条过去，小䴙䴘在水面撇着脚，飞快地走出十几米，贴着湖面，掠起浅浅水花，再潜入水中。另一个群落则躲在芦荻丛，露出头，怯生生的样子。我只看到了四只。它的眼珠一圈黑一圈白，小而扁的喙翕动着，发出"叽叽叽"的声音。在南方的很多湖泊、山塘和河流，都可以看到小䴙䴘。尤其在芦苇、芦荻、灯芯草等耐水植物茂密的水域，小䴙䴘更是常见。大多数人不知道它叫小䴙䴘，只管叫它野鸭。也有人认为它不会高飞，叫它"傻鸭"。其实这是一种讹传。我们常见小䴙䴘是贴水面飞，飞几十米便落下，而不像其他水鸟高飞远走。这是因为小䴙䴘对自己的栖息地非常"忠诚"，不轻易离开自己嬉戏和觅食、孵卵、育雏的地方。鸟和人一样，对自己生活的、熟悉的地方，具有依赖性。小䴙䴘也因此成了栖息地的留鸟。在栖息地遭到破坏或食物短缺时，小䴙䴘也会迁徙，以小家族的方式，迁徙到相同流域的不同河段或相近地域的另一个湖泊。它很少因季节而迁徙。小䴙䴘是我们俗称中的野鸭一种，油鸭是最为贴近的称呼。我曾用三年的时间，在饶北河上游，观察过一个小䴙䴘家族，来时一对，到了第二年5月，育了两只，共有四只。小鸟长大了就飞走，循环往复。我由此推想，小䴙䴘不以大家族方式生活。

"油"是灵活、机敏、好动的意思。太阳还没升起来，天翻出鱼肚白，小䴙䴘便出来觅食、戏水。在僻静的水面，一会儿潜水，一会儿游水，从草丛中先出来一只，游一会儿（像个暗探），再出来一只。若是河流，它们还喜欢斗水，逆水而上，在扑跳的水花中叼食小鱼。凡可斗水之处，多桃花鱼、马口鱼。这是小䴙䴘最喜欢的食物。5月，正是绵绵雨季，也是小䴙䴘孵卵的季节。小䴙䴘营巢在岸边隐蔽的草丛或灌木丛，以枯草搭窝，鸟巢如扁钵。无可隐蔽之处，巢营建在低矮的草洲。雨季，河水（或湖水）上涨，水把鸟巢冲走。鸟巢如一顶翻转的草帽,漂在水上。小䴘䴘却始终不离开巢,抱窝在巢里,任凭风吹雨打,它紧紧焐着身下的小蛋。暴雨瓢泼,浇在它身上,它昂起头,翅膀也不抖一下,它身下的小蛋或幼雏,紧紧地被它护着。我见过这样温情的情景。小䴘䴘所散发的护幼之情,令人敬畏。它对任何风暴无所畏惧。小䴘䴘是赐爱之神。我们观察动物们的日常生活、习性,很容易动容——它们与生俱来的生命光辉,在某一个瞬间照亮我们漆黑的内心,激起我们度过劫难的勇气。

湖汊两边长满了密密的芦竹,像湖岛扎的一道篱笆。在低洼处,白茅高高扬起素白的茅头。岛上,疏疏朗朗的阔叶乔木和针叶乔木参天。我稍略记录,阔叶乔木有薏杨、丹枫、乌桕、樟树、冬青、苦槠、桂花、野栗、青冈栎等,针叶乔木有黄松、毛松、水杉、落羽杉、蜀柏等。有少部分湖岛,长有翠竹或桂竹。在湖汊之间穿行,如在幽深古镇的巷弄散步。高高的树冠如瓦檐,岛岸的芦竹和灌木林如青砖墙,树与树的缝隙如一扇扇窗户,水面如细雨下的石板路。此中自有一种微醺的古意。

薏杨树已片叶不存,高高地突兀在村舍、土丘、水堤、田埂、菜地,显得大地空旷无边。里下河平原太壮阔了。溱湖太壮阔了,只容纳湖水、岛屿,以及岛屿上的树木。里下河平原只需一个溱湖,便足够容纳万物了。光滑青白的树皮包裹着薏杨树,远望而去,薏杨树挺拔而遒劲,似乎可以无限制地往上生长。我看到很多喜鹊窝。很多鸦科鸟,都喜爱在高树上营巢,如喜鹊、乌鸦、松鸦、红嘴蓝鹊等。枯枝横在高枝交叉的部位,搭成脸盆状。在泰州,我发现有很多鸟喜欢聚集在某一个小地方,如园子、土丘上的林地，河边的某一处林子，某一个湖的四周。在**望海楼**公园，当地人对我说，这个公园有上万只鸟入秋之后便来了，年年如此，也不知道是些什么鸟。我去了公园，一个林子一个林子地看过去。每个林子均为小树林或小竹林，鸟鸣啾啾。我辨认出来的鸟（以群落方式活动）有噪鹛、松鸦、树鹊、灰山椒鸟。灰山椒鸟从林子飞出，数百只，灰蒙蒙一片，叽叽叽地叫着。去乔园时，已是傍晚，灯火尚未掌起，暮色有些灰暗。园子有两处小竹林和两处假山，乌鸦在竹林夜宿。人走在路上，藏在檐角、假山和竹林的乌鸦，扑棱棱飞起，有数十只之多。乌鸦机警，稍有脚步声或咳嗽声、说话声，都能惊动它们。

在溱湖，无论去往哪个湖岛，都可以看到喜鹊。喜鹊在水上森林栖息。在这里，我见到了广袤的水上森林。每一座岛屿，都是一片独立的森林。岛屿毗邻岛屿，森林绵亘森林。高大的乔木和低矮的灌木相杂，常绿乔木和落叶乔木相间，灌木与芦竹相生。

喜鹊在林杪之间，嘘叽叽地叫着。它们绕着树飞。在溱湖麋鹿栖息地，我看到一棵薏杨树上，站了六只啼叫的喜鹊，光溜溜的白枝上，墨墨点点。喜鹊随风晃动，各抒一枝，尽得画意。喜鹊是人见人爱的鸟，啼鸣喜庆。乌鸦啼鸣粗野，以食腐肉为主。人们乐见喜鹊而厌恶乌鸦。其实，喜鹊"心性"凶猛，"残暴地"猎杀体形较小的鸟类，甚至猎杀蛇类，更不用说蛙和蜥蜴了。它把猎物压在地上，爪钩住翅膀，啄食脑壳。蛇生活在阴湿地带，尤其临近水边的林地、草地，一窝窝地繁殖。于喜鹊而言，溱湖无疑是取之不尽的"鱼米之乡"，日日饕餮饱食。我问了一个在湖岛上卖风鸡的人：湖岛上，蛇多吗？他一边给我算风鸡的价钱一边对我说:水蛇、青蛇、乌梢蛇、白花蛇很多。湖生鱼、蛙、蜥蜴、昆虫,而这些又是蛇的美食。湖是动物的"粮仓",当然也是人的粮仓。

苏南是水乡,长江和淮河为每一片土地,提供了丰沛的水源。在泰州,随处可见的是河流、湖泊。水为泰州编织了大地美丽图案,也孕育了物种多样的自然世界。仅就水蔬而言,苏南有"水八仙"之说。"水八仙"即茭白、莲藕、水芹、芡实、慈姑、莼菜、菱。溱湖有自己的"水八仙",即簖蟹、甲鱼、银鱼、四喜、螺贝、青虾、水禽、水蔬。四喜分大四喜(青鱼、白鱼、黑鱼、鳜鱼)和小四喜(黄颡、鳑鲏、罗汉鱼、参鱼)。溱湖边,现今生活着湖南村、湖西庄、湖北口三个村子的人,他们不再打鱼为生。溱湖自2003年开始禁渔。秋冬交替之际,正是吃簖蟹的季节。簖蟹肥美,蟹黄饱满而多鲜。簖即竹篱笆。冬蟹爬过插在湖汊上的竹篱笆,游进大江,去海里孵卵,春季洄游,回到溱湖。能爬过竹篱笆的蟹,都是身体壮硕的。

簖蟹入大江之时,水生植物已大多枯黄或糜烂,落羽杉由秋季的棕黄转为褐黄。冬捕之后,大雪来了。雪被呼呼的江风吹来。一团团的雪被风撕碎,如樱花之瓣。雪盖了码头,盖了村舍,盖了寥廓的田野。大地空荡荡,天空空荡荡。树冠一片白,荒草一片白。落羽杉的针叶随雪落在地里、水里。丹枫空留光光的枝干和枝干上的薄薄积雪,进入漫长的沉睡。鸭科、鹳鹬科、秧鸡科等冬候鸟,让死寂的溱湖,生出无限的灵动。生灵从来就是这样,不是被自然降服,而是顺应自然,并展现勃勃生机。

冬雪之后,又是春雪。春雪消融,鹭鸟来到了溱湖。数千只鹭鸟分散在浅水区、草泽地，吃着鱼虾螺贝，或翩翩而舞。夜鹭在芦竹上夜宿，如穿着灰靛青袍服的老僧在旷野禅坐。白鹭在杉树、樟树等乔木上营巢。而池鹭喜爱藏身蒲草丛或芦苇丛独自觅食，像个独行客。鹭鸟欢欢求偶，嘎嘎嘎地啼鸣响彻。白鹭以优美的舞蹈和洪亮的啼鸣，博取"情人"的青睐。一对对"情侣"日日"出双入对"，早出晚归，对喙而食，交颈而歌，相拥而舞。它们将缔造自己的家族。荷花再一次绽放，睡莲再一次成了青蛙的卧榻。

　　溱湖告诉我，何谓生生不息。

马者的夜晚

灰褐色，赤褐色，黑褐色，我看到的岩崖，在黄昏降临时像一块巨大的画板，悬挂在我眼前。几个凝重的色块，板结在画板里，有强烈的凹凸感。没有形成色块的地方，是悬出来的岩柱覆盖着灌木，葱葱茏茏。岩崖从亘古的时光延绵而来，马群在奔驰，沿着清江，千里迢迢到了屯堡。马群再也不走了，围成一堵海拔千余米的高墙，把一块高山盆地围得水泄不通。我坐在马者村一个农家小院里，四望而去，密匝匝的岩崖在大地上，耸立起了巨大的庙堂：青灰色的崖顶，斜斜的，像是屋顶，瓦楞连着瓦楞，一望无际。因岁月的苍老，屋顶有了厚厚的苔藓（茂密的树林，从千米高空俯视而下，和苔藓没差别）。瓦楞里，雨水披散，细流涓涓，纵身飞泻。峻峭的山岩堆叠起来的峰峦是墙壁，铜钟在早晨在傍晚敲响（太阳是一口巨大的悬钟）。钟声回荡，从墙壁反射回来，有了长久的回声，重金属般清脆的鸣响。

从武汉特意跑到恩施看望我的同乡。午间休息后，他问我：回恩施市区去住吗？我说：不了，就住在马者。朋友说，有什么好玩的呢？就几户人家，山前山后全是岩石，没什么可看的。我说，看法不一样，全中国的城市都是一个样子的，有不一样的城市吗？城市有不一样的从前，有完全一样的现在，但从前都死了，而僻壤的乡村却不一样。到恩施，坐了几次的士，师傅都推介我去女儿国玩玩。我说：女儿国是古寨子吗？有土家族传统工艺和传统文化吗？师傅呵呵笑笑说：是人工造的，有文艺演出。我说我不看人工造的，想看原始的村寨。我问了很多人，都不知道原始土家族在哪儿保存着。我买了班车票去大峡谷。从大峡谷又折回来十几里路到马者。我被马者周围的岩石山所吸引。同乡从恩施开车过来，看见全是岩石的峰峦，说：你想看什么呢？我说：你回去吧，我一个人看山峰上的夜晚是怎么样的。——我知道，高山上的夜晚和城市的夜晚是不一样的。在江西的怀玉山，在新疆的喀纳斯、在贵州沿河的乌江边，所看到的夜晚都不一样。2014年寒冬，我住在沿河乌江宾馆，撩开窗帘，看着窗外的乌江。乌江像砚台里的浓稠墨汁，黑得发亮。月亮一漾一漾地在乌江里，像一叶掌灯的乌篷船，慢慢逆水而上。那种情境，会化入人的心灵深处，月亮会成为记忆中的一枚琥珀。怀玉山的满天星斗，伸手可触，星辉沁人心脾。喀纳斯夜晚的雨云，封冻起来像一层淤泥，给人压迫感和重量感。

我期盼马者的夜晚快些到来。

在山庄的客房里，我一直忙着记事。房东大姐叫："吃饭了，六点钟了。"我转头看看窗外，太阳还高高地挂在一棵银杏树上。银杏树挺拔，树叶青蓝色，呼呼地漫卷。太阳橘红色，光线柔和，一点也不灼眼。我说：大姐，你们先吃吧。"你们"是指房东夫妇。

房东夫妇分工明确,男的烧饭,女的打扫卫生。我到厨房,房东夫妇已经吃完了。菜是土家族家常菜,但我并没感觉到有什么特色。土家族人爱吃腊肉烟熏肉,爱吃酱,吃合渣,我也没看出有别一样的风情。若有特色的话,是又辣又咸。在恩施吃了几个餐馆的饭菜,味道都如出一辙,粗糙,不精细,但粗糙中有大山人的旷野,有大山人对食材的珍爱,是其他地方人所难以具备的。食材地道,原生态,和山里人一样,有本真,不忸怩作态。我吃好了饭,已经7点了,太阳还在银杏树上,只是影子斜斜地拉长,山间的公路像一根绳子,拉着影子走,树的影子便有了奔跑的形态。

  我对房东说,山上有时差了,晚了一个小时。房东说,没时差没时差,是太阳不愿下山,下山了它有什么意思呢?太阳是最笨的东西,一辈子都用一样的步调走,看起来游手好闲,又看起来忙活得打盹没时间,人一辈子跟太阳一样活着,肯定是一具僵尸。我说,太阳是最仁慈的,下山了,我们睡觉;也是最残忍的,上山了,我们去地里干活,周而复始。我想起了西西弗斯,把石头推向山顶,石头滚下来,又推向山顶,又滚下来,周而复始。人的悲壮性,牺牲性,无意义性,不屈性,实际上,从太阳下山可以看出来。将沉的夕阳落得特别快,像一辆马车,看起来似乎跑得很疲惫,鞭子怎么抽,拉车的马都是踢踢马蹄,甩甩尾巴,扬扬鬃毛,再也不想走了,可是一眨眼,却又立马绝尘而去。夕阳西下,是谁都无法挽留的。"请求夕阳慢一些,再慢一些。"我们常读到这样的诗句,那是一种对消失事物的彻底绝望。

  马者的夕阳确是落下会慢一些,它不是滚下去的,像一个略重于水的扁圆物体，在水面上，慢慢摇慢慢沉，边摇边沉，沉下去了，引不起些微的波纹。夕光也消失得慢，笼罩在山峦，晕黄的，雏鹅色，让山间洋溢着煦暖的色调，更远一些，流光溢彩。凉爽的风，在夕光不见的刹那，从树梢上跑下来，裹着脸颊、手臂，人一下子泡到了水里一般。风成了我们的皮肤，最薄的皮肤，和露珠薄薄的水片没两样。天空澄明，水蓝色出来，鸟叫声尤为孤单，像找不到家门的小孩。公路上，有了水蒙蒙的车灯光，在转来转去的山道上，一会儿亮一会儿暗。

夜晚来了，四周峭立的山岩肃穆，面目狰狞起来，黑魆魆，一碗茶的时间，模糊一片。清江是一条冷血动物，此时，它醒来了，饥饿了，在狭长的山谷里，窸窸窣窣，穿来穿去，长长的尾巴摇晃，甩打树木、岩石、甩打已经到来的暗夜。树木在它扭动爬行的身躯惊扰下，开始哗哗哗响起惊悚的颤抖声，卷起一阵阵风。风掠过斜坡地，四处涌动。玉米地、茶地、蔬菜地，像有很多小型脊椎动物在跑，跑得快、乱，又无处突围。院子的果树，像来了很多乌鸦，受了惊吓的乌鸦，扑棱棱地抖动翅膀，树枝摇晃。清江给整个山谷带来了躁动和不安。它在吞噬周遭的一切，饕餮，埋于它巨大的腹中——这是一个坐在院子里独自喝茶的异乡人，在繁星没到来之前的错觉。事实上，山谷已经退去了白日躁动的波浪，大海（山谷是一个倾斜的大海）进入梦乡，鸟蜷缩在巢穴，土家人回到灯下，潺热的暑气融进了露水里。鸣虫聒噪，咕唧唧咕唧唧，嘀唧唧嘀唧唧，小小的昆虫，有必要这样肆无忌惮吗？有点小情小调，有必要这样高调吗？或许它们是这样想的：活一夜，就好好叫上一夜，好好轻吟低唱，尽情地欢畅，比什么都来得重要。它们是不想明天是否活着的一群,是及时行乐的一群,一群现代主义者,一群烂醉如泥的摇滚乐手。

到了9点多钟,星星铺满了凝固的江河。纵横交错的江河,它们相互交叉,相互重叠,相互渗透,相互漫溢,成了一条河。星星挂在一棵巨大的树上,像一串串葡萄。葡萄里,是酸酸甜甜的汁液,把玛瑙一样的皮撕开,汁液喷射出来,透明又黏稠。我问房东,月亮什么时间出来。房东说,要到明天凌晨出来,月底了,月亮不轻易见人。我说,是不是要送彩礼,月亮才出来呀。房东呵呵笑了起来。山峦明亮了起来,星光像泡沫一样浮在岩石四周。看起来,山峦也是摇摇晃晃的,泡沫里的船一样。山峦密密匝匝,呈圆形,像一个夸张的水桶。我就坐在水桶里,被凉爽的水浸透全身。

站起来,把手伸长一些,如果不够,可以站在板凳上,我的手可以掬到天空里瓦蓝的水。掬一手心水,喝进嘴里,沁凉,微甜,有薄荷味。但不解渴,越喝越渴,又掬水。水里有宝蓝色的光,有倒影——浓缩的天空贴在唇上。

夜很深了。但我一直无法入睡,山鹰在啊啊啊啊啊嚎叫,星光也在啊啊啊啊啊嚎叫。岩石壁立的山峦却有了庙宇异样的安静,仿佛回荡着另一个银河。

沙子坝

沙子坝是恩施屯堡镇下面的自然村，在一个叫鸦雀水的高山上。我从恩施市出发，坐一个小中巴。车上有七八个高中毕业生，戴着太阳帽，玩着手机，穿板鞋和运动衫。也有几个乡民，提着蛇纹带，背着竹编背篓。我是去沐抚镇的，车走了四十多分钟，上了一个海拔一千余米的弯道山坡。只见山野满绿，人烟疏淡，我嚷嚷着下车。师傅说，沐抚还没到呢，还有十余里地。我说，我不去了，这个地方好，我想住上一夜。师傅四十来岁，笑了起来，露出满嘴烟黄的牙齿。

已经正午了。太阳像一朵金菊。我站在马路边一个岔道口四周打量了一圈，山峦不再起伏，灰褐色的岩崖显得木讷、凝滞、沉稳。我找了一家餐馆，点了炖腊排骨、煎豆腐、莜麦菜、韭菜炒鸡蛋，外带要了一碟酸荞头、一碟山胡椒酱。我来恩施之前，并不知道有山胡椒酱。南方人一般吃豆瓣酱、辣酱。从北京转道恩施的火车上，同车厢的恩施人对我说离市区二十公里有一个土家族村落，叫枫香坡，有地道的土家菜吃。我住了宾馆，随后打车过去。枫香坡冷冷清清，只有几个妇人坐在院子里聊天。她们仰靠在竹椅子上，一副懒懒散散的样子。太阳早已下山，天空还有水一样的懵懵懂懂的光色。我转了一圈，很是失望。房子全是水泥结构三层楼房，土家风情或建筑荡然无存。我找了一家餐馆，老板上灶，老板娘清扫院子。我说我坐在葡萄架下吃，有田园味。老板娘给我上了一碟酱。我吃了一点，吃出蒜泥、姜汁、辣椒、陈皮、豆豉等味道，但还有一种食材吃不出是什么，辛辣、木香、爽脆。我问老板娘这是什么，黑黑的，颗粒果状。老板娘说是山胡椒，酱叫山胡椒酱。吃完了饭，菜没吃一点，把一碟酱全吃了。我对老板娘说我要买一罐山胡椒酱带回家吃。老板娘说酱不多了，舍不得卖。我说我跑了二十多公里吃土家菜，都没正宗的，土家风情也没看到，能让我满意的，也只是这碟山胡酱了。老板娘说制酱很辛苦，山胡椒要上山采摘。我说好东西需要分享，不能自己藏着。老板娘矮矮胖胖，说话有些娇嗔。她老公坐在我边上抽烟。我对老板说，多少钱一斤，你说说，哪有你这样当老板的，客人的合理需要你们也拒绝。老板看看他妇人，不说话。老板娘说，别人的山胡酱一斤要四十块，我的要八十块。我说，要半斤，按一百块算，免得你骂你老公面软。老板哧哧哧哧笑起来。鸦雀水路边餐馆的山胡椒酱，干涩、粗糙、滞舌，我吃不出枫香坡山那种香、辣、绵的味道。山胡椒是一种落叶灌木或小乔木，也叫牛荆条、油金楠、假死柴、臭枳柴、勾樟、假干柴、鸡米风、牛筋条、诈死枫、白叶枫、老来红。赣东北和闽北常将山胡椒叶子晒干，可去腥烧鱼、烧野猪肉，放一把干叶子下去，腥味全无。

在鸦雀水的公路上，我来来回回走了几次。天气有些炎热，但不燥。山呈扇形，峰峦是熔岩，壁立峻峭，草木不生，峰顶是茂密的小灌木林。峰峦之下，是斜面的坡地，平缓而下，一直延伸至谷底的清江。远远看去，斜坡地像一张挂起来的牛皮。人烟散落在稀稀疏疏的树林里和弯弯曲曲的公路边。坡地被村人垦出一垄垄的山耕地。麦子收割了，留下一片黄色的麦茬，鸟雀啾啾啾啾，飞来跳去，翅膀憋起来又张开。油菜地烧荒了，黑黑的，和石头砌起来的黄地埂形成一块块色感强烈的图案。没烧的油菜秆堆在毛竹架上开始霉变发黑，在阳光的暴晒下啪啪作响。灰雀站在油菜秆上啄食油菜壳，汽车开过它身边，它呼呼地飞走，汽车远去了，它在树梢上绕一个圈又回来。在一棵苦楝树下，一个妇人拖一个小女孩在等车。妇人三十来岁，扎马尾，戴太阳镜，穿牛仔裙，脸白，腿长。小孩嚼小米酥，六七岁，穿豌豆花的连衣裙，一边嚼一边玩跳房子游戏。车来了，是一辆小面包车，妇人招手，车子继续在弯道行驶。车又来了，是一辆帕萨特，车子停下来，倒回去，倒在妇人身边。妇人抱着小孩上了车，呜呜，车子拐过另一棵苦楝树，消失了。整条公路没人，各屋舍也没人。午后了，村子进入了短暂的酣睡。

离公路两块茶地远，有一家小旅社，四层。我看见旅社前，有几棵树，其中一棵遮天蔽日，树冠如瀑，我看不出是什么树。另有两棵是枣树。我去小旅社，一个四十多岁的妇人在厨房里清扫。我说：我看见这几棵树就上你旅社了。妇人笑起来，脸像向日葵。她脸大而圆，有麻点。我又说：这两棵枣树，一棵树龄在四十年以上，另一棵在三十五年以上。妇人又笑，说：一棵四十三年，一棵三十七年。妇人又说：饭还是热的，要吃饭还是去看看房间呢？妇人声音粗哑，语速缓慢低沉。我说先看看树。走到大树下我说：这是什么树呢？我没见过。妇人说是楠木。我说不是，楠木这么粗，起码两百年树龄，像是青冈栎树，叶肥厚，荚果壳状，树皮灰黑，有苔藓。妇人说：老爹种的，四十来年了。妇人又问这棵矮小的树，是什么。我说是厚朴。妇人说，我们叫笔帽树，开花时，花朵和笔帽一样。我说，树皮厚，褐色，不开裂，小枝粗壮，淡黄色或灰黄色，小枝有绢毛，顶芽大，狭卵状圆锥形，无毛，是厚朴的特征，厚朴是玉兰科落叶乔木，开花初始如笔帽，花盛如玉盏。妇人说：你干什么的，怎么认识这些树呢？我说我种树的，四十岁后以种树为乐趣。

　　站在旅社四楼阳台，往坡下远眺，玉米地已经完全油绿，玉米秧苗有一米来高，叶子耷拉，风吹，摇曳生姿。茶地里，有三三两两的妇人戴着竹编的斗笠，别一个扁篓在采摘茶叶。一垄垄的茶叶地，修剪平整，和妇人胸口一般高。在斜坡地的便道上，高高大大的是苦楝树。山梁包围着，扁圆形，在清江的出口奔泻之处，有一个豁口，像乌鸦的嘴巴。有几块山地，草烟稀稀淡淡，软绵绵，往山谷下面压去。烟绕着树林，绕着山坳，绕着一层层的菜地，给人恍惚感。这是有人在烧荒，他们把垦下来的草、芭茅、干枝堆在一起烧。太阳给山地鎏金，汪洋肆意。清江在山谷里咆哮，但我听不到，也看不到。我看到的只是岩崖和斜坡地。清江，古称夷水，是长江一级支流，因"水色清明十丈，人见其清澄"，故名清江。清江发源于恩施州齐岳山，在宜都陆城汇入长江，全长四百余公里，清江是土家、汉、苗三族混居地。屯堡是清江咽喉之地，是土家族主要居住地之一。清江卧在谷底，像一条蟒蛇，谁也发现不了。

在阳台晒衣服的时候，我听到了茶叶地里的歌声。

我喉咙有些发痒。有一种草叶一样的东西，伸进了我喉咙，唏唏嗖嗖地刷着。歌声像一只缝叶莺，在茶地里盘旋着飞。采茶的妇人慢条斯理地低着头，摘茶叶。斗笠斜斜地下垂，遮住了她的脸。簇拥的茶叶，在地里，像一片静默的湖泊。

西南的高山，夜色来得晚。夕阳斜坠，仍有透亮的天光浇灌在山间。白白的，渗透着瓦蓝，仿佛刚刚泡开的绿茶。山峦明丽，灰褐色变成了浅灰，纵目而去的幽绿也浮起一层稀稀的流岚。一个老人赶着十几只羊下山。羊从山道上下来，推搡着，跌跌撞撞，却又悠闲自得，咩咩咩，在边沟里低低地轻唤。返城的车子在公路上嘟嘟嘟驮着最后一缕夕光，晃眼间拐过了村舍。我坐在一个凉亭里，看着灰蓝的夜色一笔一笔地轻描淡写在斜坡地上。笔力越来越遒劲，色彩越来越浓，逐渐凝固，直至几粒豆亮的星光挂在了枣树上。在1980年，诗人西川在去青海湖途经小镇哈尔盖时，写下《在哈尔盖仰望星空》。我揣想，他当时看到的星空，和我看到的垂下眼睑的黄昏，有许多相似之处。天空像个敞开的屋顶，也像个漏斗，豆亮的星光也像峭壁上的灯盏。

凉亭里的一钵海棠花开得无声无息。古老的时光也无声无息。村舍散落，窗户的光亮被渐浓的夜色包围。虫鸣嘀嘀，露水苏醒。

老板娘在枣树下，借着暗光，在剥大蒜和葱兜。老板在给几钵盆景浇水，用碗从水桶里舀水，一钵浇四碗。栀子花在傍晚开了三朵，凋谢了两朵，还有两朵打起了花苞，留给明天开。我问老板：这个村叫什么呢？老板答：沙子坝。

树上的树

　　第一次走进这个院子，徐永俊对我说："在这里你要生活三年，慢慢适应吧。这是美好生活的开始，你看看，天上有彩虹。"准确时间是2013年7月17日下午4点。焦灼的地面刚刚被一场阵雨浇透，地上的灰尘卷起螺蛳肉一样的颗粒，草地上挂满透亮的水珠。东边，一道彩虹弯挂下来，被另一道彩虹包围着。双彩虹，这是难以见到的自然景象，像是两道通往苍穹的七彩拱门。没一支烟的时间，彩虹消失了。徐永俊说：彩虹都没了，你还望什么呢，那么出神？我"哦"了一声。事实上，彩虹，我只是瞄了一眼。围墙外，一道低矮的山梁上，有一棵高大的树，把我的魂魄勾去了。山梁只有三个围墙那样高，匀称地往南边以递减的海拔斜下去，约有两华里长。整条山梁油绿得平整，被人工修剪过似的，整体看起来，像一个仰卧的女人——在肚脐眼的部位，一棵高大的树，冠盖亭亭，磅磅礴礴。这是一棵什么树呢？怎么只有一棵呢？

　　翌日清晨，我连院子也没溜达一圈，便跑到山梁去了。山梁是荣华山的一支余脉,因修建一条土公路,余脉被割断了,剩下这一条,像蜥蜴断下来的尾巴。山梁是黄土质,西边的斜坡面是茶叶地和油竹地,东边的斜坡面是杂生灌木林和竹林,中间的山脊是一个宽约十米的平面,长满了山毛榉、山楂树、荆条、糖梗刺和茶树、油竹一般高,与西边斜坡面融为一个整体。我在院子看到的斜面,正是西边的弧坡。东边的弧坡陡峭一些,竹林窝在坡地,和略高一些坡上的杂灌木形成一个斜面坡。四周并没有路上去,我去不了山脊,茶树和油竹密密匝匝,根本容不了人。我也去不了树底下,不能去辨认是什么树。

无论在院子溜达,还是在门口土公路散步,那棵树都特别醒目,它站在那儿,不言不语,但又似乎有很多话要说的样子。有一次刮大风,我站在三楼窗户看它。它的树冠被风包裹成了卷,像一个背着大棉袋的人,被风拖拽,翻着跟斗,眼看要被风掳走,消失得无影无踪。但它兀自不动,像一个魁梧的人立定在那儿,只是大大的深色草帽被风掀了掀。我轻声地吟诵已故曾卓老先生的《悬崖边的树》:

　　……
　　它孤独地站在那里
　　显得寂寞而又倔强
　　它的弯曲的身体
　　留下了风的形状
　　它似乎即将倾跌进深谷里
　　却又像是要展翅飞翔……

当然，这样的好奇心仅仅维持了半个来月，我又完全忘记了这棵树。或者说，管它是什么树，松树、枫树、苦槠、香樟、杜英、柏、杉、柳、檫、樟、杨、枣、梨、橘、梧桐、冬青、银杏、桂花、紫檀、红椿，作为我这样一个仅仅是多看它两眼的人，又有什么区别呢？9月下旬之后，暑气消散了，我去山间的转悠多了起来，一天一次，有时两次或三次，但我打消了攀爬这条山梁的念头，因为没有路，我也无力去砍出一条山道来。一次，我用了一个多小时，把围墙四周察看了一遍，我怕围墙根基不好，或有塌方没有及时维修造成围墙坍塌。山梁下，一路上有很多动物粪便，板栗一般大，形状和算盘子差不多。路两边长满了芭茅和茅荪，还有一些矮矮的小苦竹、小叶石楠、毛冬瓜树。我猜想，这里野兔一定很多，说不定有狐狸、刺猬、獾猪。一群长尾巴的鸟，嘎嘎嘎、嘎嘎嘎，飞到树上。我又想，那棵树上一定有鸟巢，猫头鹰或喜鹊或雕鸮或斑鸠的巢穴。刚才飞去的一群，正是喜鹊，灰褐色和白色相间的尾羽，叫声喜庆。我嘟囔也是自言自语地说，我又没客人来，你叫得我都慌了，丝毫不体贴一个客居人的苦楚。但我看清了那棵树的叶子，宽大，麻褐色，有斑白，只是远远地看上去它是葱油绿，这是背景虚光的缘故。叶子是不是有锯齿状呢？圆形还是椭圆形，抑或心尖形，不得而知。

有一次，傍晚，即将夜幕降临了，见一个从南浦溪游泳回来的人——一看就知道是本地人，下巴略尖，密密胡茬，头发剪得很短，穿黄灰色肥大短裤，赤裸上身，显出汗衫的印子——我问:"师傅,这片茶地怎么这么杂呢?看起来有四五年没修剪过,茶叶采不了啦!"答:"茶叶不值钱,花费工夫大,没人管茶园了。"想想也是,茶园不大,花费时间不合算,周围几个小茶园,也都荒废了,野藤茅荪杂木,混杂地生长。我说:那山脊上怎么有一棵那么高大的树呢,是什么树呀?我递了一支烟给他。他的普通话带有浓重的本土口音,浑浊,鼻子被堵塞了似的。他说,粗杂木都被砍了做柴火,怎么留了它呢?鬼才知道它是什么树呢。

  入秋之后,晨雾大,暮霭也深。杂工志友说:这里黄鼠狼多,要不要买几个夹子捕黄鼠狼呀?我说,它又没犯罪,我们捕捉它干吗?黄鼠狼即黄鼬,在地角矮墙打洞捕食鼠类蛙类小鸟类,常夜间出没,在寒冷时节也会在晌午出来。它扭动肥肥的腰身,摆着拖地的尾巴,一溜烟从眼前溜过。我反问:"你怎么知道有黄鼠狼呢?"志友说,前两天到茶地那边摘野桂花,看见茶树下有很多洞,肯定是黄鼠狼的,洞口有很多鸟毛。你怎么上去的呢?没路可上的,我兜了好几圈也上不了。我说。他嘿嘿嘿嘿傻笑,说:河边有一条斜坡路上去,不过要带一把柴刀,路上好多野刺,也有杂树把路盖死了,砍路上去很快的。

  过了很多天,我见树上的叶子越来越少了,因为树冠透出了背面的光。我心急了,叫上志友,说:我们到那边山梁上走走。

  南浦溪已完全羸弱了,水浅浅的,鹅卵石裸露出来,螺蛳吸附在石面,黝黑黑,牙签长的小鱼成群地游来游去。路口在一片竹林的低处,弯弯斜斜。过了竹林,原路可容纳三人,但疯长的杂木和苦竹往路中间压,比人高。野藤挂在上面,有野蔷薇、蒺藜、有一种藤粗粗的，皮黑，像蛇。边走边砍，差不多花费了近两个小时才到那棵树下。我一眼认出它。这个家伙，原来是野生板栗树。地上密密麻麻的板栗果壳，果壳有针一样密密匝匝的刺，果粒和蚕豆一般大，圆圆黑黑，有光泽。落叶满地，有的已经碎烂，浅灰色浅黄色混杂。树上稀稀疏疏的叶子，像搅碎机里飞出的破布片。树上并没鸟巢，连一根草也没有。树有大腿粗，主干笔直，在三米高的地方分支，一层一层开叉上去，往上收拢成一个圆盖的树冠。圆盖有稻草垛那样宽大。我说：志友回去吧，收获挺大的。他睁着眼看我，张开嘴巴又合起来：哦。他似有满腹疑问，但不敢讲，又把想说的话吞回去了。到了溪边，志友拉拉我的衣服说：来了这么一趟，你的衣服都被刺刮破了，可惜了。我说：没什么可惜的，好比去相亲，约了三五个人，坐了半天的车，一看，姑娘丑死了，立马打道回府，浪费了车钱耗费了满腔热情，但不去看，怎么知道姑娘丑死人呢，万一是个大美人呢？更何况，树是没有好坏之分的，有贵重轻贱之别是商人，商人以钱分类别，我们只需要知道树是不是活的，是不是开枝散叶，是不是开花结果，假如那是一棵桂花或檀木，早被人连夜挖走卖掉了，你看看，这里很多的古墓被人盗，那是墓下有值钱东西，普通的坟墓谁盗呢？

野生板栗树逃过了刀斧，也许与野板栗可食用有关，炒食，香脆爽口。和苦槠的果粒一样，板栗都是乡间常见的零食。炒熟，用一张黄纸包着，边走边吃，也可放盐剥壳炒，做下酒料。苦槠子还可磨碎，泡浆，过滤，煮熟，压箱，做苦槠豆腐。苦槠豆腐晒干后，可做酱菜或干粮菜。乡民以食为大，以生为本。而一棵野板栗树把这个山梁带到了一种滋养内心的境界：万物油绿时它蓬蓬勃勃，吐绿抽芽，万物凋敝时它苍苍渺渺，凸枝裸干。秋霜一重又一重，它没有一片树叶，突兀在山梁，更显孤独苍劲，像一个张开臂膀的人，面向苍天大地，像是发问又像是恒久沉默。山梁有三个色块，茶地墨绿，油竹淡黄，芭茅深褐，中间顶部的野板栗树已空空，成了倦鸟的驿站。我站在院子里，眺望它，觉得它不是从地里长出来的，而是从天降临的，像神示的诗篇。

酸橙

教拳脚的师傅来我家,带了一麻袋的橙子,作伴手礼。师傅是金华人,三十来岁,满口浙江话,说话的时候,像口腔里含着什么东西。他是我三姑父的结拜兄弟。他姓什么,我忘记了。每年过冬了,他便驻扎在三姑父家,收几个徒弟。他常来我家吃饭,特别喜欢吃油炸薯片,睡在床上还吃。他说他那一带穷,穷得过年猪也杀不起。他吃薯片,我们吃橙。黄黄的皮,个头比柚子小一些,圆圆润润,握在手心,好舒服。橙甜,汁液淌嘴角。吃了橙,手也舍不得马上洗,用舌头舔一遍,把橙汁舔干净。村里没有人种橙,起先我们还以为是橘子呢。可哪有那么大的橘子啊。过了冬,我父亲对师傅说,这个橙好吃,比红肉瓤柚子好吃,比常山橘好吃,你下次来,带两棵橙苗来,我们也种上。

第二年,我家种上橙子树,种了两棵。后院有一块空地,平日堆柴火或农家肥。树苗有火叉柄粗。过了半年,死了一棵。父亲很是可惜,说:有两棵多好,可以慢慢吃,吃过了元宵节也吃不完。

又三年。橙子树高过了瓦屋，开了花。树冠伞形，圆圆的撑开的伞一样。橙子花白白的，五片花瓣，黄色花蕊。满树的绿叶白花。每天早上，我起床第一件事，便是去看橙子花。花开时节正是雨季，雨滴滴答答，也不停歇。每下一次暴雨，花落一地，树下白白一片。雨季结束，花也谢完了。花凋谢了，青色的黄豆大的橙子，结了出来。

过了六月六，橙子有鸡蛋大，可每天有橙子落下来。看着橙子落下来，好惋惜。落一个小橙子，便少吃了一个甜橙。中元节之后，树上的橙子一个也没有了，全落了。这让我伤心。我们都不知道为什么会这样，是不是橙子树有了致命的病虫害。一次，邻村一个种果树的人来玩，说：果树第一年的果子，全会掉落，以后就不会了。第一年即使不落，也要把果子剪掉，好让果树完全发育强壮，抵抗力强，营养足，果子才会甜。

又一年。橙子的皮还没发黄，青蓝青蓝，但个头已经塞满一只手掌心了。我便去摘了橙子吃。用刀切开，掰开肉瓣，黄白色，汁液饱胀。我塞进嘴巴，又马上吐出来，眯起眼睛，浑身哆嗦。母亲笑了起来，是不是很酸啊。我说，牙齿都酸痛了，没见过比它更酸的东西，比醋还酸。母亲说，没熟透的柚子、橘子、橙子、杨梅、葡萄，都酸不溜秋的，熟透了，酸变成甜了。酸为什么会变甜？不知道。

皮黄了，和油菜花一样黄得澄明纯粹。摘橙子的季节到了。可橙子还是酸得牙齿漂浮。我对这棵橙子树完全绝望了——再也指望不了吃它。我父亲不死心，说，还是霜降呢，冬至以后肯定甜蜜蜜，野柿子也是冬至后甜蜜蜜的。

过了冬至，剥橙子吃，还是酸。橙子吊在树上，再也无人问津了。

有客人来，看见树上黄澄澄的橙子，说：这么好的东西还舍不得吃呀，再不吃，只有放在树上烂了。父亲笑眯眯，说：橙子太甜了，甜得腻人，要不你吃一个？客人摘一个吃，连连伸出舌头，吐口水，说：酸得背脊发凉。

金华的师傅又来过冬了，看见树上亮晃晃的橙子，说：橙皮发皱了，像老年人的额头，还不摘下来吃啊！我父亲笑眯眯，摘一个下来，说：等你吃呢，你不开吃，我也不吃，好东西留着敬客。师傅拱手，说：舅舅真好，橙子熟了还留给我。

我们看着师傅吃，津液翻涌。师傅掰开一瓣，塞进嘴巴，嘴巴立马张得像个山洞，口水四射，说："怎么会这样呢？会这么酸呢？"我父亲说，你肯定嫌弃我家的饭菜不好吃，给我栽这么酸的怪物。父亲读过几年书，说：春秋的晏子讲，橘生淮南则为橘，生于淮北则为枳，叶徒相似，其实味不同。橘甜枳苦，都是水土不一样的缘故。师傅说：产橘的地方，可以产橙，橘橙是胞兄弟呀。

不是水土的缘故，原本种下的就是一棵酸橙子树。师傅带错了苗。这让我们空欢喜了好几年。

橙子树，再也无人关心了。

大哥拿起柴刀，说，把橙子树砍了吧，树冠大，把牛圈的阳光遮挡了。父亲说，牛圈要阳光干什么，通风就可以了。大哥把农家肥堆在树下，父亲看见了，说：肥会发热，把树烧死。大哥说：烧死就烧死，橙子又进不到嘴巴。父亲：树还是树，和树上的果子有什么关系呢？果子不能吃，可不能怪树。母亲把一些不常用的重物，也挂在树上，以前是挂在木梁上的，如待修的水桶、漏水的锅、猪槽。我父亲又说，挂在树上多难看，还会把枝丫压坏了，树上开满了花，花下是猪槽，看起来就不像话。

橙子像个小篮球。我摘一个，抱到学校去，抛来抛去当玩具。青皮磨出青色的汁，有些刺激眼睛。手反复搓青皮，手掌也发青，抹到女同学的脸上，让她一节课掉眼泪。

橙子熟了，唯一吃它的，是鸟。黄黄的橙子，墨绿的树，鸟躲在树叶下，吃得忘乎所以。树上有了许多鸟巢。大山雀、斑鸠、树莺，都有。还有松雀，在花开的时候，它来了，羽毛暗绿色，啄食花朵，嘘嘘嘘地叫，像孩子吹不着调的口哨。鸟啄食的橙子会腐烂，掉下来。没有啄食的橙子，不落地，还吊在枝丫上，第二年又返青。代代橙子，四季黄。

过了几年，橘子树蓬蓬勃勃，树冠有一个稻草垛那么大。看着满树的花，大哥不免叹气说，这棵橘子树，像一个漂亮的女人却生育畸形怪胎。我书读不好，我母亲以橙子树做例子，教育我："你看看这棵橙子树，好看，结的橙子却难吃，谁都厌恶。做人也一样，光有外表漂亮，内里无货，也是没用的。"

据说，有一种虱子，不寄生在人或动物身上，而是寄生在植物身上，尤其是果树，如橘子树、桃树、猕猴桃树。有一年，橙子树干上，起了密密麻麻的黑斑，就是虱子寄生出来的。父亲是这样说的。黑斑像牛皮癣，树皮一层层脱落。我大哥把刀磨得雪亮，笑哈哈地说：这下好了，可以砍了当柴火烧。父亲买来呋喃丹，拌在石灰水里，涂满了树身。第二年开春，树身又发了新皮出来，青黄色，有亮亮的油光。以后再也没得过病虫害了。

一次，我童山表哥来，看着黄橙子烂在树上，觉得很是惋惜。

他是镇里有名的厨师,善于烧酒席。有人做喜事了,能请到他掌勺,可是莫大的面子。他对我母亲说:"二姑,这是好东西,烧鱼,用半个橙子,放点盐花煮,比什么都鲜,其他什么作料也不用放,做酸汤也好,不用醋不用酸菜,是做酸汤最好的料了。"我母亲说,哪有用酸橙子烧菜的。表哥掌勺,烧了鱼,烧了酸汤。我母亲吃了说的确是好味道,一个酸橙,烧出两个好菜。

邻居也知道酸橙可烧鲜鱼,烧酸汤,家里做事,提一个篮子来,向我母亲要十几个酸橙。提篮里,还拎十几个鸡蛋来。我母亲怎么也不收,说以前是烂在树上的,现在可以提鲜,算是没白白种了它。

中年以后,我父亲患了一种病,就是打嗝。呃、呃、呃,怎么也控制不住。父亲是很少干重体力活的农民,便不会因受力过重而产生内伤。去市里的几家医院,都没检查出什么病因。中医也看了好几家,中药吃了几箩筐,没效果。我母亲提心吊胆地担忧,没检查出病因,像一颗地雷埋在身体里,可地雷在哪儿,查找不出来,多让人害怕。我父亲是个乐观派,打嗝怕什么,不就是喝水噎着吗?吃饱了撑着了吗?有人说喝黄鳝血治打嗝,他三天两头,晚上提一个松灯去田里照黄鳝,杀黄鳝吃。有人说,喝番鸭血治打嗝。他又各家各户请求,杀鸭子叫一声,把鸭血留下喝。

三年多的时间,打嗝也没停下。停下了是睡熟了。父亲说,医生也求了,也给菩萨上了香,土地庙也上了猪头请,算是神仙也无计了,再也不管打嗝了。一次,一个原来下放的上海知青回村里探访,见我父亲三五分钟打一个嗝,说:你这个病好几年了?父亲说:是啊,大小医院看了十几家,没结果。知青是个医生,返城后学了七年的中医,他说有一样东西,可以断病根,只是很难找。父亲说,打嗝太难受了,难找也要找。知青说:说难找也好找,用酸橙泡水喝,喝三个月,便好了。我父亲把他拉到后院,说:这是不是酸橙?知青说:甜橙熟后会自然落蒂,酸橙不会,你这棵就是酸橙子,不采摘,四季有鲜果。

有一年,有人来村里收木料,要拉到浙江做木雕家具。他见我家的酸橙树,对我父亲说:这棵树要不要卖呢?按老樟木的价格算。父亲说,酸橙树收去干什么,又不是酸枝?收木料的人说:酸橙木打木床,比任何木头好,蚊子不入屋子。我父亲说:钱再多,也会用完,树却年年开花,是钱换不来的。

嘉木安魂

敞开式的山,峰峦像一顶顶斗笠。山坡缓缓而下,如一道道梯级的瀑布。阳光从坡顶流泻下来,有向日葵的光泽度。杉林墨绿似海,苍鹰在盘旋。杉林,在静默的群山之中,成为天空的倒影。

在南方,没有比杉树更庞大的种植了。在菜地边,在荒坡上,在坟地,在延绵的山梁,乡人都会种上杉树。我在浦城山区,认识一个种树人,六十多岁,整个春季天天背一个背篓种杉树。有一次,我散步至浦溪边一个山坳,他正在种树。山坳有一大块长满了芭茅的荒地,十余年前是菜地,因无人耕种,成了荒地。打猎的人常来这里,设下陷阱,捕捉黄鼬和兔子,也捕捉山鸡。我也认识这个打猎人,晚上骑一辆破摩托车,背着猎枪,后座拖一个麻袋。麻袋里装着捕捉器。猎人戴一个大矿灯,一个人在野岭出没。种树人用一个木桶,把黄泥泡上水,手搓揉黄泥,泥浓稠成浆。他把杉树苗的根须裹上泥浆种下去。我不懂,问:"为什么要裹泥浆呢?"答:"这叫滚浆。根须滚了浆,成活率会大大提高。"种树人黑瘦,穿褪色的蓝衫,他说:种树好,爱种树的人不作恶。他姓季,种了半辈子的树。种的也都是杉树。秋冬季,他烧荒,把芭茅根挖上来,挖树洞,到了春季种。

　　杉木直条,木质较硬,纹理俊雅,哪一个乡人会不喜欢呢,有谁离开得了呢?我们做八仙桌,做木床,盖房子,箍木桶,杉木都是上好的木料。我父亲做房子的时候,预备木料花了十几年的时间。杉木来自分水关的高山,腰板粗,树身长达二十几米。我去过分水关,坐一个小时的拖拉机,爬三个小时的山到了林场。林场只有三间瓦房,住着两个护林员。那是一个原始森林,松树、杉树、荷树,耸入云天。父亲提一个大板斧伐木。木是杉木,抬头望望树梢,一缕婆娑的眼光射下来。板斧昨夜就磨光了,刃口闪闪,白色的精光和斧脑深沉的漆黑色,让人感到一棵树的分量如一座山。咚,咚,咚,板斧吃进树的下身。树轻轻抖一下身子,落下树叶上的昆虫和枯叶。板斧像砍在棉花里一样。斧声沉闷,单调。山间却有了回声,嘟、嘟、嘟,每一声都悠扬,震动山谷。木片从斧口落下来,白白的,一片一片。父亲挥动着手臂,斧头高高地扬起重重地落下。父亲紧紧地抿嘴唇,肩胛骨隆起来,张开,收缩,脸上的汗珠爆出来,衣裳湿透。砍了十几斧,父亲便气喘吁吁,叉开双脚坐在地上抽一支烟。"砍一棵老杉木,像生死搏斗,用尽了全身之力。"父亲说。砍一棵杉木,差不多要砍二百多斧。斧口沿圈砍,看到树心了,树晃动得厉害。树心发出呀呀呀的声音,那是木质在断裂。父亲用一根长棕绳,绑在树身上,斜拉。树慢慢倒下,最后,哗的一声,轰然而倒。父亲用大砍刀,剔树枝。一个劳力一天砍不了五根老杉木。砍下的杉木拖到林场,用毛笔在树上写上伐木人的名字,存放半年，扛回家。

厅堂两侧有穿梁，杉木横搁在穿梁上。杉木湿度大，重，架上四米高的穿梁，是难事。请来帮工，树身的头尾，用棕绳绑死，三个人站在阁楼上，拉棕绳，两个人站在木楼梯上，一个肩扛一个手托，把木头送上去。一根老杉木阴干，至少五年。穿梁上搁了八十多根老杉木，厅堂都阴暗了。燕子也不来筑巢。燕巢在横梁上，燕子找不到。之前，燕子每年来，斜斜地飞进大门，叽叽地叫，悬趴在巢口。

进了我家厅堂的客人，看见那么多老杉木，便觉得我父亲日子过得殷实，问："叔，什么时候盖房子啊？你盖房子，我可要来喝一杯喜酒的啊！"我父亲笑眯眯，说：快了，就这一两年的事，地基早有了，木头也有了，动手做，只是选日子的事。

日子选了十几年，也没选好——哪有钱呢？寅吃卯粮，一张嘴巴都顾不上。到了有钱盖房子的时候，村里已无人盖泥夯墙木结构的房子了。父亲便再也无力盖房。

那时老杉木值钱，村里有以偷木头为生的人。偷木头的人，年轻有大力气，能跑能饿能吃能熬夜。他们去驮岭坞偷。驮岭坞离村里有十五里山路，翻一座山下去，过一条四季激流的溪涧，再翻山。山陡峭嶙峋，如刀削。却有百年老杉木。驮岭坞往东五华里，是童山。我外婆家便在童山。外婆故去，安葬在驮岭坞对面的山腰上。将军（抬棺人）是八个的，四个人一组，轮流抬。外婆安葬，请了十六个将军，走了两个时辰，才送上山。偷木头的人，三人结伴，待天黑了，晃着三节手电筒，出发了。一人扛一根木头回家，已是天亮。一根木头可以卖十几块钱。驮岭坞有云豹、熊。豹、熊不常现身，常现身的是豺。豺也叫亚洲野犬，是群居动物，凶狠。追着人跑，跑不了十分钟，人便落入豺口。村里有很多关于豺的趣闻，说豺悄悄跟在人后，趁人不注意，把人撂倒，从肛门口把肠扯出来吃，十分恐怖。豺吃过人，不仅仅是吃肠，而是尸骨不剩。偷木头的人，并没有谁被豺、熊吃了，而是被蛇咬，毒发身亡，或者摔下悬崖粉身碎骨。驮岭坞有护林员，却不去抓偷木头的人，天黑风高，不会上山，即使上山，也怕人身不测。但他有猎狗，三五只，晚上放出去，扛木头的人听到猎狗的叫声，魂飞魄散，扔下木头就跑。不熟悉路的，或心慌失足的，摔下悬崖。熬一夜，人饿得受不了，便吃自带的食物。食物是焖红薯，藏在褡裢里。

有一个偷木头的人，不怕猎狗。他经常去林场玩，去一次，带些肉和谷酒去，和护林员成了酒友。林场只有一户人家。猎狗认气味。女人也认气味。护林员的老婆三十来岁，善厨艺，也善酒。偷木头的人去了几次，和护林员老婆好上了。去一次，两人便灌一次护林员的酒，醉了便死睡，睡得不省人事。

到了冬天，有收购木头的人来村里，收了木头拉到浙江去卖。

杉木，纹理通直，结构均匀，不翘不裂，打家具多好。箍桶师傅钱粮在院子箍木桶，用杉木。他咚咚咚地拍着箍桶，说：一担水桶打上清漆，挑二十年水，桶底也不会烂啊。他手工打的脚盆、脸盆和水桶，上了清漆或桐油，用上十年也不会漏水。院子的矮墙上摆上各种木桶和木盆，青白暗黄的木质，幽暗的木香，看几眼也是舒服爽心。他是村里唯一的箍桶师傅。姑娘出嫁了，打一套木料嫁妆，也大多出自他之手。我小妹出嫁，也是打了做嫁妆

的。饭甑、脚盆、马桶、洗脸盆、木楼梯、椅子、矮板凳、水桶,都是全杉木老木料。钱粮师傅一边箍桶一边唱:

  锯板师傅锯齿响,送往迎来锯木板。
  你来我去别无巧,全靠三餐饭哐饱。
  两人对面笑嘻嘻,锯糠落地雪花飞。

  钱粮师傅喜欢唱山歌。他觉得自己嗓音好,有人在边上夸他几句,他也唱得格外卖力。我母亲烦他唱山歌,私下对我说:"哪是唱山歌,像个吆街的。"但我母亲喜欢他做的木桶,说,箍了十几年的木桶,一个铁钉也不要,一圈铁丝箍桶腰,完了工。

  盖一栋房子,柱子、梁、门、窗、瓦椽,全杉木。一个家的全套家具,也是全杉木,摇篮、床、沙发、八仙桌、长板凳、靠背凳、长条香桌、衣柜、碗柜。厅堂的木墙板,也是杉木的。杉木板刨光,打一层清漆,木墙板油油地发亮。木墙板,我们叫壁板。杉木的纹理像傀儡戏的木偶影子,魅惑。孩童时,我怕这些影子。在我发烧的时候,便觉得影子会动,会跳会舞——产生的幻觉,让我觉得杉树是有魂魄的。

  杉木也是上好的棺材木料。做棺材,不用树身,而是树的根部。根部坚硬,木质敦实。树身木料做的棺材,轻便,只有短寿的人才会买。我二姐夫在20世纪90年代的时候,从陈坑坞买杉树根,一车一车地拉来,雇棺材师傅常年做,卖棺材。棺材师傅只要用三样工具:斧头、钻、刨。一块一块的棺材板,全靠斧头劈出来。当当当、当当当,斧头劈的声音,没个歇止。一副棺材不用一个铁钉，用铁匠铺打的扣钉。做好棺材那天，在棺材前，上香，烧纸，请酒，祭拜。这是规矩。没行规矩，棺材会出鬼。这可是真的。这话是我三舅舅说的。他可是一个讲古讲得当真的人。他说：五桂山有一户人家，给老头子做了一副寿枋（棺材），师傅不讲规矩，没有请酒祭拜，出了怪事。什么怪事呢？三舅舅喝一口浓茶，望望在座人的脸，露出空牙床，说："寿枋搁在阁楼上，到了下午，寿枋里有人叫，哎哟哎哟地，像一个全身疼痛的人。打开寿枋看看，什么也没有。后来请了道士，施了法，捉了鬼，才罢了。"三舅舅讲古，当真事。我也听得入神。

在我们的生活之中，杉树许是和我们贴得最近的一种树。给我们家，给我们烟火气，给我们最后的安放。山峦奔泻，杉木葱茏，大地安然。

第三辑 以树之名

枣树的血脉／白雪红梅／溪野枇杷／桑树林／桂花落／油桐树下／夜雨桃花／谁知松的苦

枣树的血脉

仲春,买了两株蜡梅树和两株蜀柏带回小院栽。去年在小院种了两株马家柚和两株蜡梅。冬天,万木凋零,梅花傲雪,紫红、炽热。攀满青藤的矮墙、凋落的石榴树,正是深冬的境界。蜀柏是给祖父祖母坟地种的,他们已故去二十余年。七十八岁的母亲,见我买来树苗,说,这么干硬的苗,长大了肯定不好看。我说是梅花树,我们村里还没梅花树呢,浪费了这么好的山水。母亲正在蒸千层糕。米浆在木盆里,白白的,母亲用勺子把米浆舀进蒸笼里,米浆变灰,变黄,皱了皮,再舀米浆浇上去。随着蒸汽,米香一圈圈散发,绕梁不散。母亲说,聪聪和安安怎么不来呢,该多来几次,熟熟老家气味。我说,两个孩子都上课,不好耽搁。

我吃了一碗冷粥,上床睡了。身体不好,不能吃热食,也疲倦,也没精力说话。可能睡得太早,到了晚上十一点多,开始做梦。一个庸碌的中年人,是没有梦的,既无噩梦也无美梦。二十多年前故去的人,并没有出现在我梦里。出现在梦里的,是两棵大枣树。一棵大碗口粗一棵小碗口粗,紧挨着,在后院,开米黄色小花,蜜蜂嗡嗡嗡,翘着小细腰。树皮黑黑,有规则均匀的裂缝。树冠婆娑,高过了瓦檐。瓦檐下,有一扇柴扉。塌陷的门前台阶,露出青白色的河石。两只斑头鸺在瓦檐和枣树之间跳来跳去。

靠在床上坐了几分钟,我披衣站在窗前。窗外是朦朦胧胧的田畴,稀薄的天光,有绸绒感。青蛙和昆虫在吟叫。雨后的空气,有一股恬淡。石榴树完全长出了新叶,葳蕤翠绿,翻盖下来。枣树去哪儿了呢?我再也看不到。我有些伤感。

老屋的后院子,有一间矮小的瓦房,有两棵枣树。我大哥在盖房时,把枣树砍了,盖了两间厨房,枣树当了柴烧。枣树是我祖父年轻时栽种的。记得我小时候,枣子熟了,祖母整天坐在树下,端一个笸箩,做针线活。祖母守着。我们谁也吃不到枣子。中午,她有午睡的习惯。我们——我的兄弟姐妹和表兄弟——端一根竹竿,劈劈啪啪打枣,在我们捡拾枣子的时候,祖母不声不响站在柴扉前,吓得我们魂飞魄散,四处而逃。我的祖母,没有谁不怕的。她颠着一双小脚,用柴枝追打我们。到了傍晚,祖母叫我大哥架一副木梯,爬上树,把熟枣摘下来,分给我们吃。枣由她分,一人一碗,她说,宝儿,不是不肯给你们打枣,而是打枣把没熟的也打下来,可惜。对后辈,她叫谁都是宝儿宝儿的。她也是个慈祥的人。她说,我牙齿掉光了,吃不了枣,都是你们吃的,我只是守着。有时,我祖父为了打枣,也给祖母翻脸吵架。祖父心疼孩子,说,早吃晚吃都是吃,小孩也都是闹闹,你这个年纪一大把的人,怎么老和小孩一般?祖母说,哦,我管枣子的权利都没了,是不是我对这个家没发言权了呢?我祖父再也不说了。有一次,我趁祖母午睡,爬上树摘枣,树干太滑,站不稳,我重重跌下来。

母亲慌了,抱着我躺在竹床上手足无措。祖父拿起柴刀说这是枣树惹的祸,把树砍了,看看你们怎么兴风作浪?

邻家孩子也会在中午来院子摘枣吃。孩子踩在板凳上,爬上矮墙,钻入南瓜架,躲起来,确定院子无人再爬上树摘枣吃。而我祖母看见了也不说,扛一把木楼梯,架在树下,扶孩子下来。

鬼节前后,枣盛熟。暑日,贪玩的孩子脸上晒出了红斑,我们叫枣斑,半红半紫。熟枣向阳的部分,有斑。选枣吃,把有斑的枣挑拣出来,塞进嘴巴里,爽口,脆脆甜甜。盛熟时,树枝压得往下坠,灰鹊来了,叽叽喳喳,啄食枣子。

灰鹊喜欢在枣树筑巢。田翻耕了,灰鹊衔来枯枝干茅草,在枣树丫筑巢,像一顶倒扣的草帽。枣树刚刚发叶,疏朗,小圆叶青翠欲滴。雨季还没来临,但春日绵绵的细雨,很少会停歇。雨绵绵软软,纺下来。我们拍打一下树身,圆叶沙沙沙沙,落下水珠,透亮圆润。夜雨冗长。我睡在枣树边的厢房里,听着树叶摇落一地的雨声。乡间,有多种雨声,是不可以忘怀的,雨声带着广袤天空的静谧和深邃,带着南方淡淡的忧郁和一个感怀之人的细腻。潺潺的屋檐水,在孤夜汇聚了人家深处的孤单;冬日残荷被细密的雨一粒一粒地敲打,凛冽,脆响,多生命之衰;芭蕉滚雨声,是彻骨的思念;唯独雨落在枣树上,曼妙而风情。灰鹊有长长的尾巴,灰白色羽毛,尖尖的喙,在树上跳来跳去。孵雏鸟的时候,枣树开花了。花细密,米黄色。在果树之中,我挚爱的花,是枣花和柚子花。不像梨花,不像桃花,不像石榴,盛花期时特别绚烂,显得招摇轻浅;枣花、柚子花朴素,如河边洗衣的豆蔻少女。我日日在树下观望孵鸟。幼鸟第一天钻出鸟窝,我肯定是知道的。它耷拉着头,斑白灰白的疏疏稀稀的毛茸,浑身无力的样子,笨拙而可爱。

成熟了,箩筐吊在树上,把枣子摘下来。祖母用一个小畚斗,装上枣子,分送给巷子里各家小孩吃。剩下的枣子,用圆米筛晒在屋顶上,做干枣。

我家的枣,是米枣,个小甜脆,含糖量高,谁都爱吃。米枣即金丝小枣,如米圆润,是南方枣中佳品。巷子里,也有邻居种了枣树,是绵枣,个大绵实,吃起来像嚼棉花,晚熟,且不甜。青枣吃多了利尿。有一年,我还是读初二,去同学王长兴家玩。我提了半篮子的青枣去。我们睡在二楼,边吃枣边聊天。二楼没卫生间,下一个木楼梯,转一个拐角才有卫生间。王长兴奶奶的卧室在拐角的房间,我们怕惊动老人睡觉,蹑手蹑脚下楼。楼梯松动很大,楼梯板咯咯咯作响。奶奶问:"你们怎么了,已经第七次上卫生间了。"我们又不敢笑出声,捂着嘴巴,笑得前仰后合。

枣树每年都会从主根里分蘖出来,长几株幼苗。我们把幼苗移栽给村里的人和亲戚。我三姑父是个爱种花种果树的人。他家的前院和后院,种了柿子树、橘子树、梨树、苹果树、椪柑树。只是苹果树只开花,不结果,他说,这是什么树,像个女人,长得那么漂亮,却不生育。三姑父把枣树移栽过去,说,丈人的枣子,小,甜,脆,一口一个,刚刚好,没菜的时候,还可以拿来下酒。他的前院有半亩地,鸡鸭鹅在树底下刨食,玩耍,下蛋,拉屎,扑啦啦地乱叫,地特别肥,枣树三五年蹿上围墙,越过窗户,一串串结枣。我大姑二姑,也都移栽了枣苗种在院子里。邻居通前叔叔建了一栋泥瓦房,在我祖父故去那年,他移栽了一株,种在门前一座坟边。通前叔和我家是世交。他爸爸绰号叫和尚,比我祖父大两岁,以兄弟相称,肝胆相照,有酒一起喝,有肉一起吃,有架一起打,至死如此。在我八岁那年,和尚祖父故去。通前叔继承了他爸爸杀猪和榨油的手艺。他的大儿子军军大我一岁,一起在郑坊中学读书三年,枫林到郑坊有七里路,我们徒步去,扛着米袋背着书包提着菜罐子。每个礼拜天下午去学校前,他妈妈焖一锅的糯米饭,用咸肉和白玉豆焖,香腻柔滑,我也理所当然地上桌吃两大碗。

大姑已去世二十多年了,先我祖父祖母而去。我表哥是个游手好闲的人,整个家败落了,一栋瓦房一直空落着。表哥借住在村里,房子也不翻修。大姑家离我家两华里,我已二十余年没有去了。去年正月,表哥的儿子找到我,说:"我爸要把老屋卖了,变几个钱用,你跟我爸说说,老屋不能卖。"我说,老屋当然不能卖,我给你爸说。二姑在十几年前拆了老屋,修了新房,枣树也砍了。我三姑一家住到了县城,老房子也无人照看,只有过年了回家住几天。我三姑对我哀叹:"枣子熟了,都无人摘,烂在树上。"说着说着,她用手绢擦泪水。我估计她想起了她父亲。她自己也有七十岁了。我大哥盖了房子之后,留了一株枣苗,栽在围墙侧边,如今也有小碗口粗了。

枣、花生、桂圆、石榴、莲子、葡萄、荔枝,盛在一个果盘待客,是最好的祝福了。"一天十个枣,健康活到老"是我们的乡间俚语。枣补血气,是众所周知的。枣可鲜吃,也可制蜜枣、红枣、熏枣、黑枣、酒枣及牙枣等蜜饯和果脯,还可以做枣泥、枣面、枣酒、枣醋。枣树是鼠李科植物，皮糙枝弯，落叶小乔木，或稀疏灌木，农历四月生叶，五月开花。

在南方的村子里，枣树是最常见的一种果树。枣树耐干旱，少病虫害，对土质也没有特殊的要求，分株即可移栽，成活率高。我想，枣树也是最具乡村情感伦理的树。人爱吃，鸟也爱吃。每一棵院子里的枣树，都带有人的体温。

我也是一个爱枣的人。记得有一年，我去太原，什么也没买，就是买了十几斤柳林大枣回来。新疆一个朋友，问我爱吃新疆什么水果，我说，新疆大枣。朋友又寄大枣来。

每个院子，都需要种上一棵枣树。我是这样想的。打枣，是孩童的乐事，用一根竹竿，斜着树叶面，啪啪地打。枣子滚落下来，滚到泥浆里，滚到草丛里，滚到石缝里。我们端一个搪瓷脸盆，一颗一颗地捡。从井里吊一桶水上来，哗哗哗地冲洗。到了夏天，溽热如焚，我们拖一张竹床摆在枣树下，盘腿纳凉。萤火四溢，天幕瓦蓝。轻摇的蒲扇，一次次地拂过暖暖的面孔。这些面孔，是我们生命的纹理。为什么会梦见两棵枣树呢？因为枣树里居住着故去的亲人。

我要种枣树。天麻麻亮，我晃悠着到通前叔家。泥瓦房趴在山坳边，后面是一片菜地。墙体有雨水冲刷的沟壑，一条条。红瓦变成黑褐色。蒙蒙细雨，村舍静谧，香椿树涩涩的气息有雨露味。我一个人站在通前叔院子。狗趴在一根烂树蔸边，伸着舌头，一副对谁都爱搭不理的样子。一个女人从屋里走出来，手上拿个脸盆。我叫了一句"婶"。她愣了好一会儿，说，你是谁家的，这么早溜达。我说我是傅家的。她放下脸盆，"哦"了一声，说：快来坐，多少年都没见过你了，我都不认识了。她的头发有些花白，脸上长了绵厚的肉，穿一件红底黑圆斑的短袄。我说不坐了，溜达溜达。这时通前叔从地里回来，端一把锄头，脚上的雨鞋都是泥浆。我说，叔，我看看你家枣树，有幼苗的话，想移栽一株去种种。他用锄头扒开树下杂草说，幼苗出来了。我说，你这棵枣树都有钵头粗了，黝黑黝黑，和我家那一株一模一样。他说，是你家移栽过来的。他又说，你不如栽枇杷，或者花厅早梨，嫁接品种，甜得凶，要种枣冬枣更好，又大又甜，还滋补。

拿着幼苗回家，母亲已把早饭烧好了。几个侄子忙着整理竹箕、锄头、柴刀、香、鞭炮、幡纸，预备上坟去了，问我："叔叔，你今天也去夏家墓吗？"夏家墓是我祖父祖母安睡的地方。我说，你们去吧。二十多年，每年清明我都回家，但都没上过坟。我会在家里静静坐上一天，像期待一次重逢。

我把蜡梅拿到另一个地方去种了。母亲纳闷，问，怎么不种了，梅花开起来好看。我说，院子种枣树，幼苗挖来了。母亲说，枣花比梨花桃花都好看，细白、细黄，黄粟米一样。我说，昨天后半夜，我都没睡，老想着种枣树，等我种的枣树树叶婆婆的时候，我可能都老了。母亲说，人哪会那么容易老呢？

白雪红梅

驿路，梅花，枫桥，鹧鸪，夕阳。有梅花的地方，似乎就有一条驿路，溪水潺潺。疲惫的马儿赶着路，雪花徐徐飘落。赶路的书生披着银灰色的大氅，戴着黑色方帽，告别长亭更短亭的江南。梅花是故人的眼神，是子夜的回响，是深切的不语。

当然，这是我的幻象。梅在我的院子里。第一场春雪初落，暮色染白。雪伴着细雨，窸窸窣窣地下。天空也如静默的海面，雪如一朵朵水母，往下沉落。海面浮着微白的光，不远处的山影如船停泊在码头。我曾去过一个海滨码头，也是在晚雪之后，尖顶的教堂有一群黑鸟飞出。"吱呀呀，吱呀呀"，鸟叫得清冷又热烈，让我悲欣。海面耸立着浪头，一浪一浪地碎。码头公园的红梅花，开出满枝火焰。梅开有时，温情有时。

披了一件大衣，我下了楼——我不能辜负了雪夜的梅花。我提了一个红布灯笼，打了一把伞，打开后院的门。风有些大，灯笼有些晃。我妈已经睡下了，听到门被风拍打的声音，问："这么晚的冷天，你看什么？"我说，看一下梅花。我妈说，该落的时候花自然落，该开的时候花自然开。

这株梅树是我在乙未年清明节种下的。我去八角塘花苗店买了蜀柏，栽种在我祖父祖母坟前。在花苗店的巷子里，有一个中年男人摆花钵卖铁角海棠、梅、金橘。我问卖苗人："是红蜡梅还是黄蜡梅？"卖苗人说："是红蜡梅。"我迟疑了一会儿，说："花苗太小了，花钵育的苗也很难长。"卖苗人说："我自己的苗圃里有大苗，是五年的苗，你要的话，我带你去挖。"

两株蜀柏、两株红梅带回了枫林。枫林无人种植红梅，也无野生梅树。我在院子挖树坑。我爸问："这是什么树苗？"我说："梅花，红梅。""你真是没事做，梅树又不结水果。"我爸说。

"花好看，天越冷花越盛。"

"不如种梨树，梨花也好看，还结甜蜜蜜的梨。"

"梨花逢春开，梅花迎雪开。梅是祥瑞之物。"

土粒坚硬如碎核桃壳。这样的土质，肥力不足，很难种出粗壮的树木。我把树坑深挖，又从田里挑来肥泥，压下去，踩实，再浇水，种下树苗。

过了两个月，我回家发现，其中一棵梅树的根部被鸡啄了一半木质。我妈在院子里养了十几只鸡，喂鸡的大食盘摆在梅树下。鸡在根部树干磨喙，顺口啄食木质。我找来长布条，一圈圈地把树干包裹起来。

两棵梅树到了7月新叶也没长出来。我暗想，它们可能不会成活了。八九月份是最炎热的夏暑，树没有叶，抽不了水，会被烤干。翌年春，我看到树枝爆出几粒不多的花骨朵儿，花椒一般大。我在树下埋发酵了的油菜饼肥。第三年4月，树干被鸡啄了半边根的梅树死了——另半边树干霉变，受不了树冠的压力，折断了。这是我第二次种梅树。

第一次种梅树，是在安庆（我当时在安庆工作）。壬辰年小寒之日，大雪。我从宁波返回安庆，沿途积雪如月光堆满大地。雪花扑扇着天空，也扑扇我心房空空的旅途。假如有红梅映雪，该是一件多么幸福的事。我要栽一棵梅树。

翌日，我徒步在周围几个村子里寻访梅树。在沿河、老庄两村，每一个院子细致地察看过去。雪后天霁，阳光斜斜地朗照，积雪的反光像一堆泡沫涌上这个略显偏僻和萧瑟的郊区。杏树、板栗树、合欢、栾树，它们光光的树干使冬天更为简练枯瘦，而桂花树、樟树、杉树，仍拥挤着墨绿的云团，把澄蓝的天空盘踞在干硬的枝头上。不远处的菜地，泛起一层灰白的光，纯洁、透明，似乎冷空气在清寂地燃烧。

傍晚，在老庄一农户家前院，见一棵碗粗的树，光秃秃的枝条缀着密密的黄色花苞，芳香四溢。这就是梅树，黄梅。户主姓方，是憨实老汉，阔脸，头发微白，手掌厚实宽大，穿一件干净的旧中山装。院子坐落在山冈的半山腰，俯瞰下去，冈下村舍安详宁静，素白一片。

我和方老汉交谈了半小时，方老汉执意不卖。他说："树种了十二年，何况是野生黄蜡梅，珍贵着呢。前前后后来了几拨人，出高价，有人把钱塞进我口袋，我都不舍得卖。一棵树在自家门口活久了，成了家里的一分子，如日夜陪伴的眷属。"我说："那些来买树的，是贩卖挣钱。我可不一样，梅树种在显眼的地方，供大家品赏，把美好的事分享给来来往往的人，是积福。你这棵珍贵的梅树，在你院子里，只有你一家人看，相当于聚餐时你一个人吃独食，不体面。"方老汉被我说得笑了起来，表示同意。

我请来专业绿化人员老芮，我们一起端着铁镐、铲、锄，拆围墙、刨土，足足干了两个小时，把蜡梅树挖了起来。用稻草把树蔸包裹好，六个工人把树抬到指定的栽种点。周围闲散的人围过来，很欣悦地说，花还在打苞，香气却充盈。我请来同事陈晚生，说，我们一起种一棵蜡梅树，拉一些肥土来，再提一袋油菜饼来。陈晚生对我说，蜡梅树会成为我们的记忆符号。老芮说，刚落根的树不适合施油菜饼，油菜饼发酵会烧坏根系，树就难成活。我说，树要快点长，最好春天来了，长出圆盖一样的树冠。老芮咧开嘴巴揶揄我说傻话，说，成活是首要的，成长是其次，古代不是有个成语叫拔苗助长嘛，你懂这个。我说，道理我都懂，我就想它快快长，开满花，大家在蜡梅树下驻足欢悦。

老芮用锯子和剪刀开始修理树干树枝。他把几枝斜出的粗干锯了，把部分细枝剪除，细心地剪。剪完了，我们还从不同角度站站、看看，再剪。我真是心疼，说，锯这么多粗干，还剪枝，多可惜，好好的花苞全落了，让新枝长出来，还要等上一年。老芮嘿嘿地笑，说修枝就是把多余的部分剪掉，通体透风，整出树形，才更具审美意义，这和做人的道理一样。

填土，浇水，树栽好了，用三角支架固定了起来。蜡梅树亭亭地立在草地上，树冠呈圆形，花苞欲坠。再过半个月，满树的黄梅花该盎然了。等梅花开了，我盼一场大雪再来。雪是一个发光的喻体，梅花是一个高洁的喻体，交相辉映。

黄蜡梅开了一季，我便离开了安庆。心心念念，我想着那棵黄蜡梅,它像是一座际遇的纪念碑,纪念着一场大雪。壬辰年大雪是南方五十年一遇的大雪。每每遇见安庆来的老朋友,我会问:"那棵黄蜡梅怎么样了?"安庆地处长江边,气温比上饶低,每年冬天会下大雪。大雪来了,我打个电话给老芮:"你去看看那棵我们种的梅树,花一定开满了树。"

树比人更经得起看。人越来越老,性情越来越淡,脸上的皱纹褪去浓情的青春,会部分失忆。树越长越茂盛,树冠越华美,生出苍老朴实的贵族气,令人敬畏。

蜡梅树是一种缓生的苍老木讷的树,木质坚硬,皮质粗糙且皲裂出密密细纹,枝丫节上横生尖锐的枝刺(枝的退化)。霜降开始落叶,树枝光秃,我便觉得蜡梅树是深情的树。深情的树,不会长得夸张,不会春风招展。深情的树,才会繁花如星辰点缀。

四年前,我去过披云峰寺庙。山上有一个圈椅形的山坳,寺庙建在山峰之下,阔叶林纷披而下。说是寺庙,其实只有一栋简易的平房,一个四十多岁的僧人守在寺庙里。寺庙前有开阔平地,平地前有一口方塘。站在塘前,可以俯视众多山峦、丘陵。丘陵间散落着稀疏的人烟。平地上,有两棵红蜡梅,三米多高。此时正值冷冬,山上仍有不多的积雪。白绿相染的山峦,甚是美眼。梅花正开,如烈焰绕枝。

在塘边,看着红梅花,我驻足良久。我突然想起一位故人,一位久未相见的故人。看见梅花的刹那,故人出现在了我脑海里。我在手机便签上写道:

世界上，有一种消失，在不经意间，会以某种活体的方式在某个瞬间呈现，且特别绚丽。比如现在。我们认为消失的东西，其实一直藏在我们无法找到的地方，像一封没有收信人地址的寄件。

我们应该确信，珍贵事物不会轻易死。离开我们的珍贵事物已形成一个独立的星体，在我们看不见的地方，闪闪发光。但总有一天会照到我们日渐安详的脸。风正猛烈地刮过。

在寺庙右边的山脊上，我远眺灵山。灵山如一座沉入海底的巨轮。我安慰自己：寺庙没有钟声响起，我无须徒然悲伤。

梅树其实是树之一种，却成为人之情愫的载体。很多动植物都被人赋予了诸多情愫，或美好、高洁、坚韧，或悲伤、卑微、颓废。人在动植物中可以找到自己的生命立场和神性的情感。因为动植物的爱是天生的、自然而然的、无世俗的功利性。从一个人对待动植物的态度上，可以看出这个人的心灵品质。一个人，偏好某一种动物或植物，也可以看出这个人的性情。梅树就是那种日常看起来枯涩、冷峻、清苦的树，而花孤艳热烈，生出几分冷傲。

红蜡梅只剩下一棵。每年初冬，我给它修剪。理想的树形是树干独枝而上，树冠伞状。修枝后，再埋肥。然后把树冲洗一遍。三年后，红蜡梅高过了窗户，抵挨着瓦檐。可我没有认认真真地看过它开花。也可能是，赏梅花需要适合的情境，有雪映衬至美。这几年也没下雪。我甚至忘了，最冷的天，还有最红的花在院子里开。

灯笼轻摇，跳荡的烛火使得光线忽明忽暗。雪柔柔弱弱，从半空旋下来。地上并无积雪,但湿湿的,雨水在鞋底下溢开。枯涩的蜡梅枝上,积着薄薄的碎雪。梅花还没完全绽开,花苞如红唇微微张开。雪落在红唇上,寂然无声。红红的唇吮吸着白白的雪。有不多的花苞,被雨点打落在树下。它们很无辜地躺在地面,毫无预料地接受了生命的坠落。

细雨簌簌。倒春寒的风,也确实刮人。柚子树沙沙作响。"我很想奔放地活,我不能这样枯寂地生活下去。"我想起了一个友人的话语。友人是在某一天晚上给我打电话,说完这句又匆匆把电话挂了。我不明其意。现在,我明白了,越枯寂地活,越渴望热烈盛开。红蜡梅是奔放的,雪在它唇上吱吱吱地燃烧,它的唇也在吱吱吱地燃烧。白的火焰,红的火焰,在夜晚交织。

恍然间,我也觉得,我的屋舍是一座山中寺庙。我也未曾奔放过。我深居其间。在很多个寂静的夜晚,我都守在窗口,看窗外漫天星辰,看暴雨如注,听风声蛙鸣,听巷子里冗长的脚步声。我像一个观星象的人,高高的苍穹令人迷醉。其实,人间甚美,人应该多情,深情如夜。我应该在院子里也种上南瓜、苦瓜、丝瓜和爬满墙架的扁豆,而不仅仅是种菖蒲、兰花、朱顶红、美人蕉。

臣忠和我说了几次,在枫林水库外找一个山坳或空地,筑几间木舍,依山临涧,屋后种三五棵青桐,门前栽两棵蜡梅,垦两块菜地,砌一个鱼池,养荷放鱼。他当然是当玩笑说的。人哪需要那么清静去生活,过于清静,人就寡淡了。其实,我只要一个小院子就够了,一个有蜡梅的小院子。

雨越下越大。雪越下越小。

梅花落得越来越多。应该是这样的。

溪野枇杷

第一次知道枇杷,是在八岁。端午,我走亲戚。亲戚在高山上。我母亲说,你去一次山里吧,你敢不敢去呢?我说,我敢,给我一根棍子,我什么也不会怕。母亲笑了,露出一口石榴牙。她把扫把棍脱下来给我,说,棍子可以挑两挂粽子去。一挂十个,一头挂一挂,我上山去了。那时短粮,山里人更缺吃食,给两挂粽子算是很重的情了。临出门,我母亲交代:"五月黄枇杷,六月红麦李。回家的时候,记得摘一袋枇杷来吃。"

山上人家,我并没去过。沿途都没人家,爬一座山,深入一个山垄,翻一座岭,下坡,到一个深山坳,便到了。山垄以前去过好几次,随大人去砍柴。山垄经常有豺出没,豺伸出长长的舌头,尾巴垂到地上,眼睛放淡绿色的精光。到了亲戚家,正午了。矮小的土屋窝在几棵树下。屋前有一口水井。水井旁有一棵树,挂满了黄黄的果子。亲戚随手摘了一碗果子,说:"枇杷正黄,你吃吃,鲜甜鲜甜。"剥开软皮,浆水流了出来,吮在嘴巴里,口腔凉津津。还没开饭,我便把一碗枇杷吃完了。枇杷是小枇杷，蒂上有灰色的绒毛，皮色如咸蛋黄，肉质如金瓜瓤。吃一个塞一个，吐出深褐色的硬核，如茅栗。

拎了一布袋回来。我问母亲："核可以种出枇杷树吗？"母亲说，那当然，哪有核不出芽的。我把枇杷核收集起来，埋在屋后一块菜地里。过了两天，一个老中医给我祖母看病。老中医是祖母的堂弟，戴一副老花眼镜，没有什么东西是他不懂的。他常来我家吃饭，说话轻言细语，温文尔雅。我问，我种了枇杷籽，会发芽吗？老中医说，舌头舔过的果核，都不发芽。我问，为什么。"你知道世上最毒的东西，是什么吗？是舌头。舌头比蛇毒还毒，没有比舌头更毒的东西了。舌头舔过，毒液进了果核，果核便成了死核。死核是不会发芽的。"我很是伤心。我不该把枇杷全吃了，至少得留十几个，连果肉一起埋在泥土里。

差不多有半年多的时间，我问了很多人："舔过的果核会发芽吗？"被问的人，惊讶地看着我，说："你怎么问这个问题？炒熟了的种子，不会发芽，可舔过的果核会不会发芽，谁知道啊！"

当然，我是相信老中医的话。第二年，果核也真没发芽。山上的亲戚来我家，我说，种了那么多枇杷籽，一棵芽也不发。亲戚到菜地看了看，说，不发芽，不是因为果核从嘴巴里吐出来，而是这个积水，果核全烂了，怎么发芽呢，下次来，带几棵苗给你种。可能亲戚忘记了，始终也没带苗下山。

在孩童和少年时期，我对植物发芽抱有浓厚的兴趣。豆子发芽，红薯发芽，马铃薯发芽，洋芋发芽，荸荠发芽，藕发芽，柚籽发芽，谷子发芽，麦子发芽，白菜发芽，樟树籽发芽，我都十分细致地观察过。发芽,是世界上最神奇的事物了。我还采集过很多花籽,放在破脸盆或破瓦罐瓦钵里,摆在院子的矮墙上,看它们发芽,如野菊、指甲花、酢浆草、三白草、紫地丁、野葱。瓦罐里装满了湿泥,把花籽撒上去,盖一层泥,浇水两次。花籽每年都发芽。我还玩恶作剧,把扁豆放在火柴盒里,埋在瓦罐,也发芽。可枇杷籽发芽,怎么那样难呢?

村里很少有人种枇杷,不知道为什么。

我外出读书第三年,二姑在院子里种了一棵枇杷。表弟种的时候,兴哒哒地说:"这是余姚的枇杷,个大,味甜,村里没人吃过这样的枇杷。"我说,一棵枇杷,哪有那么神秘,个再大,也不会比梨大,再甜也不会比红柚甜。表弟说,没有梨大也比绵枣大,肯定比红柚甜,吃起来和蜂蜜差不多。我说,比蜜甜,那不好吃,比蜜甜的东西,就是苦了,甜的极限就是苦,或者酸,而不是甜。过了三年,枇杷生了满枝,果真个大蜜甜。二姑是个细心的人,枇杷吃完了,还把枇杷叶摘一些,洗净,晒干。她说,老中医的堂舅嘱咐几次了,枇杷叶煎水喝,治咳嗽,是上好的咳嗽药。可收进了阁楼的枇杷叶,一次也没煎过水当药喝。有人咳嗽了,还是去"鼻涕糊"诊所打一针,开几粒药丸吃。二姑却乐此不疲,年年摘年年晒。

二姑的枇杷树下,每年都会发枇杷苗。我大哥觉得枇杷细皮嫩肉,好吃,挖了一棵栽在自己院子里。院子不大,却种了好几种果树,有枣树,有柚子树,有橘子树,有梨树,还种了两棵葡萄。葡萄藤疯长,爬满了屋顶,也爬满了树梢。大嫂拿一把剪刀,把葡萄藤剪了,说,两株葡萄害死人,葡萄喂了鸟,其他果树也不结果子。枇杷树在橘子树下，长得慢，长得艰难，一年也发不了几枝新枝，更别说结果了。我说，大嫂，你爱吃橘子还是枇杷呀？大嫂说，枇杷当然好吃呀，汁多无渣。我拿起柴刀，把两棵橘子树砍了。大哥看见晒干了的橘子树，说，橘子也甜，砍了多可惜，年年结果呢。我说，哪有那样的好事，巴掌大的地方，想吃枇杷又想吃橘子，橘子十块钱五斤，枇杷十块钱一斤，你说怎么选啊。

过了三年，枇杷树高过了瓦屋。

枇杷叶肥，密集。阳光难以到达地上，树下阴湿，长蠕虫，蚯蚓也会爬出地面。树下成了鸡的粮仓。鸡出了鸡舍直奔树下，觅食，趴窝，还生下鸡蛋。烧饭，打一个番茄蛋汤，大嫂开菜柜，摸摸，鸡蛋没了，她转到枇杷树下，捡一个上来，打进锅里。大嫂咯咯咯笑了，说，还是枇杷树好。也有烦的时候，夏天阴湿处，多虫蚊。虫蚊多，蜘蛛也多，满树都是蜘蛛网。大嫂用一个稻草扫把，戴一顶斗笠，撩蛛网。

每年初春，我会给院子里二十几棵果树修枝。我穿一件十几年前的劳动布衣服，戴一顶斗笠，戴一双黑皮质大手套，一棵一棵修剪。修剪完了，也夜晚了。枇杷树最难修剪，枝丫多，又粗。爬上树，蛛网也会蒙上脸。但我还是乐意修剪，修剪过的果树，树冠如盖，果实压枝。四月末，站在楼上，看枇杷树，杏黄绿叶，甚美。

枇杷、樱桃、梅子，并称"果中三友"，都是我们十分喜爱的水果。梅子树，我没见过。樱桃好吃树难栽，是俚语。我栽过四十多株樱桃，却没一株活下来。从樱桃基地拉了一板车秧苗，种了七亩多地。头三个月，樱桃树都活了，三五天，毛茸茸的绿叶，从枝节发出来。我便估算着，三两年，樱桃可自己采摘了。可入夏，叶子软塌塌，半个月，全死了，枝干火麻秆一样，折一下，啪啪啪，水汽干了。枇杷树是蔷薇科植物，也是易于栽种的植物。秋末初冬，枇杷树开花了，一束一束，花瓣如盛雪。花开了，雪也从山尖盖了下来。枇杷开花迎雪，梅花则斗雪。唐代诗人羊士谔写过《题枇杷树》："珍树寒始花，氤氲九秋月。佳期若有待，芳意常无绝。袅袅碧海风，蒙蒙绿枝雪。急景有余妍，春禽自流悦。"

有一次，在横峰还是在井冈山，记得不确切了，我听一个人无意间说起，枇杷树是做琵琶最好的材质。我听得心怦怦直跳。琵琶为什么叫琵琶，是因为枇杷树做材质而来的。说的人，让我佩服得五体投地。我回到上饶，自扑琴行，问修琴师傅："琵琶是用枇杷树做的吗？"修琴师傅愣愣地看着我，说，硬木音箱发出的声音，更悠扬，可细腻可宽阔，音质好，易共鸣，枇杷树不是硬木，不适合做音箱。他一棍子把我佩服的人打死。修琴师傅说，琵琶通常是由鸡翅木、铁梨木、花梨木、白酸枝、红酸枝、黑酸枝、紫檀等硬木制作音箱。

我有些灰心丧气。我又查资料，为什么叫琵琶，为什么叫枇杷？汉代刘熙《释名·释乐器》："批把本出于胡中，马上所鼓也。推手前曰批，引手却曰把，象其鼓时，因以为名也。"有一种树的叶子为琵琶形，即梨形，世人取象形之意，把这种树叫枇杷。

让我心怦怦直跳的，不仅仅是琵琶，还有白居易。我简单的大脑里，还没产生《十面埋伏》，或《塞上曲》，或《醉归曲》，或《大浪淘沙》，或《琵琶语》的旋律，白居易的《琵琶行》便喷射出来。还好，白居易写过一首《山枇杷》：

深山老去惜年华，况对东溪野枇杷。
火树风来翻绛焰，琼枝日出晒红纱。
回看桃李都无色，映得芙蓉不是花。
争奈结根深石底，无因移得到人家。

深山老去，许是一种最好的命运。枇杷树本是寻常之树，进不了华贵的庭院，进不了高雅的园林，溪野便是去处。去处即归处。人都是实用主义者，眼皮翻开，势利如狼。枇杷因了味美，止咳养五脏，也多栽种枇杷树。若枇杷不可食，有几人会知道枇杷树呢？

桑树林

县城像个牛头，两个弯弯的牛角是主街道，一南一北，在街中心的红绿灯分岔。往南徒步半个小时，一条河堤一直通往下游十余公里的城市。河堤下，是一片洋槐和柳树茂密的河滩。过了河滩，江水冲刷出了一片滩涂，滩涂上全是桑树、池塘和河汊。河汊交织，在入水处汇集，形成长江的内支流。

在江边客居的几年，这是我唯一在傍晚或休息日去溜达的地方。端午之后，雨季慢慢结束，红鳌虾在河汊的草丛里爬来爬去。尤其在傍晚时，它爬出水面，找透风的地方乘凉。我们几个人穿雨鞋戴头灯提铁桶，用火钳去夹红鳌虾。一个来小时，一个铁桶装了一半。我们像是一群饿慌的人，回到住所，洗虾剥壳，用姜蒜和辣椒整锅煮。把一锅虾吃完，差不多下半夜了，睡意全无，又接着吹牛。红鳌虾呈圆筒状，甲壳坚厚，前三对步足为鳌状，其中第一对尤其强大坚厚。我们把没有剥的虾，扔到院子前面的一个池塘里。

滩涂多蛇。我怕蛇。我把裤脚卷进雨鞋里，在衣服上洒了风油精,远远就闻到我身上的风油精味。蛇多是乌梢蛇、花蛇和水蛇,它们一堆牛屎一样堆在草丛边,或一根枯树杈一样搁在烂泥里,脚踩上去,嗞嗞嗞,我们一惊吓,蛇滑进了水里。滩涂也多见青蛙和蛤蟆,鼓起气囊哇哇哇地叫。红螯虾盛产,要到桑葚熟了。桑树有几十年的老桑树,也有三两年的桑苗。当地人不吃桑葚。我们在清晨用竹竿钩去勾桑葚吃。桑树是一种落叶乔木,在南方的沙地或河边,桑树长得特别快,三五年树即成行,桑叶可喂蚕。

  桑是极富人文色彩的植物。麻是一种草本植物,在田间地头,不用种植,也疯长,刀砍镰割,十几天又长出半人高,叶子猪耳朵一样肥肥,粗糙,一副生活不愁吃喝的样子。麻秆可以提取纤维,织布。桑和麻结合,便成了古代乡村的日常生活缩影。晋代陶渊明《归园田居》诗言:"相见无杂言,但道桑麻长。"唐孟浩然《过故人庄》云:"开轩面场圃,把酒话桑麻。"喝两杯酒,干点农活,和朋友烛下夜谈,确是一种惬意。梓是落叶乔木,叶子长得晚落得早,到了三月末尾,它才长出一撮撮的叶子,稀稀拉拉。霜降来了,它的籽白白的,翻出枝头,一挂挂,沉甸甸地下坠。树叶发黄泛红,秋风一吹,落了满地,被风卷着跑。秋雨一来,树全光了,像年迈的祖父。梓籽可以榨油,油脂用以制作肥皂或洗涤粉。桑和梓结合,便是故乡,是父母之邦。外出远游的人,回到家里,在后院必种桑和梓,以示对父母的敬重。榆树,在南方的河边、池塘边,茂密的树叶像个宽大的斗篷,春天开一串串雨伞一样的花,初秋翅果像扁豆荚。记得小时候去河边游泳,用小刀把指头粗的榆树枝切成半截筷子长,枝干挤压出来,把树皮削薄,放在嘴巴里当喇叭吹,嘟嘟嘟呜呜呜,直到腮帮鼓胀发麻。桑和榆,都是河边喜长的树。夕阳斜斜照下来,穿过树梢,晕晕黄黄,甚美。南方有种桑的传统,一家人,世世代代以桑养蚕为生。桑树长了十几年,乡人没办法采摘桑叶了,便把桑树砍了再种,周而复始。世间如何变化,朝代如何更替,桑还在,田还在,只是养蚕的人换了一茬又一茬。人间的酸苦谁又能道尽呢?当然,在夜晚的桑林里,痴男怨女月下相约,无暇听鸣蝉,也无暇听江水,想着私奔的事,美好而忐忑。《汉书·地理志·下》曰:"有桑间濮上之阻,男女亦亟聚会,声色生焉。"说的就是这个声色之事。

水果之中,我爱葡萄、香梨、桑葚。桑葚是不可储藏之物,极易腐烂,蚊蝇蛾蚁喜食。桑树花开得像个小棒槌,黄白色,毛毛虫的触须一样。花谢了,粉粒落满地面,小棒槌变成了青绿的桑葚。漫长的雨季来了,桑叶披挂了整个树身,桑葚泛红。雨季结束,桑葚转黑,灌满了浆水,甜甜的酸酸的。桑葚是踏着雨水脚步慢步走的浆果。小满见三鲜,黄瓜、芸薹、桑葚,都是好东西。我们戴一个草帽,提一个篮子,戴一块纱巾,去桑地。滩涂是肥沃之地,泥巴地是阴湿的泥浆,杂草丛生,也多芦苇。桑地却平整,看起来也不荒芜,浓浓郁郁的桑树像是江堤的一道篱笆墙。晨光煦暖,桑叶甚是油亮。鸟雀从不同的方向飞来,啄食桑葚。这是鸟的盛宴。想想也是。正是孵卵喂雏的时候,雏鸟每天要吃营养丰富的食物,鸟儿食量大,一家多口,嗷嗷待哺。老桑树上,便有很多的鸟巢,雏鸟在巢里探出毛茸茸的小脑壳,喙黄黄的,张开,唉唉唉,叫个不停。也有练飞的鸟,扑啦啦从树上落下来，扑唧唧哎哎，唧唧哎哎。桑树林里，有了各种鸟叫声。很多鸟，我都不认识。我像到了另一个国度，熙熙攘攘，街上各色人等涌了出来，可惜我听不懂这个国度的语言，甚至察言观色也不会。桑葚熟，昆虫也多，蜘蛛、蜻蜓、螽斯、草蜢、豆娘、蝉、卷叶虫，触手可及。《诗经·国风·周南·螽斯》：

螽斯羽，诜诜兮。宜尔子孙，振振兮。
螽斯羽，薨薨兮。宜尔子孙。绳绳兮。
螽斯羽，揖揖兮。宜尔子孙，蛰蛰兮。

看样子，儿孙满堂，齐贤有焉，处处可遇见的。桑葚在无意间，把我带到了一个自然的圣殿里。我常常觉得，一个无人踏足或鲜有人踏足的地方，一个被人遗忘的地方，往往是被一扇虚掩的门锁着了，推开门，我们会发现那是一个奇异的世界。（我想，对于一个艺术家而言，不仅仅要思考这个世界，去构思心中的世界，更要熟悉这个已然发生的世界，尤其是去熟悉被遗忘的世界，回到世界原始的出发地，那么他或她的血液里，就会有一种源源不断的力量，地层里的熔岩一样喷发出来——因为他或她拥有了自己的美神）我们会对这个奇异的世界，充满了好奇，惊讶，询问，凝思，我们是一个婴孩，即使我们已经年老。

河汊里，有很多泥螺和泥鳅。在休息日，我们也去摸螺，捉泥鳅，但把更多时间放在林中的小路上。我们在小路间穿来穿去。河滩上，柳树洋槐，还有零散的几棵榆树，绿得十分招摇。尤其是柳树，歪歪扭扭地长，柳枝垂下地面，摇摇摆摆，婀娜多姿。虞美人散开在斜坡上，嫣红，有寂寞的娇羞，像待字闺中的二八女孩。瓜叶菊花色红白相间，给清寂的河滩增添了闹意。一些较为空旷的地方，牵牛花在盛开。河汉在阳光下，倒射出荡漾的水光，迷离得让人感觉时光悠远。

滩口有一个渡口，已经荒废多年了。系缆绳的木桩还在，埋在泥层里，木质开始腐烂，黑黑的木屑脱落。渡口向下深入到水里的台阶，是石头砌的，大圆石，有光滑的平面。石头和石头之间的泥缝，长出了牛筋草。有很多个下午，我独自坐在这里，望着宽阔的江面。浑浊的江水，一浪又一浪打来。很多年前，这里是一个繁忙的码头，摆渡人摇橹，头戴斗笠，来来回回地运送货物和客人。上游的大桥建好后，渡口成了水乡人记忆的遗迹。江水上涨，滔滔的水浪淹没了渡口，浪声轰隆轰隆，一直传到遥远的村舍。

江水不再上涨的时候，春天已远逝。桑葚熟，胡瓜黄，雏鸟飞。

我又去了另一个异乡。

在南方，村舍、街头、田垄、河滩，都会看见桑树。桑树是一种非常普通的树。妇人采桑叶，在干燥的土屋里，摆上竹团席养蚕。蚕白白胖胖，日夜吃桑叶，沙沙有声。蚕丝一匹匹卖到街上去，再买回酒、食盐。桑葚熟了，孩子用一根长竹竿，把桑葚打下来，塞在嘴巴里吃。晚唐诗人王驾写的《社日》："鹅湖山下稻粱肥，豚栅鸡栖对掩扉。桑柘影斜春社散，家家扶得醉人归。"这就是陶渊明式的理想生活了。南北朝民歌《采桑》："蚕生春三月，春桑正含绿。女儿采春桑，歌吹当春曲。"我想起了故园的三月。故园有桑林,在河滩的沙田,叶生桑枝,圆圆肥肥,黄鼬在刨洞,乌鹊在傍晚飞起,晚归的妇人着青衫,晚霞落满饶北河。陶渊明在《归田园居》说:狗吠深巷中,鸡鸣桑树颠。随意,恬淡,有趣的生活,谁不喜欢呢?

桑,是气味浓烈的背影,故土的背影。竹枝的栅栏里,蚕在酣睡。桑葚紫红,江水远去。

桂花落

秋日，抱一本书，坐在院子里，晒着暖阳，随意地翻看，听桂花扑簌簌地落下，是人间至境。桂花落在书页上，落在椅子上，落在廊前，金葵色，幽香盈盈。

桂花是木犀科常绿灌木或乔木，一般生活在长江以南地区。我种过非常多的桂花树。有野生移栽，有苗圃移栽。桂花树是非常容易成活的树，即使在艳阳高照的夏天移栽，多浇几次水，也会存活下来。在冬春季移栽，浇水一两次，也不枯叶。每年的三月，我都会去苗木市场选桂花树，直干，一米以下无分叉，至于是丹桂还是金桂，或者是月桂、银桂，倒不是重要。县城偏僻的街道，有临时的苗木市场，以丹桂、杉树、木槿、橘树、柚子树、梨树为主。

桂花树移栽了一年，便要修枝。我喜欢修枝。一把剪刀，一个小木锯，一个梯子，一双手套，是我单独放在杂货间的，谁也不可以动。剪刀是日本货，当年买的时候花了我一千多块钱，用了七八年，还是很利索。细枝用剪刀修，粗枝用木锯锯。两米以下的枝丫或分叉，只留一根主直干，树冠修去密集的枝条。修剪了的枝口用刀口磨平磨圆，再用布条扎实，以免枝口发新芽。修剪一天，一般只能修十几棵桂花树。

每年冬季修剪一次，修剪之后埋一次肥。在离树根一米远的地方，掏一个半米深的洞穴，舀三斤油菜饼肥下去，浇足水再填土。树油绿地长，不分昼夜，树冠婆娑，旺盛地发育。

植物学家在对桂花的描述中，一般定义为灌木或小乔木。我不太赞同小乔木这一条。我见过参天的桂花树，比三层楼还高。浦城县教师进修学校破旧的院子里，有一个冬瓜形的池塘，中间以拱桥相通。池塘边，有四棵高大的桂花树，树干比我的腰还要粗，四季常青，郁郁葱葱，斜斜地往池塘上方生长，盖住了整个塘面。许是桂花树的根须伸进了池塘的淤泥里，吃足了养分，长得忘乎所以，忘记了自己是小乔木的身份吧。浦城县是丹桂之乡，家家户户种桂花树，是自古的传统。临江镇杨柳尖自然村周贵兴家的院子，有一棵千年桂花树，树高15.6米，树围4.6米，年产桂花240多公斤，主干9枝似九龙，故称"九龙桂"。丹桂飘香时，树冠如大红灯笼。横峰县新篁有一棵桂花树，我第一次去看的时候，正是前年10月初，树身满是青苔，油绿近乎墨色。乡人介绍说，桂花树已经逾千年了。树高高大大，和百年香樟一样。1989年我在乡村教书，村里也有一棵千年桂花树，树冠盖了一亩地，树身也要两人合抱，农历八月，桂花开，全村飘香。我出生地，有一座山，名五桂山，是崇山之中的一个陡峭山峰。山上有野生桂花树五棵，高耸云天，年代多久，乡人不可记，至少比村子历史久远。

乡民种树，有自己的选择。在院子里，除了果树，桂花树是种植最多的树了。桂花树四季常绿,花香可食,谁不喜欢呢?

"桂花糖,桂花糕,香香甜甜。"在深秋或初冬,巷子里有了悠长的吆喝声。这个时候,我们再也控制不住自己的脚步,循着拨浪鼓的当当声寻找货郎,再也离不开。"不急,不急,一个一个来吧,每人分一块。"货郎用银白的切刀,切一小块给孩子吃。我们含在嘴巴里,慢慢吮吸。父母大人端一个畚斗出来,畚斗里是白米。三斤白米换一斤桂花糖。深深的巷子,吆喝声有民谣一般的腔调。当啷当啷,拨浪鼓一阵一阵远去,消失在巷子的尽头。

前两天,在朋友圈看到沈书枝晒了一张她父亲筛丹桂花的图片。我有了片刻的恍惚,怎么秋天又到了呢?时间怎么这样快如闪电呢?时间在人的身上,或许是以加速度的方式流动的。小时候,觉得一年好长,漫长的学期,漫长的假期,每一天都是漫长的,每一个黄昏都是漫长的。上学的路漫长,背诵的古诗漫长,油灯的燃烧漫长。人之中年,在沙发打瞌睡一下,便过了晌午,写了半截残文又到了掌灯十分,去看了三次老母亲便至白露。露寒,就桂花落了。

桂花落了,白昼一日短一截。桂花落在树下的纱布上,或者落在竹篾席上。收起来,筛一筛,晒三五日秋阳,丹色桂花萎缩,成了丹褐色。泡茶,捏一些丹桂花下去;做老鸭汤,捏一些丹桂花下去。客人来了,从冰箱里拿出冰糖丹桂花,冲开水,兑起来喝。冰糖丹桂花放上十年,也不会变质的。

乡人爱做酱,做豆瓣酱、辣酱,也做桂花酱。用一个大缸晒酱,晒在屋顶上,或晒在围墙的墙垛上,酱红色,香了整条巷子。

以前，我以为桂花树是仅仅以压枝的方法抚育秧苗的。我问过很多种苗木的人怎么抚育秧苗，也都回答是压枝法。到了福建浦城工作，我才知道，压枝法是最笨的方法。浦城人摘春季桂花树叶，插在水田，过半年树叶长成了树苗。有充足的水分，树叶可以长出树苗，我不知道其他树是不是也可以这样。在其他地方，我也没见过这样的抚育法。

在更早以前，也就是十来岁之前，我不知道桂花树长什么样的。我以为桂花树是离我们很遥远的树，像银杏、香榧一样不可遇见。在饶北河流域，桂花树叫木樨。桂花叫木樨花。在乡音中，木同目音，樨同屎音。木樨花也叫成了目屎花。我便讨厌这个花的名字，觉得它是一种肮脏的花。

小学三年级，语文老师给我们讲了《山海经》的故事：炎帝之孙伯陵，趁吴刚学道，和吴刚之妻有了私情，生了三个儿子。吴刚怒杀伯陵，激怒了太阳神炎帝，被发配到月亮，砍伐不死之树月桂。树高五百丈，随砍即合。吴刚便这样无休止地砍下去。

"月桂是什么树啊？我们都没看过。"这么神奇的树，我们没见过啊，多惋惜。语文老师说："月桂怎么没见过呢？就是我们院子里的木樨啊。"

这是第一次知道桂花树即木樨。老师说，每月十五的时候，你们抬头看看月亮，可以看见吴刚用大板斧在砍月桂，还能听到斧头的砍树声呢，月亮上还居住着美丽的嫦娥，长袖善舞，是最美的仙女了。十五的圆月出来，我们坐在院子的竹床上，抬头仰望，月亮上的暗暗阴影，真像一棵月桂树在晃动，树叶沙沙响。

过了两年，又听到了另一个吴刚的神话。吴刚不是杀伯陵，而是想娶嫦娥为妻。嫦娥说,把月桂树砍倒了,我便做你的妻子。吴刚伐了亿万年,树还在,因为树随砍随愈合,是一棵神树。但吴刚不死心,便一直伐下去,不舍长夜。

西方有一则相似的神话。是西西里弗推石头的故事。西西里弗得罪了宙斯,宙斯让他将一块巨石推上山,在山顶把石头竖稳,便免除他的一切罪恶。西西里弗开始推石上山,将石头推到了山顶,但石头又滚下了山。他为了免除自己的罪,日复一日,年复一年,永不休止。

这两则神话,都极具悲剧色彩,讲述了人的原罪和生命的悲壮感,具有深刻的隐喻。

当然,我还是比较喜欢吴刚为了爱情而伐桂的故事。虽然不深刻,但美好;虽然也是悲剧,但温暖。这个故事更贴近人性。相当于金岳霖和林徽因吧。这个故事,指明了生命中的另一个事实:过于美好的东西,都是虚幻的,像魔术师手上飞起来的彩带。诗人颜梅玖写过一首《桂花吟》:

> ……
> 它带来了美的形式,又越不出衰亡的内容
> 它和时代有一致的妥协性:
> 像某个事件——
> 虚无、困惑,又暗藏了疲倦
> 像一座遗址
> 它性感的香气,在我们的体内悄悄潜伏了下来

颜梅玖说出了事物的本质。当然，我不是悲观主义者，但我必须承认万物悲观的结局。初秋，气温骤降，桂花一夜盛开。花开半月，瞬即凋零。

唐诗人王建的《十五夜望月寄杜郎中》写道："中庭地白树栖鸦，冷露无声湿桂花。今夜月明人尽望，不知秋思落谁家。"桂花和月，是秋赋的核心意象之一。夜露打落桂花，月已中秋，教人如何不想家？桂花开，是秋熟；桂花落，是秋肃。

秋声之中，桂花飘落，是最寂然的。相比于虫吟，相比于纷飞黄叶，相比于晚雨伶仃，相比于雁语呜呜，我们的耳朵几乎不可能听出桂花落地之声。无声的消失，是温暖的消失。

在寂静的院子里，躺在摇椅上，晒着暖阳，无所事事，书盖在脸上，瞌睡一会儿，是美事。醒来，茶凉了，盖在身上的衣服，落满了丹色的桂花，一朵，两朵，三朵……

油桐树下

浙江有两个地名,是我入迷的。一个叫桐乡,一个叫桐庐。这两个地方,离杭州都很近。桐的故乡,桐花烟雨,迷蒙迷离。桐下结庐,寒鸦啼鸣,雪落山巅。桐乡有乌镇和木心,桐庐有富春江和郁达夫。桐乡和桐庐我都去过。

"带湖吾甚爱,千丈翠奁开。先生杖屦无事,一日走千回。"这是辛弃疾《水调歌头·盟鸥》的美句。带湖就在我窗外,柳色褪尽,湖水轻浅,鸥鸟翩翩,油桐凋碧。带湖四周低矮的山冈,在五月开满了油桐花。在辛弃疾的年代,带湖也是如此的——任凭世事如何沧桑,故生的植物不会变。

油桐是大戟科落叶乔木,在南方分布极广,一般在海拔千米以下山地、丘陵地带生长,生命力极强。我在福建浦城工作时,单位围墙外有一处百米长的护坡,每年的雨季,护坡会倒塌,泥土流失很严重。护坡只有两样植物可以常态化生长,一种是芭茅,一种是油桐。油桐长了一年,高过了围墙,肥大宽厚的叶子伞盖一样。油桐五月开花,纯白色花瓣,有淡红色花纹。油桐花开在山坡上，皑皑白雪一般，因此油桐花又称五月雪。

粉粉的桐花，有莹莹的油脂，花筒状。开筒花的树叫桐树。花开月余，花色转成暗黄，山风吹来，纷纷掉落。花落在水里，被水送走，飘零而去。看桐花凋落，太残忍。草丛里，岩石上，都是零落的花瓣，枯黄色。我们站在树下，桐花啪哒啪哒地萎谢下来，落在我们的头发上，落在我们的衣服上，落花的声音会震动山谷。山涧在窄窄的河道激越奔流，桐花一个跟斗，落在水面上，转眼不见了。

我听过一夜桐花零落声，在县城的一个荒坡上。我第一次和女朋友在房间里约会。雨从黄昏时分，滴滴答答地下，绵绵如酥。荒坡有三五户人烟，油桐树蓊蓊郁郁。荒坡下，水浪滔滔的罗桥河直涌信江。荒坡像一块面包，油桐树像面包上的肉松。我们坐在床沿上说话，月光在油桐叶上白。月光和桐雨，玉白色相互浸透交织。桐花在低低的雨声中一朵一朵地落在窗前的屋檐下。我一会儿看她的脸，一会儿看落花，盛开的脸和飘落的花在我眼里交替。一年后，我们分手。八年后，我和她在街头路遇，我竟然认不出她。她站在商场门店前的台阶上，手上拿着一把收拢了的太阳伞，穿一条蓝色长裙。我过红绿灯的时候，感觉到有一双眼睛在看我，眼神热切。我看见了台阶上的女人，羞赧地微笑。我走过去，说，我几乎都不认识你了。她低着头，低低地说，你怎么会认得我呢？你认识的那个人早已死了。

在十余年前，我去寻找县城的教堂，又去了一次荒坡。坡上盖了很多房子，油桐树林还在，和绿黑的杉树林间杂地长在一起。我站在旧年的院子里，桐花像繁星，在枝头堆积。不知道谁家的音箱，开得震耳欲聋，在播放卢冠廷的《一生所爱》：……苦海 / 泛起爱恨 // 在世间 / 难逃避命运 // 相亲 / 竟不可接近 / 或我应该 / 相信是缘分……我迷惑间，似乎听到了桐花簌簌飘落，而月光皎洁如海。不尽的雨声、歌声时远时近，飘飘忽忽，天边遥遥。

横峰县新篁，有一个自然村叫乌石头，坐落在一个狭长幽绿的山谷里。这是我喜爱的一个村子，我去过七八次。村舍里有竹林和古枫树，秋日妍妍，溪涧敞亮。我也喜欢吃村子里的菜，地道农家风味。吃了饭，在溪涧中的河石上坐一会儿，赤足入水，览阅山色。村舍的对面山梁，是弥眼可望的油桐树。山势由北向南、由高到低地延绵，溪涧蜿蜒。油桐依山势横亘了山谷。油桐花开，山野寂寂，冈翠披霞。风吹来，桐花窸窸窣窣摇曳。

古人有井桐之说。挖井的时候，在井边栽一株油桐树。油桐树皮灰色，枝条粗壮，叶片卵圆形。油桐树三五年，树冠可以把井院全盖住，妇人在井边洗衣淘米，可以避阳，下雨了，还不会淋湿身子。孩子在井边玩耍，打陀螺，唱歌，玩累了，靠在母亲怀里香甜地睡去，清凉的树荫撒落下来，像梦中的一叶帆。帆把人带往远方，也把乡愁带往远方。当离家多年的孩子在某一天回到故地，看见井边的油桐树树叶纷落，秋风鼓起芦絮的翅膀在屋顶上飞，他会怎么想呢？贾至说："忆昨别离日，桐花覆井栏。"

桐花雌雄同体，八九月结果。果子叫桐子。发育的桐子像青皮梨。桐子熟了，皮色由青转黑紫色，果壳慢慢开裂。桐树根须色泽形状如木薯，有毒。从外观上，一般人难以分辨。也因此生出乡间趣闻。在饥荒年代，生产队割稻子，十几个队员在一起，会相互取乐嬉戏。村里有一木匠，叫毛精，和打草绳的五盐在一块田里割稻子。木匠对打草绳的,说,你和我换一个事做,你挑谷子,我割稻子,你同意换,我把两根大木薯给你。五盐力气小,矮个子,看看满满一担谷子,看看两根大木薯,不知道怎么说。边上十几个人起哄说,两根大木薯,可以够一家人吃一天了,你还不换,我来换了,你别眼红。五盐弓起身子,挑了一天的谷子。一担谷子将近两百斤,一天挑八担。五盐一家人,到了晚上,个个提着裤子争抢着上厕所。毛精给的不是木薯,是油桐根须,吃了泻肚。

桐子落了,寒霜也即将到来。村里山冈多桐树,我们挑着扁篓去捡桐子。桐子有小饭碗大。我们抱着树,唰唰唰唰唰唰地摇。桐子落下来,在地上滚来滚去。桐子可以榨油,桐油不能吃,卖给油漆匠刷家具。

我们把捡来的桐子,堆在院子的角落里,盖上茅草,泼两担水浇湿,过半个月,桐子壳开裂,散发腐烂后的油香。扒开茅草,桐子长出白白的菌毛。把果肉掏出来,送到榨油坊里,用水碓咿呀咿呀地舂烂果肉,成了粉末。把粉末舀到大木桶里,烧起旺火,蒸一个时辰,桐子末便熟了。蒸汽在房间里,白白的,像一团晨雾。

趁热团饼,可是一件功夫活。稻草编织在一个铁环里,热粉末压在稻草上,用脚踩。团饼的人边踩边跳,哟哟地喊:"烫脚烫脚。"一木桶的粉末,团十几块饼,团好了饼,团饼的人脚板成了一块熟南瓜。把团饼拼在榨油的木槽里,开始榨油了。榨油的人打赤脚,打赤膊,拉起木杠杆,撞击槽,桐油汩汩地从槽口流出。榨油的人,食量好,用钵头盛饭吃,吃两钵头。桐油色泽金黄，盛在大木桶里。一木槽可以拼二十四块饼，哪个人家会有这么多桐子呢？便三五家拼槽，你五块我八块他十块地拼，油量按团饼比例分回家。

做油漆的师傅，早在油榨坊里候着，一斤三块钱，用板车拉回家。油漆师傅有一口大铁锅，把新油放在锅里煮半个时辰，油突突突地冒泡，便浓成了浆稀，成了坯油，漆大门漆水桶漆筐箩漆摇篮。桐油漆了的家具，不生蛀虫，也不霉变。油漆师傅煮油不给外人看，怕别人偷艺。在煮油的时候，他会放坨生（氧化铝），成了光油。光油漆丝绸漆金器。油漆师傅不轻易把煮光油的手艺传给自己的徒弟。

秋燥，便秘的人多，土方法用尽了，也解决不了难忍之事。小孩误吞硬币，吃韭菜，吃了一碗，硬币还在肠胃里，父母急死。吃了毒蘑菇，误食的人口吐白沫，两眼翻白，手脚哆嗦，土郎中狗跳圈一样在原地打转，无计可施。榨油的师傅，从家里端一碗桐油来，说，喝了桐油，大事化了。桐油厉害，肠胃里的不洁之物短时间里排解干净。脚上腿上，生蛆痈，三百草扛板归都敷了三两个月，还是肿胀，溃烂，疼得让人浑身乏力，整天冒虚汗。蛆痈会并发其他恶疾，高烧不退，也因此有人丧生。长时间患蛆痈的人，慢慢绝望，坐在门槛上痴痴呆呆地看着太阳升起，落下。在最绝望的时候，桐油出现了。桐油灯点起来，烟熏疮口，熏得整条腿发黄发黑，疮口开始滴毒水，一天滴十几滴，滴了三五天，消肿了不痛了，可以走路了。乡人，户户都有一盏桐油灯，用一个竹筒做灯挂，筒口按一个灯碟，碟里的灯芯在夜里发光，光晕一圈一圈佛光般美丽。

油桐树容易栽植，把油桐子埋在地穴里，第二年即可发芽。油桐树木质疏松，木色雪白。古人用它制木筏。用故土之木，造去往异乡之舟，似乎有着某种隐喻。春繁冬简，落木萧萧。前几日回老家，见油桐树已经开始落叶，浅黄色透出几分麻白。树底下落满了桐子。现在的乡村，油桐已经无人捡了，油榨房在二十年前关闭。稀稀的雨，从稀稀的树叶间，落下来，落在我头上。我摸摸自己的头发，也是稀稀的，想想，离开故地，已经三十年有余。油桐树上有一个空空的鸟巢，脸盆一样大。我也看不出是什么鸟的巢。

　　人是一层一层长的，每一层里，都有特殊的物质。这些物质包含：田埂上的野花，屋脊上的月亮，鸟戏其间的油桐，石板路上轻轻飘落的雨，河边低沉的号子，羞涩的眼神，暗暗的灯光在黉夜孤独地跳动……所谓苍山远去，就是长出来，又一层一层脱去。

　　油桐兀立在可以眺望的地方，是他乡也是故乡。如辛弃疾一日走千回的带湖。油桐树下，千百年，人来来回回地走，每一个人，都是陌生人。我是其中的一个。

夜雨桃花

假如你问我夜雨中的桃花怎么破碎的,我会说,又有一个人已离去。水带走的人不复返。

雨自中午滴滴答答地下,绵长轻柔,地上的灰尘黏结,像一粒蜗牛肉。到了傍晚,雨势乌黑黑,从江边压来。樟树、桂花树,和池塘边的芭蕉、雨珠当啷啷地跳荡。密密麻麻地,漆黑中的雨滴,落在江面上,溅起一阵阵风。

我打一把伞,去不远处的山上。那里有十几亩地的桃林,我得去探望。昨天早上,我去过。桃枝缀满了艳丽的桃花,如初晨的霞光,稀疏的桃叶正在不断地发青。从桃树发第一个花苞,我便每天都要去林子里。我想细细地看桃花初开到凋谢的过程。每一棵桃树,什么时间开花,开了几朵花,在哪一天凋谢了几朵,我心里有数。每次站在林子里,我便满心愉悦。在很多年里,我十分讨厌人。我甚至不愿和人说话,更别说去认识人了。我知道,这是我的心理疾病,但我没办法克服这样的想法。于是,我在山上种树,种了梨树、枇杷、枣树、柚子树、橘子树,还种了很多花，迎春、葱兰、藤本蔷薇、串串红。我在列种植的植物名单时，列出的第一个名字便是桃树。我不吃桃子，但我爱桃花。

桃花烂漫时节，让人迷醉。我不知道，有哪一种花能像桃花一样，让人内心焚烧起来。

在很多年前，我去过一个山中废弃的林场。林场前一个三五平方公里的水库，四周无人居住。林场后面的山上，种满了桃树。正是桃花明媚的季节，树上罩着一片霞云。我惊呆了。我从没看过那么广袤繁盛的桃花。我在桃林里四处野走，头上，衣裳上，落了很多花瓣。一个人在桃花林里，会想起曾经的海誓山盟，会想起曾经同船共渡的人。假如你爱一个人，不要带恋人去桃花林踏春赏花，有一天，恋人离去了，而桃花依旧灿烂，那会多么悲酸。唐代诗人崔护写《题都城南庄》："去年今日此门中，人面桃花相映红。人面不知何处去，桃花依旧笑春风。"假如有一天，你去一个村舍寻访，久叩柴扉门不开，而门前的桃花恰好怒放，满树的焰火。柴门里的故人，去了哪里呢？看到桃花的瞬间，你会海潮填满胸膛。

桃花。念起来，它像一段往事。

桃花。想起来，它像一缕影子。

桃花。春天枝头上的一个秘密驿站。

在驿站里，相悦的人，有说不完的话，执手相看，转眼间，天已黑。脸颊上的花香，风也带不走吹不散。

曹霑写黛玉死前，在沁芳闸桥边葬花，每每读之让人伤心欲绝。黛玉肩上扛着花锄，锄上挂着花囊，手拿花帚，唱着《葬花吟》：

......
> 尔今死去侬收葬，未卜侬身何日丧？
> 侬今葬花人笑痴，他年葬侬知是谁？
> 试看春残花渐落，便是红颜老死时。
> 一朝春尽红颜老，花落人亡两不知！

在桃花飘落的季节，一个失情的姑娘，把花葬在泥土里，让花回归到最圣洁的地方。沁芳闸桥边，是恋人约会、吟诗的去处，也成了诀别的地方。桃花成了生命消逝的证词。

我去过很多寺庙，寺庙也大多种桃树。在南岩寺，在博山寺，在天荫寺，寺庙门口两边的路上，都种了桃树。今年春，去南岩寺看望朋友，正值桃花盛开时节，在院子里，十几棵桃树压着积雪一样堆着白花。寺庙沉静，空旷无人，虽似积雪，但寂寞无声。白居易在《大林寺桃花》写道："人间四月芳菲尽，山寺桃花始盛开。长恨春归无觅处，不知转入此中来。"也许，寺庙种桃树，是自古以来就有的。桃花，在出其不意时，给人深邃的禅境。人间的繁华不再，红尘似云飘散，踏入山寺，山道两旁的桃花成团，清泉自山岩轻轻滴落，叮咚叮咚，有枯寂的韵致，让人悲欣交集。我去过一个无人的山寺，叫太平圣寺。去山寺，徒步五华里，沿山道，弯弯而入峡谷，峡谷蜿蜒逼仄。我一个人散步，到了山寺。山寺无人，屋舍干净，寺庙前的水井清洌，翻涌。寺前有一个回廊般的山坳。山坳里开满了桃花。在春寒尚未完全消退之际，一个冷寂的山坳，遍野的桃花如一群故人，适时相聚。

桃和李，相当于两个同桌。桃和梨，相当于两个动荡年代的兄弟。桃即逃，梨即离，有着人世间最深的况味。赠之以桃，报之以李，不会相忘于江湖。桃，从木从兆，兆亦声，"兆"意为"远"，即远方的果树，爱桃之人，钟情于远方。

桃是时间翻过去之前，所停顿下来的钟摆。过年的时候，我们用桃木板分别写上"神荼""郁垒"二神的名字，悬挂门首，祈福灭祸。这就是桃符。桃木有压邪驱鬼的作用。家中的香桌是桃木做的。道士的剑是桃木做的，桃木剑是道教的重要法器。钟馗的大木棒叫"终葵"，也是桃木做的，用于驱鬼杀鬼。传说后羿被桃木棒所杀，死后被封为宗布神。桃木乃五木之精，门厅插桃枝，鬼不敢进门。桃木乃神器，又叫神仙木。神仙吃的水果，不是葡萄荔枝石榴雪梨，也不是火龙果榴莲香蕉芒果，而是蟠桃。

金庸写武侠，造了一个童话般的岛，叫桃花岛。桃花岛可能是历代小说中最著名的岛了——与世隔绝，无忧无虑，桃花开遍了山崖，涛声拍岸，浪花如飞雪。陶渊明写了一个"无论魏晋"的桃花源。桃花有隐逸之美。

在南方山间的小村，院子里，桃树是常见的树。种树的人，不仅仅是为了赏花，更是为了吃桃。桃分油桃、蟠桃、寿星桃、碧桃、毛桃、水蜜桃。桃多汁，甜，口感柔绵爽脆，汁液清凉。

桃子熟了，可以采摘吃了。不摘，便会烂在树上，或被鸟吃。桃分泌糖分，鸟爱吃。鸟也爱在桃树上筑巢。鸟都来吃了，人怎么可以不采摘呢？唐代诗人杜牧有一个红粉知己，叫杜秋娘。他写过一首《金缕衣》："劝君莫惜金缕衣，劝君惜取少年时。花开堪折直须折，莫待无花空折枝。"有好的姑娘，你一定要表白，要把她带回家。水蜜桃熟了，也是姑娘初长成了。在对姑娘所有的比喻词语之中，没有哪个词可以超越水蜜桃了——有质感，有视觉感，有触摸感，让人荷尔蒙加速分泌。水蜜桃，有绯红的脸颊，青春的肿胀的汁液，既羞赧又孤高。

孩童时代，我家有一个高大的桃树，两米来高分丫，向南的一支压在下屋的屋顶，向西的一支斜出围墙。桃树分泌一团团松黄色树油脂，从树皮的裂缝里淌出来，捏起来软软的，像糖糕。鸡在树下扒食。红艳艳的桃花在三月蹿上枝头。可能在乡间长大的孩子，都会有一个关于桃花的记忆。

山上有了一块空地之后，我便想着种桃花。不是每一个人会有岛，有一个小山坳也是好的，种上三五亩桃树，春天了，散淡又热烈地开花。两个多小时的大雨，桃花也许落地成泥了。"每一次看到桃花，都像第一次看它。"我低低自语。每次站在桃花下，看着开在枝节的桃花，我能听到阳光在它体内的声音——在经脉里漫游，传递寂寥的心跳，把隐秘的雨水带回高处。花还没完全撑出来，像一个女人，渴望爱又不知怎么去爱，把爱含在眼睛里，把火焰含在水里。桃叶一小片一小片，衔在枝节上，浅绿，敷着绒毛，小女孩头上的兔耳辫一样翘着。桃花艳艳的，像焚烧起来的情欲。多旺盛的情欲，足可以把初春的空气点燃，几乎可以让人感觉到空气噼噼啪啪的震颤之声。去年种了桃树，我喜欢上了桃花翛然的样子，奔放，拥抱自由的焚烧。热烈多好，桃花不是开的，而是裂，把最绚烂的光阴，裂成花瓣的形态。

黉夜，风呼呼大作，滔滔之水灌进一般。风在咆哮。雨啪啪啪，雨线闪射着光，发亮，漆黑的亮，蒙蒙一片。桃树在风中惊慌地摇来摇去，像一艘小船在大海遭遇海浪。雨打在桃花上，桃花颤抖一下身子。水从树身下滑,把天空多余的重量带进大地。绽开的花瓣,坠下,斜斜的,被风刮走。刚刚泛青的杂草上,台阶上,矮墙上,躺着零乱的花瓣。

不知是否有这样的植物,一生只开一次花。一生之中,人又会有几次花期?可能一次花期即穿越一生,也许一次花期仅仅一个晚上。春天的雨略带寒意,雨丝抽下来,嘶嘶嘶。桃花有的依然盎然,有的被雨打翻落地。之前,我臆想,花瓣落地会像一具尸体摔在地上,轰然作响,事实上,悄然无声,只是在枝头上削去了踪迹,在空气中晃了晃身子,甚至来不及喊一声痛,脱下鲜艳的舞衣,轻得连大地都没有觉察到飘落的颤动。

倘若这里有一座寺庙该多好,那样,桃花的劫难有了慈悲的意味。

谁知松的苦

过冬,有两样东西是极其珍贵的:柴火和粮食。在大雪封山之前,各户便储藏干柴。最好的干柴,便是松片和松枝。当柴火的松树是病树。松树被松毛虫侵害,松针不再发绿,慢慢枯黄下去,直至完全焦黄,树干脱皮。很多昆虫都喜爱以松树的木质或松果或松针为食,如松茸针毒蛾、松针小卷蛾、大袋蛾、新松叶蜂、微红梢斑螟、球果螟、松十二齿小蠹、落叶松八齿小蠹、云杉八齿小蠹、松干蚧、松材线虫、松褐天牛。松毛虫全身斑毛,深黑色或黑黄色,看一眼让人毛骨悚然。松毛虫也叫毛虫、火毛虫,古称松蚕,有剧毒,在人身上爬过,皮肤瞬间起斑疹,火辣辣地痛,不及时医治皮肤会溃烂化脓。初秋,季风来临,松毛虫随风而飘。我在浦城工作的时候,有一天我的同事对我说:"这几天,有几十个孩子,手上、脖子上长红斑,不知是什么原因引起的,每年的初秋,孩子们都会得这样的病,孩子们有些恐慌。"我说那是季风吹来的松毛虫落在孩子身上,涂抹两次皮炎平就好了。同事说之前还特意请县医院和疾控中心的医务人员来检查过，也查不出原因。我说后山全是松树，松毛虫不会比蚂蚁少，把教室和宿舍门窗关上，即可预防。

从打松苗开始，松树便饱受虫害。难熬的是夏秋季，虫日日饱食松质，很多松树在秋季结束之前，便枯萎而死。砍柴人用大柴刀伐下死松，在院子里晒几天，锯断，劈裂，码在屋檐下，成了过冬的柴火。枯死的松树无湿气，干裂，烧火旺。烧炭的人，不用松木杉木。烧炭的取材，要硬木，如紫荆、杜鹃、乌桕、山毛榉、青冈栎、冬青。

南方多松树。红土易沙化，水土易流失，便大面积种植湿地松。山区多油毛松和青松。松有蓬松的树冠，斜顶而上，呈"人"字形。松长寿，可活上千年。美国加州狐尾松，有活了六千多年的，且继续活，比我们有记载的文明史还长。乡村人有自己的取材之法，每砍一棵松树，便在原地植一棵苗，叫砍树不失数。青松一般长在深山，且岩石嶙峋之地，迎风傲雪，百年长青。在乡间老式的大堂屋，门窗和悬梁，会有很多木雕，"松鹤图"是必不可少，寓意屋主人长寿安康。油松一般生长在矮山冈上。油松也叫油毛松，松针发黄，像营养不良的孩子，木质松脆，长得快，适合做木材。

昆虫多，引来很多鸟。大山雀、灰鹊、低地苇莺、画眉，一整天在松树林吵闹不停。松林是鸟的天堂。我家的后山，有一大片的松树林，天麻麻亮，鸟叽叽呱呱地叫，叫得清脆欢快，好像每一天都过着好生活。鸟多，蛇也多。乌梢蛇和花蛇，悄悄地溜上树偷鸟蛋。春天雨季，松林里有蘑菇，褐黄色的蘑菇伞，一朵朵地撑在树底下，或斜插在树腰上。我们提一个竹篮，手上拿一条长竹梢上山采蘑菇。松蘑菇鲜美,做汤或炒肉丝,让人吃得不想下桌。竹梢是用来赶蛇的。蛇缠在树上,一竹梢打下去,蛇便烂绳一样掉下来。竹梢枝丫多,分叉,再灵活的蛇也逃不了竹梢的"魔爪"。

我家里种了一棵石榴,十几年了,每年石榴压翻了树。我家老二说:"石榴熟了,刁米老鼠天天来吃。"我看看他,问:"刁米老鼠是什么动物?"老二说:"刁米老鼠你不知道啊,就是松鼠。"我"哦"了一声。松鼠爱吃松果,在松林里太多了。松鼠机灵,又会大幅度跳来跳去,打猎的人可以猎杀野猪、山鸡、黄鼠狼,但猎杀不了松鼠。打猎的人便说,松鼠是山里最小的神,神得敬着,松树长了松果,是一种供奉。

松树下,一般长蕨萁或刺藤,不长灌木和芭茅。松针是松树的叶子,也叫松毛,扎人,有痛感。秋尽,老松针慢慢脱落,落在蕨萁上。冬雨倾泻,松针一层层积在地上。干枯的松针毛黄色。放了学,我们挑一担竹萁,弄松毛。用笆弄。笆是用竹子煻出来,像一只手。松毛好烧,每次用它发灶膛。松毛不弄,松林很容易发生火灾。松毛烧起来,火苗要不了几分钟便蹿上松树。

前年春,在驮里岩,我看见了整个山冈的松林被烧毁后的惨然景象,如同大地的废墟。我走在山冈,斜坡发辫一样垂下来。大片的油毛松在早年被野火烧死,它们死亡的姿势仍然是活着的那副样子,遒劲,听命于自然造化,枝杈在树身上留存着阳光的形状。蕨萁微黄地卷曲在低坡,更平坦的坡地上,翻挖出来的条垄覆盖了一层枯死的针耳草。我抬头望一眼天,什么也没有,天是空的,空得容不下一朵云。天也不蓝,银灰色,圆弧形,空空茫茫地罩下来。天那么空，空得像一双容不下泪水的眼睛。翻过岭，油毛松继续死。它们是同一天被野火烧死的，但死得有点前仆后继，死得有点视死如归，死得似乎生命没有意义，死得活着和死没有差别，于是选择了相同的告别的形式。岭下，有简陋的寺庙，庙前是一个山谷。山谷多毛竹，也有三棵伞盖一样的冬青树。我见过很多冬青，挤压在灌木或乔木林里，树皮灰色或淡灰色，有纵沟，小枝淡绿色。水桶粗的冬青，确是第一次在这里见识。立春之后，太阳一日黄过一日，小枝发蕊，米白粟黄，小撮小撮地积，积到发胀，淡的花点缀在绿叶间，细细一瞧，蕊里还有几只细腰蚂蚁。小径上，是发白的砍下来的竹枝和凌乱的杂草，以及细碎的树叶。水井被水泥石块盖着，石板上是青黄的苔藓，老年斑一样衰老而颓败。有几棵烧成了黑色的松树，又发出了新枝，细小的一枝枝，油青色，夹在枯死的枝丫间。每一枝新枝，显得多么倔强。

松树会分泌树脂，叫松脂，是植物糖，是一种淡黄色或深褐色液体，有松根油的特殊气味，可作溶剂，也可作矿物浮选剂、酒精变性剂、防沫剂和润湿剂。人是贪婪的物种。"物尽其用"，换一个说法，是榨取物的所有价值。一丝不剩，把人的贪婪发挥到淋漓尽致。松脂让松树在劫难逃。人成了松树最大的"病虫害"。我看过人割开松树皮，在树肉里开槽，取松脂。我在安徽工作时，有一天中午，单位后面的矮山冈来了一个五十来岁的人，提篮里放着几把刀，刀形是我不曾见识的。他戴头巾，路过门前池塘，我散了一支烟给他，问："师傅，这刀是干什么的？"他脸上有一块斜疤，手指很粗。他解放鞋上有厚厚的泥垢。他说：割脂刀。他翘起嘴角抽烟。我把玩割脂刀，短把刀柄，有定向片和沟槽刀片，凸弧状刀口向前倾斜。我随他到了矮山冈。山冈夹杂生长苦竹、野蔷薇、芭茅、山毛榉、野柿子树，落叶枯败。几座颓墓，荒草零落，松毛积了厚厚的一层。旧墓有的被掏空，但石碑还在。一些新坟残留着花圈的竹条，锡箔压着泥尘。脖子粗的松树，在距地面一米以上的树干上，有下三角形的槽，槽嘴里套了一个白色的塑料袋，松脂液从槽嘴滑进塑料袋里。树脂从树干流出时，无色透明，与空气接触后，呈结晶状态析出，松脂逐渐变成蜂蜜状的半流体。

  他在松树上割皮。他把刀摁在疤节较少的树干上，刮去粗皮，刮到无裂纹，凿开制中沟和侧沟，形成沟槽，沟槽外宽内窄，笔直而光滑。师傅每次用力，牙齿狠狠地咬住嘴唇，眉头紧锁，肩胛骨抵住树身。我问："你割它，它知道痛吗？"师傅龇牙嘿嘿嘿地笑。我说，钱是害万物的东西。他又嘿嘿嘿笑。他说他每年都要来割脂，在旧三角形上，往上割，割更大的面，四月至十月，提着桶来采集树脂。每割一刀，树身会颤抖一下。这是松树在痛，只是它的喊声我们听不到。它把痛塌在肌肉里，渗透在血液里，假如它有血肉的话。它把痛通过根系，传到大地深处，埋在我们发现不了的土层最厚处。它痛，却喊不出来。刀扎进去，它若无其事地抖一抖身子，落几片针叶。刀一层一层往上割，一年一年往上割，直到树脂流尽，松树一天比一天枯萎，被风吹倒，朽烂山冈。矮山冈上，横七竖八地倒着被割死的松树，没死的都割了皮，裸露出来的刮面像一张张狰狞的脸，满是疤。斜斜的刀痕，被雨水湮黑。松树看起来木讷，无动于衷，生不荣死不哀。

人，从没想过给一棵树以尊严。松的痛苦是人的罪。松知道人有多恶。

松不但给人生活的尊严，还给人精神的尊严。松木板，一块块铆钉成一个敞开的"回"字形，是我们的打谷桶；松木板，依墙体铆钉成一个盖井，开一个窗，是我们的谷仓；松木板，平铺在横梁上，钉实榨紧，是我们的楼板……我们在松下结庐，烹泉煮茗，舞风弄墨。我们听松涛，看大雪压松枝，提着松灯访友……黄山松迎天下客。岁寒三友：松、竹、梅。明月夜，短松冈。

松，等同命运。

第四辑 森林风度

嘉绒峡谷 \ 森林的风度 \ 荒木寂然腐熟 \ 乌鸦河谷 \ 针叶林 \ 去豆叶坪 \ 冬日林中 \ 森林的面容

嘉绒峡谷

一

他们每一个人，我都想紧紧抱住，当我远远瞭望深秋山巅的薄雪。雪是凝固的云纱。雪灰白色，灰蒿枯死的那种灰白。雪白出了一圈，如一顶白帽子戴在山尖上。雪积在山顶相同的等高线上，形成一条浅白浅黄的雪带。雪，昨夜初落，山中骤冷。阳光飘落，也骤冷，黄黄如素签。

山延绵，山峰如一顶顶斗笠。雪带慢慢往上收缩，露出麻褐色的变质岩。这是贫瘠的山体，草已枯萎，不多的灌木棘藤杂生，一丛丛。草深灰色，一副哀荣无动于衷的样子。灌木或棘藤却婆娑低矮，它们的根须扎入龟纹石的缝隙。石岩如一个个"石瘤"，在峭立的山壁隆起。山壁挂满了"石瘤"，让人觉得，山不再是山，而是一棵棵丰硕的石榴树。龟纹石是一种很容易风化的石头。风把巨大的石头或石岩吹裂，石缝纵横交错，雨水渗入，石体慢慢开裂，成了碎石。多雨季节，石体下榻，碎石纷纷散落，被雨水汇集而成的山洪，卷入山下。大风来临，碎石被风掀起，形成抛石，飞落山下，牲畜若被击中，当即毙命。

马尔康，我沿着梭磨河走，看见皲裂而散的石头横陈在河岸两边，密密麻麻。河滩成了石碛滩。碛砾或如棒槌，或如瓠瓜，或如锥铁。更小的碛粒，成了沙石。梭磨河，是石碛之河，汤汤浊浊如齑粉之浆。河水是深深的灰青色，浪涌着浪，滔滔而不绝。

在南方，我从没见过如此的山体。因亿万年的雨水冲刷和大风的撕裂，石岩不断下塌，时间把山塑造出了岁月的雕像：每一座山都有一条或几条纵深斜长的沟壑，如山体的刀伤口；山上的林草地给人苍莽、悠远之感，于是我们不免慨叹人之于世，如齑粉之微小；石岩上的灌木，格外挑眼，树叶或红如胭脂或绿如墨荷，它们生之越艰难，越显苍劲。

我一遍一遍地摩挲淤积的泥沙。梭磨河在松岗以半弧形向西南流去，在百公里外汇入大渡河。河在开阔地形成一个滩涂，松岗人垒石筑墙，围出一块块可耕种的土地。他们种菜蔬，种玉米，种青稞。峡谷深长而逼仄，山高且陡峭，山下可耕种的土地，十分稀少，他们便四季耕种。沙地被他们种成了肥沃的黑土地，白菜结着厚实的叶苞，菜叶翠青菜茎雪白。一棵白菜，如一座暮春雪山。跳入我眼际的，不是一棵棵白菜，而是一座座耸立的雪山，朴素、纯洁、盎然、生动。梭磨河在滩涂淤积出一层层的泥沙。粉细的泥沙一圈圈有了花纹，一圈深灰色，一圈深青色，一圈浅赭色，如海螺的斑纹。泥沙把大海带到了我眼前。我翻出泥沙，在手上细致地摩挲，软软的，糙糙的。我似乎听到了大海的呼啸。一万年前的大海在我手上死寂般呼啸。

二

红嘴鸦在河谷上空盘旋，有二十余只。河谷约三十米宽，北岸是松岗和柯盘天街，南岸是直波村。北岸为山之阴，南岸为山之阳。阴山斜缓，郁郁葱葱，有大片的冷杉和箭竹，村舍四周长有高大树木，以核桃、白杨居多。阳山高峭，草伏地而生，瑟瑟枯黄，鲜有灌木，更无高大乔木，但见山如叠高的草垛。我仰着头看红嘴鸦。红嘴鸦飞得并不高，略高于核桃树，喊喊喊地叫，叫得欢快而轻盈。它全身乌铁一样黑，黑得发出青蓝的金属光泽。

"这是什么鸟呢？"有人问。

"小红嘴。"有人说。

"红嘴山鸦。"我说。我看见鸟喙红脚赤。

"小红嘴就是红嘴鸦。红嘴鸦就是红嘴山鸦。它们一对一对生活，终身不离不弃。它们在藏族同胞的石屋里筑巢。"还有人说。

"还有白嘴鸦。"我看到了，一对栖落在苹果树上的鸦，喙白脚黑。白嘴鸦和红嘴鸦混杂在这一条河谷生活。

我还没见过这么多山鸦出现在同一个狭小的河谷。山谷小溪穿过村子，湍湍奔泻。急流把山中的石块冲了下来，溪床堆满了碛砾，深灰色。挖掘机在清理溪中乱石，挖出狭窄的溪床。一对红嘴鸦站在西边的白杨树上，看着挖掘机在突突突地挖石渣。红嘴鸦是忠贞的鸟，刚烈、性猛，却柔情万分，一生坚守配偶，若配偶死了，另一只会消失。它和加拉帕戈斯信天翁一样，对爱至死不渝。

在松岗村子里，有两座高达三十余米的石碉楼，已有数百年历史。我在看碉楼时，数只红嘴鸦落在碉楼旁的核桃树上鸣叫。"喊喊喊，喊喊喊"，它们抖着乌黑的翅膀，翘着舵形的脑袋，看着来来往往的人。它们似乎在警示我们："这是我的家园，你们别来捣乱。"或者在说："欢迎来到松岗，这里四季鸟语花香。"

有好几栋古藏式民居，红嘴鸦栖落屋顶，其中有一对红嘴鸦飞进了三楼窗台。松岗处于梭磨河下游，在嘉绒藏语中，意为"峡谷上的官寨"，民居也是石砌房。红嘴鸦藏身窗台或墙洞安家。红嘴鸦是当地传说中的吉祥鸟，一栋民居既住人又住鸟，人鸟共屋檐。松岗人说，红嘴鸦一生在一个屋檐下筑巢、安家，从不挪窝。

处于松岗镇最高处的柯盘天街，可以俯视梭磨河两岸。梭磨河如一张弓，环绕村前。在这里，我看到了更大的红嘴鸦群从山脚狭长的山谷掠过白杨树林，飞向古碉楼。山谷是另一种林相：白杨落尽了树叶，高大树干灰白，树梢灰黑，从溪边突兀而出，栎树依白杨林侧边蓬勃而起，有几株树叶飘红的树（我辨认不出是什么树）在低山地带烈火一样招展。鸟适合在这里筑巢、觅食：山谷两边的高山遮挡了大风，溪边林地食物丰富，高大、茂密树林可躲避天敌。或许是，红嘴鸦觅食之后，飞回古碉楼嬉闹去了。

三

即使同一条河流，在不同的河谷，鸟的分布也不尽然相同，甚至差异很大。梭磨乡是梭磨河上游，河道曲折且狭窄，地势险峻高拔。山中高大树木呈多样化，山体被森林覆盖。梭磨，嘉绒藏语意为"岗哨"。岗哨之地,关隘重重、地形复杂、必可远眺,颇具"一夫当关万夫莫开"之势。事实也是如此,河谷较宽处只有三十余米宽,山坳突转,片石嶙峋。梭磨河上游一带,山体以煤石、龟文石为主体,石层上覆盖了并不厚的泥土、腐殖层、地衣。地衣如一张严实的地网,罩住了泥土。树木在土层上长了出来。

已是深秋与初冬交替之际,最显眼的树木是红桦树。山坡斜垂而下,最后零星的树叶在红桦树梢孤怜地飘摇,叶斑褐色,已失去了水泽,山风吹过,哗哗哗,又落几片。褐红色树皮慢慢翻卷,卷出巴掌大一块,又慢慢脱落,露出浅红浅灰的木质。红桦树笔直挺立,比水杉、高山柳、含笑、栎、乌桕等乔木更高,无论我们往哪个山坡看,红桦齐刷刷地耸立在密密的乔木林中。它饱受风霜鞭打的模样,令人印象深刻。它像遭受了无数际遇的人,和善仁慈,又不得不默默忍受伤痛。

林相和海拔高度,决定了鸟类生活。梭磨河源头的山谷,我并没有看到红嘴鸦。在我走入林边草径时,我没有看到别的鸟,而是听到了"咕咕咕咯咯,咕咕咕咯咯"的鸟叫声。鸟叫声来自半山腰的一丛高山柳树林。这是雉科鸟在打鸣,高山勺鸡在叫。我可以想象勺鸡憨厚笨拙的样子,在树林草地,一边觅食,一边抖开翅膀叫。它习惯于针阔叶混交林、密生灌丛多岩坡地的生活,吃植物的嫩芽、嫩叶、花、根、果实及种子,一雄一雌出没。勺鸡栖息在海拔三千至四千米之间。梭磨河源头在红原县查真梁子,海拔约三千三百米,是一条季节河,在丰水期,河水充盈又丰沛。梭磨河上游多岩林密,是勺鸡理想的家园。我在林边站了一根烟的工夫,另一只勺鸡也"咕咕咕咯咯,咕咕咕咯咯"应和。我问一个收菜老哥:"这一带是不是有很多勺鸡呢?"收菜老哥露出满口白牙,说:"你怎么知道呢?"

"叫声从树林冒出来了。我猜的。"

"勺鸡很多。早上、中午、傍晚,勺鸡四处活动。它们经常来到村子菜地吃食。"

收菜老哥的话,让我很受用。其实我没有走入林中。菜园边的林子太密,人很难钻进林子。树杈交叉,树枝交错。树有小叶白杨、高山柳、青冈栎、川滇高山栎、地锦槭、乐山含笑、鹅耳枥、高山松等。高山柳河鹅耳枥,在根部和下部树干,长出了很多地衣。这些地衣如地耳,浅青浅绿,失水时蜕变灰白色。我抓了一把,地衣灰末状。春夏时节,湿气太重,树干才有了地衣。

抓地衣时,摇动了树枝,树枝碰着树枝,沙沙沙作响。一群红胁蓝尾鸲和树莺,在林中四飞。我惶惶然,一群小鸟怎么藏身在这里呢?我又惊喜万分。

其实,当我看到一个藏胞大姐在炒青稞时,就知道这一带有数量惊人的小鸟。藏胞大姐在屋边,架了一口平底大铁锅,一边添柴火一边炒青稞。青稞是大麦属经济农作物,是藏区居民的主要粮食之一,可酿酒可煮粥,秆子可作燃料和牲畜饲料。在村子里,除了麻雀,我没看到别的鸟。有青稞的地方,就有蔚为大观的鸟群,只是青稞已收仓,鸟入了山林。

梭磨河在翻滚。"生活是泥沙俱下的。"梭磨河也是。龟纹石每年会崩塌,山体也会崩塌,只要多雨,泥石流不可避免地危害当地人生活,甚至威胁到他们的生命。我看到有些山沟整体往下塌陷,形成巨大的凹槽,里面杂草丛生。泥沙淤积而成的土地,却十分肥沃。在这样的地方生活,人禀赋了乐观、坚忍的气质。动物和植物,也是一样的。

四

马尔康,嘉绒藏语意为"火苗旺盛的地方"。在我眼里,确实也是如此。河水是火苗,青稞是火苗,地锦槭是火苗,可耕种的稀少土地是火苗,红桦是火苗,勺鸡是火苗,雪是火苗。还有更多的火苗藏在山中,藏在河中,藏在边走边唱的人心里。

高高的山长长的河,那是火苗诞生的地方。以火苗为马,我们一起去溯源一条河流。一条纯洁如处子的河。

梭磨乡还孕育了另一条河,源头为大青坪的茶堡河,由东向西流去。茶堡在嘉绒藏语中意为"阳光普照的地方"。茶堡河是马尔康北部主要河流之一。沙尔宗镇米亚足村是茶堡河源头之一。面对延绵无际的群山,大多数人是幼稚的,因为,没有深入其中的人,永远无法想象群山。我是其中之一。去米亚足的路上,我想,茶堡河与梭磨河,应该没有差别,汤汤浊浊,青白色。

峡谷弯转,路有些颠簸。车中有人晕眩,昏昏欲睡。我却目不转睛地看着车窗外。在脚木足河的龙头滩,过一座公路桥,有悠长斜伸的峡谷,被两边屏障一样的高山夹住。山林色彩纷呈,大红大绿大黄,如画布上的颜料板结。公路依河而行。河水清澈如碧珠如蓝玉。这就是茶堡河。它把我从近似于"蒙昧"的状态中唤醒。我的眼睛"忙碌"了起来。这一带的山体,和梭磨河两岸的山体，有了很大的区别。

眼前的山高大巍峨，山峰千转，如银河的星斗。阔叶乔木和肥叶灌木，把山全盖住了。河边，即使是嶙峋的岩石上，也长着耸入高峡的白桦、乌桕、麻栎、荆条、冷杉、水松。白桦赤条条，大山里的男人一样高拔壮实。岩石不再是龟纹石，而是石灰石。石灰石硬度大，石体大，任凭风雨雪霜，难以摧毁。

米亚足是沙尔宗最僻远的一个村，海拔已达三千米。雪山在望。斜缓的山坡有大片的地锦槭和三角枫、乌桕。这类高大树木都是落叶乔木，树叶泛红，赤焰般从森林中喷薄而出，涌起热浪。清早出门时，几点稀稀冷雨，给人恍若隔世之感。太阳跨过了马背一样的山梁，阳光鲜艳欲滴，如坠在枝丫的沙糖橘，汁液丰沛色泽饱满。畚斗形的山谷渐渐收拢，慢慢收缩，只剩下一条谷中森林羊肠小道。潺湲的溪流代替了奔涌的茶堡河。

看不见溪，溪声叮叮咚咚，银铃般不绝于耳。溪边蓬勃的森林墨绿。雪山罩着淡雾。淡雾不飘散，歌谣一样漫漶，但遮挡不了雪光。雪光莹白。雪是薄雪，如白纱巾披在山巅。

这是人迹罕至之处。四野寂静。人的声音、气息，会被森林吸得干干净净。人如同兔子、山鼠、地锦槭、水滴，成为毫不起眼的山野之物。寂静是风暴止歇之后的那种寂静，是大雪初融阳光浇灌的那种寂静——一种脱离凡尘的境界。我问藏胞大姐："山上有狼吗？"

"有很多狼。狼在山上活动，很少下山。我们经常在夜里听到狼嚎。黑熊来过村里，吃黑猪吃牛羊。"藏胞大姐说。她脸黝黑清瘦，双眼炯炯。

坚固的山体，茂密的林木，给予茶堡河干净的灵魂。在山下的哈休村，茶堡河缓缓而流。水青蓝。阳山被灌木和草覆盖。一蓬蓬形似灌木的，是黄连。黄连是多年生草本植物。黄连和莲心是苦中至味。莲是水生植物中的贵族，婀娜多姿。黄连却生于苦寒，蓬头垢面。阴山之巅，有两栋石屋，已有两百余年。村人，一个见过世面的年轻货车司机，指着山头对我说："从这里上山，我们要爬两个多小时。石屋无人居住，那一带有狼群和黑熊。"

"在石屋住上一个月，该多好。"我说。

"太高了，只有野兽出没。"

"可以看见猛兽，住一个月也是值得的。"

"你看见了猛兽，估计你会浑身打抖。你是个书生，猛兽会让你恐惧。"

我相信他的话。我没有自己想象中的那么勇敢。恐惧与好奇皆与生俱来。而我们对恐惧的体验，非常之少。现在我才想起，在梭磨乡毛木初村，我见到当地一位大哥，他脸部肌肉坍塌式萎缩，如晒干的柚子皮——在年轻时，狼啃食了他的脸。

一棵四人合围的白杨在哈休村前，如一个时间老人。茶堡河与马尔康其他百余条河流一样，属于冷水河。峡谷开阔，收割了的玉米地素白素黄，翻卷着暖阳的气息。

年轻货车司机说，夏天河水上涨，水獭逐浪上来，弓着身子游泳，很会捕鱼。我故作惊讶地看着他，问："你看过河獭吗？"

"小时候看过。水獭经常看见，每年都会看见好几次。"他笑起来，两撇胡子翘起来，像动画中的阿凡提。

茶堡河有水獭，是我意料之中的。茶堡河是哲罗鲑在川西主要栖息地之一。哲罗鲑属于冷水鱼,是鱼中"猛禽",以鸟、蛙、鱼、蛇、蜥蜴等动物为食。水獭,扁长厚实的体形,牙齿如钢锯,青黝黑。水獭以鱼为主食,也吃鸟、蛙、蛇,鲜吃植物性食物。水獭是一种分布十分广泛的哺乳动物,但对水质有着严苛的要求,且食物丰富。凡水獭生活的河流,必无任何污染。

水獭是穴居动物,昼伏夜行,反应灵敏,四季交配,栖息于河流、湖泊、溪流,善游泳和潜水,捕食技术精湛。巢穴藏在河边灌木丛或芦苇丛中,洞口在水面底下,难以被天敌发觉。在我七八岁时,我见过水獭。村前河流多鱼,密林丛生。涨水了,水獭竖起身子,踩着水,左摇右摆,嬉戏玩耍。因为早年森林被大量砍伐,河水污染,在江西,已很少有水獭了。

也只有这样在马尔康流淌的河,给了水獭欢乐家园。

到陌生山野之地,遇上一个健谈的人,是一种福缘。年轻货车司机很是健谈,吸着鼻子,说他感冒了。鼻子抽得厉害,但丝毫不影响他说话的语速,且带有弹簧颤动起来的那种语调。"你看见那棵树冠黑成一团的树吗?"他指了指公路边的阴山山脚说,"你知道那是什么树吗?"

一团墨绿,树腰粗糙,树叶婆娑,树冠如大圆盖。我说是千年柏树。他竖起指头晃了晃说,是柏树,但还不准确。我与树相隔了百余米,看不清楚。即使看清楚了,我也说不清树名——于一座山而言,我的知识十分匮乏,或者说,面对一座高山,没有人可以狂妄,必须谦卑。

"岷江柏,一百多里长的茶堡河,两边的山,只有这一棵岷江柏。你说,奇怪不奇怪?"

我一时无言。岷江柏生长在川西、川北、甘肃南部一带高山（海拔1200米至2900米）的干燥阳坡，叶鳞形，细枝斜长，交叉对生。让我惊讶的是，如他所言，百里群山，只有这一棵树，为什么？我想很可能是在百年前，这一带有很多这样的树，现在只留下了一棵（分雌雄如香榧），已无法繁殖了，所以成了茶堡河流域岷江柏的活化石。事后，我了解得知，在川西，马尔康梭磨河下游、茶堡河及大渡河上游，是岷江柏保护区，岷江柏保护得特别好。

白桦树和杉树、小叶杨树、竹子，占领了阴山。山苍郁，如一张美丽的屏风。山高林密，人已根本无法上山了。山中野狼野熊常跑下山，偷袭家畜。

在大藏乡春口村，有一位藏胞大姐于2019年夏目睹狼群猎杀家牛。春口村是大藏寺所在地，海拔三千米。这是一个高山草甸，坡上有几株水杉，郁郁葱葱，树叶积着残雪。路边柴垛也堆着积雪，约五厘米厚。雪在消融，水珠滴答。站在山巅之上，看见嘉绒峡谷如一架水车卧在群山之间。草伏地而生，根须交错。小檗结出鲜红的小浆果。在朝阳开阔的坡上，长了很多一蓬蓬的小檗（至好的肠炎中药）。松鼠在树丛拱着嘴巴。无论哪一座山，松鼠很多。红嘴鸦在坳谷、草地、屋舍之间飞来飞去，三五成群。

大藏寺门口，有藏胞大姐开了一间杂货店。她穿着棉袄，脸上有阳光的釉色，靠着门框，和两个穿藏袍的中年男人说话。我问藏胞大姐："这里有狼吗？"她领着我，指着山巅之侧的一片白雪覆盖的杉树林说："那里有很多狼，去年有狼群，吃了我家的牛。狼群有十三条狼,这么大的狼群,很少见。平常都是三五只狼下来,吃鸡吃羊。"

她说,她家牛羊放牧在草地上,吃了午饭,她去草地,看见一群狼在吃牛,一头牛只剩下一堆血肉模糊的白骨。她说起这件事,一点也不吃惊,很平静,似乎这是一件司空见惯的狼吃家畜的事件。

春口村,只有不多的几户人家,我也只看见了几个居民。山脊如牛背。向北而望,是莽莽青山,山巅披着薄雪,黑黄黑黄的树林在雪覆之下,变得斑斑点点。向东遥望,是更高延绵的雪山,白雪皑皑。雪山,一座比一座高耸。雪山叠着雪山,最高的雪峰隐匿在白云之中。阳光变成了白闪闪的金色。那是无人之境,是雪豹和狼的祖居之地。

我从来没有看过这样的山形。臧胞大姐杂货店背后是千仞之高的陡峭山坡——山体也不是塌陷,而是整体凹下去,形成一个约十平方公里的高山盆地。山坡如壁,森林墨绿。积雪在树梢沙沙抖落的声响震彻山谷,让人震撼。这是人无法行走的山坡。

下山时,车避让着骑摩托车下山的藏胞,在弯道口子停了下来。我抬头望着迎面的山坡,被眼前的景象意外地震惊了。那不是山坡,而是一幅壁画:红桦退尽了树叶,树皮赭红,白雪盖在地面的树叶;水杉墨绿葱油,剪出一帧帧挺拔的侧影,如一群穿蓝衫默诵经文的人;风吹翻乌桕黄叶,欲飞欲落;矩鳞铁杉呈塔状,苍翠浓郁,像高山最后的贵族;白桦伫立,静默地仰望着群山……层染的山,一座毗连一座,蜿蜒,逶迤,幽深的峡谷是一个被珍藏的神秘世界。群山如大地隆起的肌肉,峡谷如纵横交错的经脉,河流在经脉里奔流。而嘉绒峡谷,横亘马尔康南北,延绵无际,令人景仰。

森林的风度

五峰山支脉如一座屏风,横亘在赣西大地。群峰叠峦,苍翠多彩。它耸立在我眼前,碧空倒悬,森林沉默地汹涌。站在湘东广寒寨高仓村独石垄,望着山谷两边的山林,我想起了19世纪俄国画家伊凡·伊凡诺维奇·希施金(1832—1898)的油画《森林植物·秋天》:秋色浓酽,五棵直条、树皮黝黑的落叶乔木占据了远方的视野,远处是金黄色的稀疏桦树林,野塘漂浮着泡烂了的树叶和腐朽的黑漆树根,一叶小舟被弃在树林荒地,塘边的灌木有的树叶枯黄,有的依然葱郁。菖蒲一丛丛,像是等待寒冬的来临,又像是一切都无所畏惧。一棵常绿乔木隐在林中静默盎然。通往森林的路有多长?我不知道。希施金知道。他浓烈的颜料和吹在他脸上的山风知道。

独石垄是一条狭长蜿蜒的山谷,高仓河依山谷环绕,由东向西而去。河十余米宽,河床下凹,细细水流缓缓漫过凹床,积留出浅浅的河水。水流得太缓太浅,以至于听不见流水声,让人误以为河床仅仅是雨水的一个去处。水若流得再缓些,水流就不再是水流，而是水的呼吸，水慢慢渗入沙子，不见了，隐遁了身形和光影，剩下一缕呼吸供养水草。与其说是河，倒不如说是溪涧，它太窄太没有河的气度。河奔腾千百里，水流滔滔，像一个较着劲说话的人，像乱群之马横冲直撞，像狂风席卷残云。而溪涧像藤，在深谷里缠绕；像叶脉隐隐可现。但它终究是河，只有河才能容纳辽阔的暴雨。

五月是南方丰沛的雨季。亚热带湿润季风越过鲲鹏般的罗霄山脉，压在山脉腹地。这一带，江谷平原、盆地、丘陵、高山等盘结交错，河流纵横，湖汊与山塘密布。季风拖着厚厚的云层，到了五峰山支脉，拖不动了，云层如泥石流往下坍塌，哗哗哗，暴雨来了。

暴雨乌黑黑白亮亮。山中林木兀自垂立，每一棵树的蓬勃树冠成了湍急的瀑布。雨水从树枝披散而下，柱状的水线泻出优美的弧形，银亮、单纯、饱满。每一棵树，都有无数的河流在奔涌，奔涌，奔涌，奔涌到大地深处去。地球的引力是一种神秘的召唤，召唤无数的河流集结起来，朗诵山川，朗诵远方。这些河是世界上最细小的河，富有歌唱家的激情。雨落在树叶上，河就开始往下跳，连续不断地跳，加速度地跳，跳进草丛，跳进岩崖，跳进另一条河——落在低处的树叶，继续跳，跳在树蛙的背上，被树蛙背着跑。

在森林里，实际上，我们听不到暴雨声。我们听到的是树叶的抖动声，雨珠敲在树叶上，树叶颤动一下，沙沙沙。沙沙沙，从每一棵树发出，像是一种对暴雨的邀请。山野震荡，气流从山巅奔下，会在深谷回旋。暴雨便旋转而下，一阵阵雨势压顶。也有看不见的河,针叶乔木如松树、杉树,雨水回到树枝,汇集在树干上,默然下流。

所有的雨水,注入了高仓河。只有河,才可以容纳森林;只有河,才可以吞吐山脉。河已不仅仅是河,而是一种巨大的吸纳和代谢。山洪滔天,河水迅速上涨,黄浊的泥汤一层层盖过去,浪头壁立。暴雨以摧枯拉朽之势,折断枯死的树枝,打烂碎叶,清洗每一种植物也塑造每一种植物。山洪卷走烂树根、断枝和即将腐烂的树叶。被风侵雨蚀的岩崖,在暴雨中开裂,石块坠入山谷,被河水卷上岸,被水磨圆,成了鹅卵石;而更小的石块被蚀成沙子,细细白白,一粒粒,如光的晶体。

暴雨之后,森林沐浴着阳光,面容洁净,蓬蓬勃勃。乔木挺拔而立,树枝呈塔状或垛状或冠状,向上、向四周伸长,油青的树叶散发光泽。山地灌木在河边或在陡峭的山崖或在坡地,抱团式生长,一蓬蓬,油油发亮。

走进五峰山支脉森林,我们会发现那些笔直或弯扭的木本植物,不仅仅是树而已,更是道路。每一棵树,都是一条庄严的大道,向上挺进的大道,向周遭扩展的大道。每一条大道,以树枝或树丫的形式,分散出无数的小道,每一条小道都通向天空,迎接热烈的阳光。可以这样说,那些隐蔽在树叶中的道路,是一种热切持久的表达,是对生命的坚守与期许。我们在林中采撷浆果、野花,看鸟嬉戏,猛然抬起头,看高入云天的树冠,我们一下子被震慑住了。我们环抱粗壮的树干,测试它的周长,干燥的树皮屑沾满了衣服。我们估算着树龄。我们举目而望,树冠婆娑,浓荫密密,阳光从树叶缝隙挥洒而下,明净、柔软。在五峰山支脉,山中有大量的银杏、南方红豆杉、钟萼木、香果树、金钱松、水松、福建柏、闽楠,树龄数百年甚至千年。即使是矮小的灌木如杜鹃,漫山遍野,树龄也大多在数百年。在广寒寨乡四八门山,山腰是千年红豆杉群,山顶是遍野的杜鹃。五月,人间芳菲尽,山巅却花开盎然,如野火熊熊燃烧。

杜鹃是缓生树,是杜鹃属的常绿灌木或落叶小乔木,又叫映山红、照山红和山石榴。海拔千余米高的四八门山,满山满坞生长着杜鹃。四八门山杜鹃是落叶小乔木,花开五月,花期延至八月,万亩山坡被花映照,姹紫嫣红,延绵数十公里。树矮小,丛生。满山坡都是数百年的老树。人与树等高。人却变得卑微和自谦了:树日日遒劲生长,人日日衰老,一茬茬凋零。

森林之下,必有河。也只有河,可以与森林匹配。河与森林,在绵绵群山之中,既是空间概念,又是时间概念。高仓河无论多狭窄,也是河。青山不老,唯河永恒,说的就是这个吧。

夏季之后,高仓河日渐羸弱,却并不断流,喘喘却不息。假如山谷是一片叶子的话,那么河是叶脉。我和陈蔚文、安然、朱焕荣,在山谷野径闲走,看见几只鸭子站在河边石块伫立。不知是谁,惊叫了起来:那里有一群鹅。我讪笑了起来,说:不是鹅,是白番鸭。惊叫的人,暴露了自己久居城市的身份。鸭子有戏水抖毛的习性,刷食而吞,而鹅啄草,不爱戏水。河中多马口鱼、小虾、泥鳅和青螺,多昆虫及虫卵、软体动物、小型两栖动物。它们是白番鸭的至爱食物,也是鸟和爬行动物喜欢吃的。

伯劳、山鸦、褐河乌、喜鹊、山鹊、乌鸫,也因此常常来到河边,栖落在河边灌木,或兀立在鹅卵石上,叼食小鱼、蜗牛、蚱蜢、小蛇、蜥蜴。独石垄有村民七户，皆姓曾，每户留老人守家。在河边菜地，十几只鸡在扒食。鸡一边扒土一边吃，偶尔看着路边的人，咯咯咯叫几声。成群的伯劳在河边树林喊喊喊地叫，黄麻色的翅膀像两片梨树叶。当地人对我说：山林里有很多老鹰，昨天有一只老鹰扑下来，想抓我的头。我惊异地看着他，说：不可能是老鹰吧，江西很少有老鹰了，会不会是草鸮或短耳鸮。他用肯定的语气说：不会，张开的翅膀比我肩膀还宽，是老鹰。

老鹰不是特指某种鸟，是隼形目白昼活动的小型至中型鸟类的泛称，通常指鹰亚科物种；在《中国动物图谱》中，特指黑耳鸢。黑耳鸢一般生活在开阔的平原、草地和丘陵地带，及低地山林，体羽深褐色，喙如玄铁弯钩倒挂，以蛙、蛇、鸟、兔子、鱼、鼠等为主要食物，也吃动物腐尸。黑耳鸢并不惧怕人，常出没于村舍、稻田，栖息在村郊树林，在河边、湖泊凌空"游荡"，偷吃家禽。在广寒寨这样的高山地带，黑耳鸢应该非常鲜见。我揣想，他见到的老鹰很可能是游隼或红隼或灰背隼，尤其是游隼。游隼出没于山林，高空盘旋，而后沿着山谷低空飞翔，猎杀小型动物。河边多蛙、多鼠、多蛇，多鸟，这些都是游隼的珍馐。

常有一种动物，来到河边，很少人会发现它，它游魂一样神秘。它躲在树下或匍匐在岩石下，窥视河中动静，鸟在河边喝水或鱼游至浅水，它幽灵一样突然出现，猛扑上去，爪压住猎物身子，张开锥子一样的牙齿，咬住脖子不放，猎物毫无还手之力，扑腾几下，气息没了。这就是山猫。村民曾祥志圈了苦竹篱笆养鸡鸭，鸭是大花鸭，鸡是山黄鸡。大花鸭见了人，围拢过来，嘎嘎嘎地叫，向人讨食吃。我摇一下篱笆，大花鸭伸一下脖子。山黄鸡扒土，很有耐性地啄食。我也不知道土里有什么，可能只有土吧，鸡啄土进去，磨胃。曾祥志正驮一捆木柴回来。柴是灌木棍和木块，木块露出白白的木质。柴是生柴，带着雨水和阳光的气息。曾祥志五十来岁，看起来略显年轻，两个孩子研究生毕业，生活在外面的都市。他和爱人守着两片屋舍。他挖了的红薯，堆了半个厅堂。他解下柴捆往屋里搬。他并不善言，问他一句，他看一下人，答一句。他门口的芙蓉树开着红艳艳的花，大朵大朵，坠下来。我问他：鸡鸭走地吃食更好，扎篱笆圈养，为什么？他抬眼望我，又垂下眼，抱柴捆，说：山猫和黄鼠狼多，不圈起来，会被偷吃了。

我曾有幸看过两次山猫，一次在鄱阳的谢家滩丘陵水库，一次在浦城山区水库。在湘东，我还没见到山猫。这个游魂一样的生灵，太难见了，需要神赐般的偶遇。走千百次山林，才可能遇上一次。山猫走路，悄无声息，弓着身子，躲躲闪闪，外界稍有动静，便隐身丛林。一只山猫的活动范围，约两平方公里，在春季发情时，活动范围以倍数扩大，在山谷乱走，日夜不歇，在夜间"喵——喵——喵——喵——"叫，整个山谷都回荡生命亟待催发的声音。我在浦城山区生活时，春季的夜间从不缺乏这样的动人情歌。我知道，山猫叫了，草叶发绿了，种子发芽了，布谷鸟孵卵了，野塘里的睡莲很快会打开帐篷一样的莲叶。

很多人听到山猫的叫声，会感到惊骇。是的，它的叫声里，有一种难以抑制的躁动、急切。我听了，心里很舒坦：山猫孕育生命之前，把群山唤醒，把绵绵的雨水喊来，把季风和鸟一起叫进山林。

据说,萍乡最好吃的豆腐在湘东,湘东最好吃的豆腐在广寒寨,广寒寨最好吃的豆腐在曾祥志家。曾祥志并不开餐馆，却常有客人提前一天给他电话，在他家吃自做的豆腐和腌肉。他的木桌上，摆了四罐腐乳，泡着红熟油。好吃的豆腐需要上好的水、上好的豆子、上好的工艺和上好的厨艺。我看见腐乳，很想占为己有，但我不能——吃上好豆腐，还得需要福缘。我还没这样的福缘。他的木桌上有几十个柿子。柿子是熰在草木灰里的，刚扒出来，柿皮上还沾着湿湿的草木灰。灰擦干净，露出鲜红的柿皮，捏起来软软的，浆汁和浆肉似乎会一下子爆出来。剥开皮，吮吸一口，浆肉裹着浆汁，滑进口腔，甜得润了五脏六腑。柿是野柿，形如鸡蛋。这是山野在深秋最美好的馈赠。

野柿挂满树梢，柿叶也大多落尽了。野柿如一盏小红灯笼，随风摇晃，摇着摇着，落了下来。柿子红了，乌鸦、山雀、旋壁雀、凤鹛、短脚鹎、小蝗莺、松鸦等林鸟都来了，啄食柿肉和柿皮上的昆虫。抬头一看，树上都是鸟，嬉闹着，争斗着，惊叫着。柿子啄破，浆汁流下来，浓浓的——柿子像一罐糖膏。松鼠在两公里之外，嗅出了果糖的香味，闪着身姿，扑簌簌地上树，坐在树丫上吃柿子。

一年尚未终了，但秋季已尽，霜期即将到来。在这片叫寸金岭的群山里，我们目睹了秋天最后的容颜。少水的河床，瘦骨如柴，乱陈的石头暴露荒滩，马口鱼在浅水游，一副既快乐又听天由命的样子。河边石崖的山楂树，零星地挂着几颗干瘪的山楂。蛇床和野荞麦，开着白灿灿的碎花。斜深、狭窄、杂树茂盛的独山垄，一直往东伸进去，像一条卡在洞口的蟒蛇。

山坡上，高大的树木形成了一个神秘的世界，一个无人可深入的世界。斜阳渐垂，幽凉的山风从山谷口荡来，荡来热熟、沉静的气息。那些树壮叶黄、形如灯塔的树木，在陡峭的山坡上格外引人注目。我不知道那是一些什么树。可能是黄栌，也可能是黄檫，又可能是银杏。阳光从黄叶丛投过来，形成黄霭霭的反光，使得山野看起来有些迷离，让人恍惚。其实，它们是什么树，又有什么关系呢？三角枫欲黄欲红。而大部分的树，还是郁郁葱葱，如绿如蓝。在山谷（视野中）的尽头（其实也不是尽头，是山谷大拐弯的湾口），是一块巨大的斜缓山坡，翠竹在暖阳下，一片杂染着苍翠的金色。

在山中歇脚时，我们认识了采药人曾祥喧。他戴一顶黑色舌帽，身瘦如铁，脸如刀削，指骨如钢。他八十六岁了，走路轻快如猫，并不显得老态龙钟。老人面容如玉，话语温雅。看上去，他像一朵篱笆外的冬菊。他十六岁上山采药，跟着师傅采了三年，识遍五峰山支脉草木。曾祥喧上山采一次药，短则三五天，多则七八天，沿着独石垄一直往东走。他背一个大竹篓、一个大布包，扛一把锄头，腰上别一把弯刀，就独自上山了。大布包里带着他几天的伙食（饭团），在森林里出没，餐风露宿。若是山中有人家，他也借住一宿。

"好草药多啊，有天麻，有血藤。"他坐在自己门口的木椅子上对我们说。

他一边说一边指着不远处的山岭。他不识字。他说地地道道的广寒寨话。再高的山他也爬过；再深的水他也涉过。或许是在野外惯了，也或许是天性，他很是乐观。"我年轻时，那个俊啊，俊得没法说。"老人乐呵呵地笑，笑得像个孩子。他早早就娶上了媳妇，儿女也呱呱落地。过了二十来年，他和媳妇合不来，和睦不了。他说，都是我脾气不好，不能怪她。但他也一直忍着。待孩子都大学毕业了，成家了，他和媳妇分开了。他到了六十多岁了，找了江山村的蒋连英做媳妇。说起这段姻缘，老人咯咯咯地笑，笑得眉毛分叉。他的媳妇蒋连英站在门框边看着他，嘴角露出莲花般笑意。蒋连英六十来岁，面目温和，身子壮实，个头略显高挑。我问老人："当年，怎么寻了这么漂亮年轻媳妇啊？"

"挖草药寻来的。"

曾祥喧可是远近闻名的采药人。他拍拍自己的双腿，说：这双腿不知走了多少山路，出门见山，进山见林，去江山村，得走半天山垄。挖草药，到了江山正是午饭时间，蒋连英留他吃饭。山里人家开门见人即是客。寡居的蒋连英带着两个孩子，让采药人怜惜。吃了十几次饭，他们便有了在一起生活的念想。

"走半天，到了江山。再走半天，到了龙泉。这两个村子，我采药的时候常去，沿着高仓河往上走，一直走。现在走不动了。"老人说。他已多年不上山草药了，腿爬不了坡。

"那个时候，吃了多少苦，三天三夜也说不完。"蒋连英说。蒋连英的儿子研究生毕业，在成都工作。两个家，留下一对老人守山。孩子请他们去城市，他们也不去。"外面的世界再好，也不如这片山林好。"老人说。

"这里的孩子,怎么念书这么厉害呢？家家户户都出大学生，还出了好几个研究生。"陈蔚文问我。我说，山这么高，每次去学校念书，翻山越岭，徒步几十里山路，孩子能不懂事吗？都是拼了命去读书的。

山对于孩子来说，不是禁锢，而是摇篮。人是从森林，走向广阔原野、走向集镇、走向城市。我们遥望大山，眺望森林，我们会感慨。浩浩森森的，不只有大海，不只有苍穹，还有大山里的森林。我们远古的先人，钻木取火，穴居岩洞，结绳记事，削枝为枪，架木为桥，铺草为榻。人类的穴居年代远远久于我们屋居年代。森林是人类文明起源地之一。但世世代代的人，并没有摆脱对森林的依赖（情感的、精神的、无知的依赖）。于人而言，对森林的信任，与对湖泊、雪原、海洋的信任，是相同的。森林赋予人的品质，是坚韧、忍耐、自信、自由和安详。这是文明的基石。

　　现在的人，生活有些慌乱、急躁、紧迫。我觉得，这不是人应该活着的样子。在森林之中，人会彻底安静下来，甚至不会大声说话。即使我们的话说声分贝再高，也会被幽深的树林吸走，龙吸水一样。森林中的每一棵树，都长得无比谦卑，又无比自信，向阳而生，迎风招展。在寸金岭下，我走进独石垄，看到山上和山谷里的树林，蓬勃而生，密密匝匝。但树冠与树冠之间，会留有沟状开口，让每棵树可以接受阳光的洗礼。沟状开口如一条透光的优美缝隙。缝隙连着缝隙，形成树与树之间的"三尺巷"。这就是树冠羞蔽现象。在树林之下，仰头看"三尺巷"，如一幅由阳光和树荫构成的美丽拼图。在人造卫星布满星空的今天，科学家却无法解释这个现象。我想说的，这就是森林的伦理，造物主负责安排，却不负责解释。造物主或许是这样想：每一棵树都有自己的生命价值，每一棵树都有尽可能蓬勃生长的权利，所以每一棵树都必须谦卑，"退避三舍"。

荒木寂然腐熟

去深山之前，不会预想到自己会看见什么，是什么让自己有额外的惊喜。深山，给人许多意料之外的喜悦。譬如，巨大的蜂窝吊在三十米高的乌桕树上，松鼠在林间嬉戏，一个无人的寺庙荒废在峡谷里，一具动物的遗骸半露半埋在草丛间，一枝野花开在冬天的山崖上，一棵被雷劈了半边的树新发青绿的树枝，壁立的岩石流出汩汩清泉，松鸦抱窝了一群叽叽喳喳的小鸟——这让我迷恋。枯寂的山林里，永远不会让人乏味，它是那么丰富，有无穷无尽的意趣和野野活泼的情调。

我收集了很多来自深山的东西，如树叶花朵，如动物粪便，如羽毛，如植物种子，如泥土。用薄膜把收集的东西包起来，分类放在木架上。木架上摆放最多的是荒木的腐片。腐片有浆白色，有褐黄色，有深黑色，有铅灰色，有的坚硬如铁，有的烂如齑粉，有的蓬松如面包。

之前，我并没想过收集腐片，去了几次荣华山北部的峡谷，每次都有看见巨大的树倒在涧水边，静静地腐烂，有一种说不出的东西撞击着我。我见过很多荒木倒塌在山林里，并没什么特别的感觉，觉得无非是一棵树死了，死了就死了，有什么值得奇怪的呢？有树生，就有树死。生，是接近死亡的开始。有一次，我和街上扎祭品卖的曹师傅去找八月瓜，找了两个山坳也没找到。曹师傅说，去南浦溪边的北山看看，那边峡谷深，可能会有。我们绑着腰篮，渡江去了。

立冬之后，幽深的峡谷里，藏着许多完全糖化了的野果。猕猴桃、八月瓜、薜荔、地稔、寒莓、山楂、野栗、山柿、苦槠子这些野果，在小雪之后，便凋谢腐烂了。茂密的灌木林里，有一种落叶木质藤本植物，叫三叶木通，掌状复叶互生或在短枝上簇生，总状花序自短枝上簇生叶中抽出，淡紫色，阔椭圆形或椭圆形，花丝极短，心皮圆柱形，橙黄色。初夏开花，晚夏结果，故叫八月瓜。果熟，会自行炸裂，叫八月扎。熟果期长，可延至立冬之后，果皮浅紫色，肉内有指甲大的麻黑色果核。八月瓜生吃，制酱，酿糯米甜酒，都是极佳的用材。我和曹师傅沿着峡谷走，四眼瞭着两边的树林。"这么粗的树，怎么倒在这里？"曹师傅指着深潭说。我拨开灌木，看见一棵巨大的树，斜倒在潭边的黑色岩石上。

这是一棵柳杉，树径足足可两人环抱。穗状针叶枯萎，粗纤维的树皮开裂，有部分树皮脱落下来。棕色的树身，长了蜘蛛网一样的苔藓油绿。柳杉也叫长叶孔雀松，是我国特有树种，可存活八百年之上。这棵柳杉，估计也活了五百年。它还没活够，怎么就倒下了呢？它连根拔起，顺着涧溪，倒在岩石上。在深深的峡谷，它不可能是被风吹倒的。我查勘树根，树根盘结了厚厚的地衣，地衣裹着黄白色沙土。树根大部分爆断。我又查勘树梢。树梢直条而上，翻盖而下，叶垂如帘。我对曹师傅说：柳杉长在沙地，沙下是岩石，根深不下去，吃不了力，树冠重达几吨，就这样倒了，它的死，是因为身体负荷超出了承重。柳杉倒下不足半年，它棕色的树身还没变黑，它还没经历漫长的雨季。

雨季来临，树身会饱吸雨水，树皮逐渐褪色，转色，发黑，脱落，再过一个秋季，木质里的空气抽干水分，树开始腐烂。我从腰篮里拿出柴刀劈木片，边劈边说：倒在涧边，柳杉成了天然的独木桥，可以走二十几年呢。

木片，是柳杉死亡的活体。

有很多荒木，倒在荒林野地。荒木，是自然死亡的老木，有上百年的，有几十年的。长得越慢的树，寿龄越长。檵木山茶这样的灌木，几十年树径也长不了五厘米。寿龄越长，荒木烂得越慢。

有一条叫野鱼鳍的山谷，我去过很多次，要翻两个山头。山谷里树木茂密，大多是阔叶林。谷底溪水潺潺，野鸟映趣。林里有很多荒木，倒在溪边，倒在芭茅地，倒在路边。荒木大多直条，二十余厘米粗，树皮发白。用手撕扯一下树皮，整片拉扯下来，露出焦黑的裸木质。木质部上爬满蚂蚁和米白色的虫蚤。这是一些青冈栎乌饭等硬木。在芭茅地，还发现过粗大的苦槠树，木心完全空了，踩在树身上，用脚跺，跺几脚，木齑粉扑簌簌落下来，黄白色。慵蜷的蝉蛹一样的胖白虫，也被跺下来。白蚁米粒一样落下来。

树倒下来，是整棵的，慢慢斜，而后轰然倒下，压倒一片芭茅草或灌木。有的树，是因为烂根死，根被腐蚀，烂了细须，再烂细根，树叶慢慢枯黄，树皮变成了浅色，被风吹倒。有的树被虫蛀空了木心，暴雨来临，雨水往树心里灌，树从里往外烂，烂两年，树便倒了。白杨，梧桐，野柚，都是虫爱蛀的树。树从蛀空的地方拦腰截断倒下去。有的树是被雷劈倒的，闪电落处，电锯一样的幽蓝色火球落在树冠上，往下劈，树倒了半边，另半边却坚强地活了下来。雷劈的树，都是高大树。

倒在溪里的树，最先烂。树吸水，水成了腐蚀剂，再坚硬的树也成了石灰，树脂溶解，纤维腐化，用手抓一把，全是粗纤维。

树叶烂一年，成了肥泥。树枝开始一节节断，最后剩下粗壮的树干。这又是另一个漫长的消亡过程。假如不是烂在水里，烂不了三两年，树身会长出小蘑菇，或小木耳。苔藓和地衣，以包围的形式，占领了树的全身。我看过这样的腐木，厚厚的苔藓包裹着，长出兔耳朵一样的蕨类植物，长长的藤芽翘起来，似乎这不是腐木，而是裸石。

我曾运过腐木到自己的院子里。腐木烂光了，剩下一截树蔸。树蔸有八仙桌大，根须交错纵横。我雇了四个工人，开手扶拖拉机去拉。开拖拉机的老四师傅说：拉一个烂树蔸干什么用呢？做不了根雕，又做不了茶桌，浪费力气又浪费柴油。我说，为什么一定要做根雕和茶桌呢？每天看一眼烂树蔸，也是有开悟的。

老四师傅五十来岁，是个乡村酿酒师，平时用手扶拖拉机拉高粱，拉稻谷，拉木柴，拉煤石片，拉酒桶。抖着山羊胡子，他低声说：有酒喝，有床睡，有女人烧饭，要那么启悟干什么？我们有寺庙的住持，为我们开悟。我说，万事万物，都给人开悟，人在日常生活中修行，为什么一定要住持给我们开悟呢？

树蔸拉回来了，搁在一个巨石上。过半年，春天来了，树蔸的中间空心部分，长出了一棵榕叶冬青，筷子长，一根独苗，开出八片幼叶。我也不知道这是什么树的树蔸，木质还是硬硬的，还没腐化。树蔸太大，有三个树根交错出来的凹槽。我堆上肥泥，种了几株指甲花。在巨石侧边，又种了三株忍冬。五月，忍冬覆盖了巨石和树蔸，整个院子，弥散了花香。冬青长得特别顺溜，蹿着身子高上去，像个郎当少年。我每天早上，喝足了温水，便去看看这个胖墩一样的树蔸，心里说不出的舒服。

原本是想看树蔸怎么腐化成泥的。看它一日一日地烂，一月一月地腐，哪承想又冒出了一株冬青，还是榕叶的。我便请老四师傅来喝酒，喝完了，还带一壶给他，说：天成的，是最好的。

啄木鸟在腐木里筑窝，也是天成的。腐木的木心，很容易被鸟喙啄空，嘟嘟嘟嘟，木粉被风吹出来。中空的树洞，是鸟最佳栖身之所。很多鸟，都喜欢在腐木的洞里筑窝，如啄木鸟、犀鸟、摇鹊鸲、白腿小隼等。树洞是躲雨最好的地方，避风避雪。腐木也是鸟类食物非常丰足的地方，有蜗牛、蚂蚁、蛾、蛹、山鼠、蜥蜴、壁虎、蜈蚣、百足虫——腐木，似乎是安徒生童话的王国，树洞是王国里最奢华的宫殿，住在里面的鸟，几乎可以称作公主或王子。

公主和王子也会有噩梦。噩梦里，蛇是难以战胜的恶魔。蛇缠缠绕绕爬，悄无声息，爬进了树洞，张开地狱一样的嘴巴，把小鸟吞进去，也可能吞一窝小鸟，或一窝鸟蛋。鸟再也不敢来了，树洞空着，成了山鼠的乐园。黄鼬来了，一夜吃完山鼠。黑蜘蛛在洞口结网，听着夜露的滴答声。哦，这是人无可享受的天籁。

荒木要烂多少年，才会变成腐殖层呢？我不知道。泡桐腐化五年，肌骨不存。山茶木腐化二十年仍如新木。檵木腐化五十年仅仅脱了一层皮。碾盘粗的枫香树，只需要十年化为泥土。木越香，越易腐化——白蚁和细菌，不需要一年，噬进了木心，无限制地繁殖和吞噬。白蚁和细菌是自然界内循环的消化器。千年枫香树，锯成木板，可以盖一栋大房子的楼板，最终成了最小生物体的果腹之物。

最好的树，都是老死山中的，寿寝南山。

倒下去，是一种酣睡的状态，横在峡谷，横在灌木林，横在芭茅地，静悄悄，不需要翻动身子，不需要开枝长叶。它再也不需要呼吸了。它赤裸地张开了四肢，等待昆虫、鸟、苔藓。树死了，但并不意味着消亡。死不是消失，而是一种割裂。割裂过去，也割裂将来。死是一种停顿。荒木以雨水和阳光作为催化剂，进入漫长的腐熟期。这是一个更加惊心动魄的历程，每一个季节，都震动人心。

对于腐木来说，这个世界无比荒凉，只剩下分解与被掠夺。对于自然来说，这是生命循环的重要一环。

这一切，都让我敬畏，如同身后的世界。

乌鸦河谷

北出东牿岭，山势突然收紧，山坡不再斜缓，而是浑斜而下，形成一个畚斗状的深谷，站在吼虎岭看，山谷悬空。长冲河到了斗米洼，河床陡然而下，巨石累累，水流奔泻，梯级瀑布渐次而生，隆隆声不绝，水瀑荡起气流，震动岸边的树枝。树枝摇摆，叶子颤动。

巨石零乱，泥沙在石堆间淤积，蜂斗菜、菖蒲、野芝麻、虎杖、水芹等草本植物，以及矮柳、胡秃子、川榛等灌木在沙泥生长。岸边的鸡爪槭、五裂槭、杨桐、鸡桑、灯台树等乔木斜出的横枝遮盖了半个河面。河几乎是隐藏在山谷之中。在三个不同的河段我下了河，站在巨石上，察看水中是否有鱼虾或水螺蛳，均空手而归。我向摘茶叶的当地人询问：老哥，河里有鱼吗？

当地人很奇怪地看着我，头摇得像个拨浪鼓，说：河床落差这么大，鱼游得上来吗？鱼又不长翅膀。

他走过一个弯道，又回来，对我说：河里有鱼，长双脚，叫脚鱼，很小，躲在石头底下。

我哑然失笑,说:哪有长脚的鱼呢?那是鱼的吸盘,你说的是壁虎鱼。

河谷多乌鸫,三五成群,在巨石和灌木上起起落落。乌鸫吃阴湿处的蜗牛和蜒蚰,也吃野芝麻花中的昆虫。野芝麻开白花,铃铛一样环挂在干茎上,一层挂一层,像一枝花串。野芝麻花有油脂的芳香味,招惹蚂蚁和瓢虫。花朵成了乌鸫的碗。

出没于河谷,比乌鸫更多的鸟是乌鸦。乌鸦也叫老鸹,属鸦科鸦属鸟,杂食性很强,吃谷物、浆果、昆虫、腐肉及其他鸟类的蛋,尤其喜食腐肉。乌鸦性躁喜鸣。赣东的乡民不喜欢乌鸦,认为乌鸦是不祥之鸟。生病的老人听到乌鸦叫,心生悲苦,潸然泪目。乌鸦之鸣犹如丧钟。这是乡民的迷信,不懂乌鸦喜鸣的习性。

河谷哪有那么多食物,供乌鸦结群而来争食呢?

第一次来河谷,我就发现了乌鸦。乌鸦只有一只。早晨,雾刚散去,我下河谷闲走。我在一棵灯台树下看树叶。幼叶还没舒展开,淡青淡黄,稀稀疏疏。半边的枝丫斜出了河面,飘逸微翘,顶梢还处于休眠状态。灯台树每年由靠近顶部侧枝发生分枝,大枝一层压一层,形似雨伞,又似油灯灯台,因此而得名。是我国珍贵乡土树种。我在数枝层时,听到"呼噜"一声,感觉有鸟从身后飞过。我一扭头,没看到鸟,看到一团逆水飞去的黑影,瞬间没入乌青青的灌木林。肉滚滚的一团黑影,可能来自黑卷尾、乌鸫、乌鸦、八哥之一种。我这样想。但我很快把黑卷尾排除了。黑卷尾喜欢成双成对活动,以平原、丘陵和海拔八百米以下山坡为栖息地,空中捕食,不喜欢在溪涧觅食。

我返身回来,在栈道门口(河谷不对外开放),抬起脚翻跨木栅栏时,我又轻轻放下脚——一只乌鸦神不知鬼不觉地飞进石窟窿。河床中间有一块约四十平方米的淤沙,长了灌木和野草,一块巨石斜压在另一块巨石上,留下一个三角形的窟窿。我蹲下往窟窿看,黑咕隆咚。我摸起小石块扔过去,乌鸦也不飞出来。

庐山的乌鸦和红嘴蓝鹊,并不惧怕人,常在公园、街道、村户出没。随便走哪一条街道,在路边跳来跳去的鸟,便是乌鸦和红嘴蓝鹊。曾有人在黄龙寺前拍过一个火爆的视频:三宝树下,一条两米多长的锦蛇因偷食了红嘴蓝鹊鸟蛋,被红嘴蓝鹊复仇,缠斗锦蛇两个多小时,活剥锦蛇。百余游客围观。

乌鸦、红嘴蓝鹊、白鹇处于庐山鸟类食物链顶端。

在米斗洼后山,有村户三五家。一日上午,我饭后去山上闲走,去了最顶上一户。说是最顶上,其实距河谷不过百米。矮房面朝山谷,阳光和煦。户主是一个六十来岁的男人,正给盆景浇水。我站在屋角(和屋边的路等高)看他菜地的两棵粉叶柿。柿叶肥肥阔阔,反着阳光,油亮油亮,阳光也变成青绿色。我听得有什么东西在桶里哐哐作响。以为是老鼠或黄鼠狼偷食,我探出身子,看见三只乌鸦在屋角垃圾桶翻食吃。我也不出声,静静地看着。乌鸦在杂物里找碎骨头碎肉吃。侧门突然跑出一条黄土狗,扑向垃圾桶。乌鸦叫着,啊啊啊,受了突如其来的惊吓,扑棱棱飞向粉叶柿。真是好险,幸好乌鸦灵敏,逃过一劫。

"师傅,师傅,乌鸦在吃你屋檐下的咸肉了。"我提醒浇花的男人。屋檐下有一根晒杆,挂着咸肉,一只乌鸦任凭狗东奔西跑,兀自啄肉吃。

穿灰马甲的男人看也不看我,自顾浇花,说:天天都有乌鸦来,我哪管得了那么多？

　　这里，当地人称朝阳村。我怎么看也不像个村子，太小了。入村，有一段"S"形坡，坡外侧有一块约三亩大的平地，像个废弃的小公园。我数了一下，有二十七棵胸径超过一米的柳杉，其中三棵断了树冠，仅剩光秃秃的树干。柳杉把平地完全覆盖了，不透丝缕阳光。在右边（最里面）有一栋裸砖盖红瓦的斜屋顶瓦房，一个中年妇人在洗刷，倒出好几碗剩饭剩菜。十几只乌鸦兴奋地吃饭菜。我走过去，乌鸦也不惊慌，跳着步子走开，过一会儿，又过来吃食。

　　树上，鸟在嬉戏，从这棵树飞到那棵树，乱叫着。我也听不出有哪些鸟。无疑，乌鸦最多。它的叫声很特别，啊、啊、啊。沙哑，又没韵味。平地之下，有一块荒废的菜地，长了弯弯绕绕的鸡肠草。有一棵樱桃树，比人略高，结了枣红色的樱桃果。两只乌鸦抓住树枝，在吃樱桃果。

　　电视剧《金枝欲孽》有多个镜头讲宫人给乌鸦喂食。乌鸦藏在故宫的神庙或神塔，非常神秘。满族人视乌鸦为神鸟。我很希望这个桥段是契合事实的。以我的想法，在宫里，最好的差事当然是喂鸟。

　　一日中午，我又一个人去河谷。我走的这段河谷，约一华里长，过两座有扶栏的木桥，有八处瀑布。这个世界上，有很多东西是看不厌的。比如天然树、山色、洁净的水流、星空、鸟、雨珠、月亮，等等。看不厌的东西与人类无关，都极其单纯，却又奥妙无穷。就说星空吧，世世代代的人，谁不仰望星空呢？千百次地仰望，却不能穷之毫一。最单纯的，就是最深邃的。

这段河谷，有种类繁多的天然树。单说石桥至第一座木桥之间的右岸，天然树就有鸡桑、茅栗、鸡爪槭、石灰花楸、小叶白辛、马银花、杨桐、甜槠、小叶青冈、山乌桕、老鼠矢、微毛柃、蜡瓣花、满山红，以及还有我辨识不了的树。乔木灌木夹杂在一起，树冠多层。我坐在小叶青冈树下的石头，在看四只乌鸦吃食。

河岸有一块以菖蒲为主的杂草地。杂草地还有什么食物可吃的呢？我想象不出来。麻雀、金翅雀在那里吃食还差不多。杂草青绿，还没开花，地上的昆虫也十分有限。我距乌鸦有十几米之远，看不清它们在吃什么。它们安静地吃，时不时抬起头，四处张望。任何鸟，吃食时都非常警惕。它们知道，在吃食时最有可能成为猎物。

吃了十几分钟，乌鸦飞走了。它们不往山上飞，而是贴着河面，往山谷深处飞去。它们像飞翔的鱼，鱼鳍张开，身形优美。我忙不迭地跑去杂草地，看见地上有白白的肉碎。我蹲下去，树枝扒开肉碎，是一坨坨油肉。油肉是猪肥肠撕扯下来的。上游有人洗大肠，把油肉扔进了河里，被昨夜大雨冲了下来，冲到草地。我恍然醒悟过来，上游有居民洗动物内脏或家禽肉，把不要的油肉或脏器扔到了河里，被水冲入下游，挂在草枝或被石头拦住，如果遇到大雨，很快涨水，杂物被水卷下来。待河水浅下去，杂物沉积在草地或沙地，也沉积在石窟窿里。河道成了乌鸫乌鸦的食场。它们也成了河谷的清道夫。

在河谷走了十余次，我渐渐发现，雨后河水落浅下去，乌鸦在河谷的数量显著增多。我看过最多的一次，有十三只乌鸦在百米河道吃食。

天晴了两日，森林如洗，山川朗朗。又一日，我去河谷。我站在木桥看右岸的枫香树。一只乌鸦在树丫上，啄食枫香树叶，啄一下，甩一下嘴巴。乌鸦在吃什么？它啄了一片，又跳到别的枝丫上，继续啄。我百思不得其解。

　　这里的乌鸦真是怪了，啄树叶。我吹了一下口哨，嘘嘘嘘，乌鸦飞走了。我拉下树丫，看乌鸦啄过的树叶。叶面上结了黄茧，像刚挖上来的花生。茧房和花生壳一模一样。茧房被乌鸦啄破了，空空的。蛾或蝶在枫香树叶上孵卵，蛹快破茧了，被乌鸦当点心吃了。

　　在石桥之上，有一棵死去的香椿树。树直条而上，细枝寸断。树干硬。树侧边有石埠伸入河边。埠头不足一米宽，可供一人洗衣洗菜。我从埠头踏河石找壁虎鱼。翻了十几块石头，也没看到一条，水虫倒是很多，吸在石头底部。河边就是公路，但车辆很少。人到中年，腰弯得时间略长，腰酸。我坐在巨石上，看见三只乌鸦在香椿树上啄树皮。又怪了，乌鸦变成了啄木鸟。我看着它们很有节奏地啄。啄了十来分钟，一辆车开了过来，乌鸦慌慌张张地飞走。我三步两跳地上岸，去看香椿树。我也没看出什么门道。我摸出钥匙，撬树皮。撬了两块下来，发现有天牛。天牛吃树皮，露出尾巴，乌鸦啄尾巴，把天牛拖出来吃。

　　香椿树的对岸，是一片天然次森林。岸边有一户人家，屋子被两棵黄山松遮挡了。我去对岸人家找人闲聊。在陌生的地方，我喜欢和当地居民杂七杂八地闲聊。我聊的话题，都是预想好的。和对岸人家聊的话题，我准备了几个：徒步沿长冲河走到底，走过吗？走过几次，或为什么不走；看到过什么体形较大的哺乳动物？在哪片山看到？

在去对岸，半路的时候我又停下了。在一处紫堇茂盛的斜坡，我看到了五只乌鸦在啄食一只兔子。兔子是怎么死的，我不知道。兔子的头骨裂开，内脏也破了出来。看那个样子，似乎是鹞子或树鹰叼起兔子，兔子从半空中掉了下来，被一群乌鸦分食。其中一只乌鸦，乌爪扠住兔子的脑壳，啄着兔子，铁钩一样的喙勾起肉渣，吞食。乌鸦抖着散发紫蓝色金属光泽的翅膀，体羽如夜晚漆黑，吞肉下去之后，甩着头，"啊、啊、啊"叫。

差不多有一个下午的时间，我在河谷找乌鸦的巢穴。河畔有一大片天然次森林，以灌木和小乔木居多，但也有三十多棵高大乔木。乌鸦营巢在高大乔木的顶冠枝丫上，以粗枝编成一个盆状，枝条以黄泥"夯实"加固，巢室衬以棉花、布条、羽毛、兽毛。天然次森林是一片野地，无路穿行。我只好拉着树枝登山。远远可见高大乔木，但冠盖太厚，看不到冠层里的枝丫，我只得一棵棵看过去。栾树、朴树、苦槠、大叶榉、枫香树、七叶树等，高大雄武，每一棵树像一个瞭望塔，既俯视河谷，又仰望高山。只有这样的高树，才配得上乌鸦营巢，才配得上响彻山野的鸣叫。

泰德·休斯是英国诗人（1930年8月17日—1998年10月28日），写过一本诗集《乌鸦之歌》（袁可嘉译），其中有一首《乌鸦的最后据点》，我很喜欢：

  烧呀

  烧呀

  烧呀

最后有些东西
太阳是烧不了的,在它把
一切摧毁后——只剩下最后一个障碍
它咆哮着,燃烧着

咆哮着,燃烧着

水灵灵的在耀眼的炉渣之间
在蹦跳着的蓝火舌,红火舌,黄火舌
在大火的绿火舌窜动之间

水灵灵,黑晶晶——

是那乌鸦的瞳仁,守着它那烧糊了的堡垒的
塔楼。

  喜鹊和乌鸦同属鸦科鸟,喜鹊啼鸣喜庆,受世人喜爱;乌鸦啼鸣悲伤,喜食腐肉,受世人诅咒。喜鹊性残忍,和红嘴蓝鹊一样善"滥杀无辜"。就因为喜鹊"吱吱"地欢声悦耳,视为吉祥的象征。乌鸦意味着死神,视为凶兆。人很容易被虚假的表象所迷惑。我下了庐山,很少见到乌鸦了。乌黑无瑕的乌鸦,还真让我怀念。

针叶林

吼虎岭以下山腰，有一片始于20世纪60年代种植的千余亩针叶林。我站在林中小道上往四周看，都是树。树主要有两种：日本细叶香柏和日本柳杉。不仰起头看的话，看到的不是树，而是棕黄的树干。树干疏疏朗朗，株距齐整。

斗米洼是牯岭下的一个小地方，小如斗米桶，凹在两座山之间。洼就是小小的低处。久远年代，牯岭也叫长冲，东牯之水向东北方向奔泻，溪涧也因此取名长冲河。河到了斗米洼，在民国时期又被称作将军河，有军阀的遗味。我还是称它长冲河。冲是山坳的意思，可与水相接，有了动感。我似乎听到叮叮咚咚的流水声了。我第一日来到斗米洼，便被长冲河以上的针叶林所吸引。在暮晚，针叶林如一截横屏，墨绿如浆，静默似海，悬崖般深沉。

林中有一条鹅卵石铺设的小道。我一个人在小道走。不为什么，只是走。这片针叶林到底有多大，走多远才可以走出林子？我走得有些提心吊胆，远远地望着远处的路——万一有一头大野猪迎面而来，我来得及拔腿就跑。其实，（可视的）远处的路仅仅是山弯口。山弯弯,弯口一个又一个。我走了五个弯口,哑然失笑了。离居民区这么近,野猪哪敢来呢?晨雾从河谷弥漫上来,白白淡淡,要不了一刻钟,满山白了。

山中多雨。雨水绵柔,轻轻盈盈。雨恢复了山林洁净的面容。雨下了一个上午,我站了一个上午,在屋檐下看针叶林。院子口有一座小桥,跨过长冲河,直通林子。院子有浅浅的积水,水珠落在水面,像光射进镜子里。桥头有两棵树,树干直挺而上的一棵,在五米之上开丫,一支粗丫斜出,树冠呈扁笠状,树叶黝青黝黄,这是长柄栎;另一棵树干如拱桥,枝丫倒竖往上,再往两边斜伸,如一副鱼骨架,树皮黑褐色,叶长圆形,叶端渐尖,这是青榨槭。如果森林有门,那么这两棵树便如看门人,尽忠职守。针叶树像一群穿着长披风的人,排着队默默地站在山坡上,像举行某种庄严的仪式,在祈祷或做深切的缅怀。雨中的树,微微低垂着头,裹着墨绿色的头巾,披风也是裹得紧紧的,修长高大的身板更显魁梧,等待雨的细心安抚。

针叶林延至河畔有了混交林。在林缘带,细叶香柏和柳杉格外粗壮,数倍于同年栽种的树。树丫朝河而长,沿树而上,如一面三角形的梯级墙体。而其他三面,则枝杈不长。这就是林缘效应。我为此暗自激动。沿山坡往上爬,鞋子粘着厚厚的黄泥。上了高坡,我又横着坡走。观察针叶林的横截面,我被眼前的景象惊呆了。无论是细叶香柏还是柳杉,树丫一律向阳斜出,其他方向的树丫脱落死掉,树杪一蓬,覆盖出一个圆形。从林外看,针叶林密密实实,林内则是空空荡荡,地上杂草不生,更别说灌木和乔木了。地上是厚实的落叶,满眼褐黄色。几株刚竹长在坡边,也是病恹恹挂着青黄的叶子。

我六次来针叶林没看见一只鸟,鸟声倒是听见一次。我站在一棵约三十米高的黄山松下,仰头望松冠,听见"嘘吱吱,嘘吱吱"的鸣叫声。那是灰胸竹鸡在叫。叫了一阵子,停歇了,另一种鸟叫声又起:哦呢,哦呢,哦呢。我听不出是什么鸟在叫。叫声如幼儿哭完之后的哽咽,又轻又软又没完没了,还上气不接下气。这么大的山林没有见到鸟,我有些灰心。我沿着山道,昂起头,看树冠。我一棵棵地走过去,看了约半平方公里的林子,也没看到一个鸟巢。难道鸟不来树林中央营巢?我又走到河边去,挨棵挨棵看,还是没有看到。

很多鸟类,尤其是苍鹰、游隼、喜鹊、松鸦、大嘴乌鸦、乌鸦、红嘴蓝鹊等体形较大的鸟,性格凶猛,偏爱在高大树木上营巢。

我又入林子,看地面。我扒开落叶,下面还是落叶。落叶一层层。往年旧叶还没腐化,新叶又铺了上来。针叶林虽处于海拔八九百米高,多雾而潮湿,但腐殖速度很慢。林子过于单一,也鲜有其他种子落在地面上。地上的小木苗仅有稀稀的几株细叶香柏。食物太匮乏,食源太薄弱,鸟是不会来的。"鸟为食亡"是颠扑不破的自然法则。所有动物,有就近取食的习性。"就近"降低了被捕杀的危险,也节约了体能。没有食物可取,再大的林子,鸟只取一枝歇歇脚。

针叶林缺乏生机,不仅没有让我厌烦,反而激起我深入其中的兴趣。在一条浅山沟,有数十棵柳杉和细叶香柏被连根拔起,翻倒,最大树胸径达八十厘米。这棵树至少有五十年树龄。在雨季,山沟也是排水沟,雨水冲刷,沟泥被掏空了,留下了沙砾。

柳杉不是深根性植物，抓不了土，冠盖太重，树干承受不了重力，颓然下塌，轰然而倒，树根翻了上来。越粗壮的柳杉，倒塌得越快。高山多雪，雪积在树冠往下压，树冠越圆大树塌得越快。细叶香柏就是这样死的。

  树横陈在山沟，树皮已无影无踪，原木还完好。我用脚跺树干，咚咚，一点也不空。这些树死的年份还不长，天牛、蚂蚁等昆虫还没来得及分解它。一棵巨树倒塌了，山体的泥层松动，其他树便相继倒下。山沟空了，一棵树不剩。

  山沟有三十来米长，没有树，成了针叶林的缝隙。我沿着山沟上下走了个来回，见其他树种的树苗长了出来，有枫香、蜡梅、五裂槭、杜鹃、茅栗，还有蒲儿根、毛茛、野芝麻等杂草。有了普照的阳光，种子们以快速发芽的形式，进行了你死我活的斗争。树的种子只有一个信念：将来成为参天大树。

  在一个高坡的洼地，也是两道矮山梁夹口，有十三棵大树连根翻起，针叶还没落尽，树皮也没脱落。每棵树的胸径至少一米。我没见过巨树是怎样慢慢倒下去的。洼地上的树，怎么会自然倒塌呢？这需要多大的暴力啊？我察看了四周的地质，也看不出个所以然。我去庐山自然保护区，请教林学专家张毅。他"哦"了一声说：去年林区来了一场龙卷风，落在那个山洼，树冠越大，树越容易被卷起来。

  "一场风，哪卷得了那么多呢。"我说。

  "卷起了一棵树，土层崩塌了，山洼里所有的树都会倒。"张毅说。

  这是一场震慑人心的集体死亡。

在吼虎岭下，一条二百来米长的山沟有两棵高大乔木倒了。倒下的是秤锤树和七叶树。和乔木一起倒下的，还有细叶香柏和柳杉。树推着树，树叠着树，倒下去。山沟倒空了。秤锤树和七叶树却没有死，再次发叶，树干成了新枝的孵化器。整条山沟，这是唯一的两棵阔叶乔木。土层太薄了，树的根系扎不下去，雨水常年冲刷，水土加剧流失，树就这样相继倒了下去。我抓细叶香柏，抓出一把烂木纤维，木质已被真菌蚀空了。树腐熟，成了一具骷髅。

山沟之下，是一片阔叶林。当年种植人工林时，留下一块地，在自然状态下长出了枫香树、甜槠、栲树、小叶青冈树、小叶白辛、鸡爪槭、马银花、杜梨等乔木和灌木。树冠层成了一个油绿葱茏的坡面。满山红怒放，一蓬蓬红紫的花格外显目。我走下一小块茶叶地，往一片乔木林下去，见一对中年夫妻背扁篓，采摘野茶。三只蓝短翅鸫在一棵开花的杜梨上，嬉闹啄食。高大的枫香树从阔叶林中耸立出来，青绿色的树冠如一座钟塔。一棵黄山松临崖而生，傍溢的枝丫像翅膀，欲凌空而飞。

在侧面的另一个山坳，针叶林中空出了一块地。死去的针叶树已化为腐殖土层。空地约有四百平方米，长出了青榨槭、微毛柃、胡秃子、杨桐、山桐子等杂木。杂木高高低低，最高的一棵是青榨槭，约有五米。杂木还没形成林子，稀稀落落。虎杖、夏天无、宽叶草等草本植物，在旺盛地生长。这些草终将会消失——在未来五年，杂木成林，草本难有容身之地。一个可自然更生的混交林出现在针叶森林中。

针叶树倒下了，留下了树窗。树窗是阳光之窗，是气流之窗，是季节之窗。

　　树窗是森林的活门,是物种之门,是生命之门。没有死,就没有新生,就没有自然的自我更替。种子被风送了进来,被鸟排泄了进来。种子让死去的土地重获生机,生命得以赓续。

　　每天,东钍人会在针叶林中的小路散步,或者往南步行半小时去芦林湖。这里浓荫密密,幽静深远。斗米洼的小桥是小路的起始处,往右是针叶林,往左是一片半天然混交林。有一天清晨,我去混交林看林相,我爬了不足百米便爬不上去了。不是坡陡,而是树枝横七竖八,挡住了去路。山坡没有路。低坡长了一蓬蓬的刚竹和藤萝,灌木也密密匝匝。高坡上,槭科和壳斗科的中、高大乔木很多,蓬勃而起。虽与针叶林只一山梁之隔,混交林有了很多鸟。我记录了一下所看到的鸟:大黄冠啄木鸟、灰喉山椒鸟、灰鹡鸰、白鹡鸰、黑喉石䳭、乌鸦、栗耳凤鹛、黑额凤鹛、灰眶雀鹛、乌鸫、棕头鸦雀、黄腰柳莺、冠纹柳莺、棕脸鹟莺、暗绿绣眼鸟、红头长尾山雀、山麻雀、麻雀、黄胸鹀、灰头鸫。

　　一日,久雾之后,天放晴。但已是傍晚。我吃了晚饭,站在院子里和朋友闲聊。茶专家胡少昌兄望着山谷,和山谷外的远山,问我:这样意境高远的山色你见过吗?

　　我停下了话,望着山谷。远山被淡薄的夕光笼罩,下半山浮着白雾,一片虚白。山谷明净,暮色低垂,夕光消失,针叶林如一张竖立的镂空青石雕。树在视觉中消失了,只有树的影子在耸立。细叶香柏和柳杉在山上如墨水,堆出了影子的高度。

　　黑影堆在山坡上。山也是山的影子,或者说,山的影子堆出了山。山是树的影子堆出来的。

欲雨欲晴，时雨时晴。高山林区就是如此气候。潮气加速了针叶林老化。尤其是柳杉，树皮呈皲裂的状态，皮缝如一条条拉开的拉链。树干裹满了苔藓。细叶香柏和柳杉均属速生树，抗病虫害强，喜光、喜沙质土壤、喜温暖潮湿，适合种植在多雾的山区；也是实用树，出板材量大。细叶香柏是做棺材的好木料。

下牯岭的那天早晨，我又去了针叶林。太阳早早出来了，虽是4月，但风还是有些凉飕飕。我沿着林中小路慢走了一圈。有十来个老人在慢跑。对面的山是一大片天然次生林。那片树林，我去过三次。站在山腰上，可以把针叶林尽收眼底。针叶林郁郁葱葱，密不透风。让人感觉针叶林是一个熙熙攘攘的闹市（假如森林是一个城市的话），高楼大厦林立（每一棵树都是一栋高楼）。徜徉针叶林多次，我知道其实内部枯燥乏味，空荡荡。在林外所看到的蓬勃气象，成了假象。可以预料的是，针叶林的单一性决定了必然的灭亡结局。一片单色森林从内部土崩瓦解，唯有灭亡的土地才会再现丰富多样的自然生态。

那么多粗壮的针叶树，被连根拔起，倒地而死，逐渐化为一堆烂纤维，最后化为腐殖物。对这些树的死亡，我并不怜惜，更谈不上心疼。针叶林的终结是从个体的终结开始的。我目睹了针叶林走向灭亡的过程。

去豆叶坪

仰天坪与豆叶坪的山线,人迹罕至。

仰天坪陡坡下去,是一条沟谷。采茶人在灌木林以刀开道,踩出一条沙砾之路。沙砾是风化岩碎石,硌脚,溜滑。陡坡只容得一下一双脚。灌木密密匝匝而葱郁,偶有几棵乔木喷薄而起,冠盖如伞。乔木是黄山松、柳杉、五裂槭、小叶青冈栎。谷雨将至,细雨绵柔,油亮酥润。雨水使得陡坡更湿滑难走。陡坡下的一棵杜梨正旺着花。杜梨是蔷薇科落叶小乔木,抗旱、耐寒凉,枝具刺,树形如鹤展翅,通常作为各种栽培梨的砧木,果期早、寿命长。我上庐山的第二天,庐山国家级自然保护区管理局的林学专家张毅特意给我介绍过杜梨。他很郑重地给我推荐:杜梨有垂丝海棠之美,树形、花色、果色都具有优雅的观赏价值,你去了豆叶坪,沿途可以看到杜梨。

确实,杜梨与垂丝海棠很相似,树形与叶形可以说毫无差别,唯杜梨花色纯白,如深山白雪。杜梨枝干色如生铁,边抽芽叶边开花。一枝总花梗破出枝干呈伞形总状花序,十至十五花朵簇拥而生,如少女头上贴的花簪。一座无人的深山有着令人敬畏的幽深。一棵繁花似雪、盖压冠层的杜梨,突然从沟壑冒出来,给人惊喜的,不仅仅是它的高洁之美,还有花开寂寞无主的淡然。当然,我去豆叶坪不是为了观杜梨,而是随庐山自然保护区的专家观察高山生态系统。

下了沟谷,涧水淙淙,但不见涧水。涧水藏在蜂斗菜、虎杖、石菖蒲、野芝麻、箭竹、杜鹃、枔木、马银花等草木之中。一座木桥架在溪涧,弥眼雨云荡在山腰之下的峡谷。木桥由八根圆杉木搭建,桥面钉十块木条,形成一块板桥。站在木桥上,我的双腿还在发抖——坡度太大,下坡时腿部肌肉绷紧,一下子难以恢复。我晃了晃腿,让肌肉尽快松弛下来。雨丝断了,一粒粒的小雨珠扑面而来,落在身上,却感觉不到——雨珠迅速被风雾化了。

"傅老师,你过来看一下。"张毅叫住了我。

我兀自走在前面。我不知道走在后面的张毅在调查什么。蹲在一丛野草边的张毅说:"傅老师,你看看,这是什么植物?"

"蓼,红蓼。"我脱口而出。

张毅把整个身子趴下去了,也不回答我,他自顾说:好大一片啊,有十几株。

我否定了自己的答案。若是红蓼,张毅不会作为一个问题来问我。我细细看了野草,为自己轻率的回答略感羞愧。红蓼一般生活在低海拔的水沟边或田边或湖边滩涂或荒田,秋后开花,红茎白花。而眼前的野草已伸出了红茎,结出鸡毛掸子一样的花穗。我试探性地问张毅:"应该是蓼科植物,不是红蓼。叶片比红蓼宽,花期也早。"

"毛支柱蓼，庐山模式标本植物，前几年才被发现的新物种。"张毅说。从他的语气中，我读出了荣耀。

在支柱蓼侧边，有一蓬根茎横走的草本植物，张毅又问我："认得这是什么植物吗？"

我摇了摇头说："从来没看过。"

"珍稀植物细辛，是一味解表散寒的中药，我们的研究专家发现，细辛是中华虎凤蝶寄主。"张毅说。

保护区牯岭保护站的凌文胜站长和队员徐志远在前面探路。说是路，其实是被双脚踏实了的片石和黄土。一个青年山民从豆叶坪出来，手上捏着一支银灰色羽毛。凌文胜和他攀谈了起来。他们相熟。凌文胜在牯岭做长期的野外科考，这一带的山民他大多相熟。我接过青年山民的羽毛，说：这是雉科鸟的翅羽。

"白鹇的。"凌文胜说。

"我家里有上百支白鹇的羽毛。"青年山民说。

"哪来那么多？"我问。

"经常在路上捡到白鹇羽毛，这支羽毛送给你吧。"青年山民说。

我如获至宝似的，把羽毛塞进口袋。

穿过一条横路，下一片针叶林，便是豆叶坪。坪，即山中平坦之地。坪外是一丛毛竹林。竹林下，春笋被人选择性采挖了，酥松的黄土和黄白的竹须被翻了上来。一个两米高的石墙和木料门垛，把茶叶地和竹林分开。门垛很有年头了，木料老旧，似乎打理茶园的人不食人间烟火，是个隐者。我靠在门框，站了好几分钟。王维的《鹿柴》在我大脑里反复：

空山不见人，但闻人语响。
返景入深林，复照青苔上。

凌文胜和徐志远从一处颓圮的石墙跳下去，往竹林钻。我也跳下去。我不熟悉地形，跳到一块石头上，差点儿摔倒——我抓住了一根毛竹，身子像荡秋千一样晃了两下。徐志远娴熟地在一根毛竹上解红外线相机。相机有一个伪装的格状套壳，可能扣得太紧，解得比较吃力。雨虽停了，可竹梢的雨珠还在簌簌簌落下来。徐志远用膝盖顶着毛竹，把相机压在大腿上，解扳扣。不知道是他有些急还是有些不顺手，他胖乎乎的脸上淌满了汗。

解了两分钟，扳扣解开了，他松了一口气，叉开双腿，打开相机。相机的显示屏闪了闪，显示出心电图一样的曲线。

怎么没拍到相片呢？凌文胜疑惑了起来。他问陈志远，也是问自己。

他自答：电池受潮了，电漏没了。

陈志远拍了拍相机，说："相机防潮，防水功能还不够，这么多天的雨水，哪防得了？陈志远抽出储存片，把相机塞进了背包里。"

茶园刚修剪不久，地上的落叶还没枯黄。一垄一垄的茶地呈环形，包围了整个坪。我不知道打理这个茶园的人是谁。当我第一眼看见茶园后面的一栋石头屋和屋外的石头围墙，我就喜欢上了这个种茶人。屋子是黑片石砌的，木料盖瓦。屋后是竹林和针叶林。一棵高约三十米的锥栗格外引人注目,新黄翠白的树叶如花苞盖冠。两只普通鵟从针叶林上空旋飞,吁——呀,吁——呀,叫得惊心动魄。似乎我的胸口,瞬间被它的叫声撕开,灌入猛烈的山风。

我仰望着盘旋的普通鵟。站立的人,不能不仰望飞翔者。

石头屋无人,木门紧锁。后山引来的泉水,从毛竹管里咚咚地流出来。在石墙前的石阶上,我很想坐下来。这是适合一个人坐下来的地方,但我没有坐,我怕我站不起来。一个习惯于奔波的人不适合坐在这个地方。

六棵高大粗壮的中国柳杉,撑起了巨大的绿荫之园。凌文胜和徐志远坐在石凳子上修相机。作为自然保护科考者,红外相机监测作业是他们主要职责之一,也是生态监测和调查的主要手段之一。豆叶坪处于海拔六百五十米至八百米,因为稀有人员来往,生态多样,食源丰富,成了野生动物的忘忧谷。2017年9月4日,在仰天坪与豆叶坪山线,红外相机首次拍摄到两只白颈长尾雉"散步"的画面。白颈长尾雉是中国特产鸟类,分布在长江以南部分地区的山林。在20世纪80年代,因人类的捕猎和干扰,以及大量森林砍伐、毁林、林型改造,栖息地遭到严重破坏,白颈长尾雉种群数量急剧下降,野外种群数量1至1.5万只,被列入《国家重点保护野生动物名录》(2021),属于国家一级保护鸟类。

出了豆叶坪,在门垛口,遇上打理茶园的熊方和夫妇,他们去集市购买生活用品回来。熊方和六十七岁,身材略显矮小、精瘦,面容刚毅。他爱人黄金凤六十六岁,见人三分笑脸,很客气地招呼我们:"来喝杯茶吧,烧水很快的。"

熊方和于1990年被安排在东牯林场守护豆叶坪这片森林。他的孩子也在这里长大。他从没有离开过豆叶坪。坪上有一片荒地,他便种上了蔬菜。他舍不得让地荒着,地荒了像屋子荒了一样,让人心疼。菜多了吃不完,他又改种了茶叶。一座山一栋石头房,一家人一片茶园。鸟陪着他们,一年又一年;竹木藤草陪着他们,一春又一春。我问熊方和大哥:你见过白鹇吗?

他乐呵呵地笑了起来,说:三五天都会见到,白鹇算是邻居了。

白鹇是高贵之鸟,属雉科鸟,主要栖息在海拔两千米以下的亚热带常绿阔叶林,远离人类生活。庐山是白鹇之乡,据自然保护区野外观察和监测,白鹇的种群在快速扩大,分布在整座庐山,以仰天坪、豆叶坪、小天池等区域居多。有趣的是,白鹇的栖息地距人的生活区越来越近,在小村子的菜园地、茶叶地也常见它优雅的身影。凌文胜观察庐山鸟类生活十五年,他说:白头鸭从山下城市区慢慢往山上迁移,在莲花台水库、小天池出现了白头鸭群落,在十年前,这是不可能有的。红嘴蓝鹊和乌鸦在牯岭,和麻雀一样常见。在深秋,仰天坪随处的一座山林,便可见白鹇咯咯咯叫。他每周都要去野外观鸟,这既是他的职责,也是他的兴趣。没有哪种鸟,可以"逃脱"他的眼睛。

我又问熊方和大哥:你见了野猪害怕吗?

他笑得更厉害了。可能他会这样想:问这个问题的人,对野猪太不了解。他爱人说:野猪不伤人,我赶野猪,像赶家里的狗一样。

她身后的狗对着我"汪汪汪"叫着,垂着尾巴跑向石头房。

"野兽惧怕人,在野兽的眼里,人最可怕。野兽对人友善,只要人不伤害野兽,野兽不会伤害人。"熊方和大哥说。

上了仰天坪,有了公路。我站在坪口,眺望绵长的山线。雨迷蒙地下着。这个时候,我才感觉到自己的双腿有些酸疼。张毅看看我说:我们做野外自然科考的人,必须要有一双好腿、一副好身板、一个耐饿的胃、一双细致的眼睛,你多锻炼几次,可以和我们一起野外科考。他做野外科考近二十年了,他是个"林二代"。他爸爸一辈子在庐山做林学研究工作,辨识庐山植物两千余种。身为自然保护者的张毅,为此自豪。他说,庐山有高等植物两千四百余种,我不敢说全部辨识,木本植物我还是基本认识的。

庐山,每一个山坞,每一条山沟,每一道山梁,张毅都多次走过。我好几次请他陪我去野外观察植物,他都很愉快地答应。我请教于他,他摸摸树叶,看看树皮,嗅嗅树的气息,便说出植物的名称、习性、花色,以及在庐山的分布情况。脚(翻山涉水)和眼睛(细致地观察),以数年寒暑之功,练就了这个"万物通"。

高山多雨,我一夜无眠。叮叮当当的雨声,虽然悦耳,却也给异乡人惆怅之感。当然,不是因为雨声我才无法入睡,我是想起了下午去的豆叶坪以及熊方和夫妇。如果不是生活所需(购买物品或就医),他们不会离开那片茶园,天黑睡觉,天亮干活。大雪封山的时候,他们一个月也不出山。他们的世界只有一片茶园和一座苍莽的山。大部分的树木,都是他们看着长大的。也有一部分树，是他们看着死的。我在柳杉林，看到水桶粗的柳杉倒在地上，树皮脱落，被昆虫和真菌分解。而有的树，慢慢活着，来不及拔地而起就死了。一棵汤碗粗的柳杉，矗立在一片密林之间，被天牛吃空，剩下的躯壳如一副骷髅，死得触目惊心。但它就是不倒下去。它的根部完全腐烂了。熊方和每天去树林，都要经过它身旁。他是无数死亡之树的见证者。他种下的树，也大多长成了参天大树。

在看到熊方和夫妇的一刹那，我有了奇妙的想法：若是大雪之夜，坐在石房子里，围着红红的炉火，和熊大哥喝一碗陈年高粱烧，我该和他说些什么呢？

如我者，贪求生活的人，对豆叶坪又懂得什么呢？

冬日林中

不要以为那是一个死寂的世界。

松杉林自山峰斜披而下，粗糙、柔顺、近乎呆滞的墨绿色已被一层泡沫化的白色覆盖。松杉林自山腰之上而成坡状，密密实实。山腰之下是阔叶灌木林和白茅，偶有几株高大的枫树、苦槠、野柿树、栗树拔地而起。差不多有半个月了，我每天来到这个名叫草垛尖的山峰，踏着软软的针叶，走遍松杉林。

小寒第七天开始，霜冻天气持续了十三天，夜间和清晨气温一般在 -7℃至 -3℃。虽是一年最冷的严寒季节，白霜遍地，但赣东很少有这么低的气温，几年也难得遇上几次。我没预想到霜冻有多厉害。霜冻第一天早晨，我起床去后院打水煮茶，水池中半米深的水冻成了厚厚冰块。水龙头悬着三十厘米长的冰凌——夜间的滴水被冻住了。冰块无色透明，有稀稀的波纹——水滴在水池时形成的波纹被原封不动地保存了下来。水是山上引下来，带着野气和彻骨的冰寒。峡谷口的山峰，被白皑皑的东西罩着。

森林会以某种不可预知的方式，召唤我们。很多时候，我们看到森林会莫名地感动。至于为什么感动，我们又说不上来。比如浩瀚如海的沉默，比如汹涌的斑斓色彩，比如地宫般的寂静。我被白色的山峰迷惑。

山是大地的阶梯，矮山梁叠着矮山梁，叠出了大地的高度。去往松杉林，须经过一个斜深多弯的山谷。一条细小的溪涧隐藏在白茅丛中。溪涧被冻住了，如水的骸骨。冰溪仍然保留着奔腾的姿势，溅起的水花、飞泻而下的瀑水、涌起的低低水浪、潭中回旋的急流，被一只无形的手摁住了，如冰刀雕出了静止的状态。山谷口的一片菜地，蒙了一片厚厚的白霜。白菜叶软软地往下塌，菜色是一种罕见的熟绿。一株青白菜有四层菜叶，六片、四片、两片、一片，依序而上张开，往内收拢，形成一个喇叭口。喇叭口内却无霜，经脉清晰分明，每一条经脉如一棵生长的树。

霜是一种非常神秘的东西。我们可以看见雪飘下来、雨落下来，可以看见太阳光在树冠缓缓移动，可以看见雾气慢慢弥散开来。我们却看不到霜是怎样在草叶上现行的。气温在零度以下，汽凝为霜。菜叶、萝卜、浆果等水分充足的新鲜菜蔬瓜果，会被霜冻伤，我们称之为霜熟。霜熟的植物很快会腐烂，溃疡一样烂，烂出一滩水。菜地上，菠菜、大白菜、白萝卜烂了大半，有两块菜地遮上了茅草。茅草下是大蒜、葱、芹。烂菜之下的黄土，耸起了一根根霜霄。下雨雪的云团谓之霄。霜霄却是从地面冒出来的。

在溪涧边，在无草本植物覆盖的地面，我看到了非常多的霜霄。霜霄耸立起一个镂空世界，微观的、深邃的。霜霄把泥土耸了起来，像野蘑菇，像小兽的骷髅，像太湖石微缩盆景。蝼蚁和蚯蚓被泥巴裹着，也耸了出来。谷中深处有一块荒田，被野猪拱了，下了雨，成了水坑，冻成了冰泥。我跳下去踩，冰泥咯咯咯作响，却不断裂。坑边耸起来的霜霄，足足有筷子长，像一根根微缩钟乳石。这里是山阴之处，冰泥和霜霄在当日都不会融化。

有一淤泥处，长了十几株水芋（天南星科植物），肥阔的叶子蓬蓬勃勃，霜冻一天，叶子萎谢，厚绿的色泽变成了灰绿。谁会想到，它一夜就死了呢？其实，霜冻让很多植物、昆虫在冥寂中死去，不知不觉化为泥土的一部分。

这条山谷约一华里长，谷里长满了油茶树、冬青、棕、构树、乌饭树、壳斗、山胡椒树、三角枫，树上挂满了横七竖八的野藤。没有结霜的露水，在树叶上结为冰。厚厚的树叶沉沉地下坠，有的树叶脱了叶蒂，落了下来。寂静之处是鸟世界。沿谷口而深入，鸟四处鸣叫。其实，很少看到鸟，因为我的惊扰，鸟才会从树林或白茅丛飞出。

松杉林已多年没有来。在二十几年前，这里并没有针叶林，而是一片灌木、茅草、蕨类混杂的荒山。村人砍伐了灌木，烧了茅草，种上了黄松和杉树。成林后，有人上山盗伐，护林员上山抓伐木者，我随同上山过。

松杉林沿山峰而下，在南坡、东坡郁郁葱葱。霜冻之下，针叶结了尖冰。每一棵松树或杉树，长出了上千根尖冰。针叶被冰包裹着。冰像一粒尖锥形的种子，针叶是其胚芽。冬日太阳虽是弱光，但照在林中，叶冰闪闪发光，显得很刺眼。树冠以下，针叶无冰，哀哀发黄。我抱着松树摇动，树冠当当作响，却无冰落下来。这就是雾凇。

在赣东，也只有在深山里，才可现罕见的雾凇。我发现，只有针叶树或有茂密树枝的落叶乔木,才会出现雾凇现象。山谷中的黄檫树、乌桕树出现了雾凇,而樟树、野柿树、构树则没有。我不懂雾凇的形成原理。我查第六版《现代汉语词典》"雾凇"词条:"寒冷天,雾冻结在树木的枝叶上或电线上而成的白色松散冰晶。通称树挂。"雾凇俗称冰花,是一种白色不透明的粒状结构沉积物,非冰非雪。形成雾凇需要具备两个客观条件:湿度充分;零度以下气温连续时间长。即使有此两个客观条件,也不一定形成雾凇。

因为持续十几日的霜冻天气里,这片林中只出现了三天雾凇。

针叶林的地上是厚厚的针叶。脚踩在针叶上,可以听到针叶脆断的声音。林子较密,林地只长了一些野棘和毛蕨,稀稀的。松树直条而上,在十米之上开枝,横伸三五米,再向上收拢,形成塔状。松鼠无处不在,它们是一些不怕冷的家伙,嗦嗦嗦,跳来跳去。也许是很少有人来到松杉林,它们不惧怕人。它们还站在树枝上,看着我。我摇一下树,松鼠跳到另一棵树上,继续看我,似乎在说:你能拿我怎么样?

黄松会长松毛虫。松毛虫是一种繁殖力很强的有害虫,噬木质,木质噬出蠹粉。大风来了,松树被拦腰折断。黄鹡鸰、大山雀、松鸦、树鹊、伯劳,却很喜欢吃松毛虫。"哇哇哇哇",松鸦在林中叫。但我没看到松鸦,它警惕人。我几次循声而去,都找不到。

据赶羊人曹老四说,山谷和松林里有许多野鸡出没。曹老四在山谷搭了羊舍,他也睡在羊舍边木屋。他说,天蒙蒙亮,野鸡在咯咯咯叫,有时在松杉林叫,有时在白茅地叫,有时在油茶林叫。野鸡是有领地意识的野禽,一窝一窝出来觅食。我连续十几天去松杉林，没看到一次野鸡，也没听到野鸡叫。

我怀疑他的说法，那么多的野鸡哪有不出来觅食的呢？

我又相信他的说法。低海拔的林地或草地，水源稳定，确实是野鸡安生之地。

曹老四为什么不说鸟多呢？林中鸟多是正常的。正常的事，有什么值得说呢？当然，他只知道是鸟，至于是什么鸟，他不知道。也可能是，他也不知道野鸡也是鸟。没办法说清的事情，还是不说。我去了几次，发现山谷有好几窝竹鸡。竹鸡也是一窝一窝生活的。

一次，我沿着山谷的涧溪走——很有意思，涧溪的路硬硬的，像冰块的链条。我走在冰块的链条上，脚下咯嘣咯嘣响。白茅被冰压倒，和冰盘结在一起。冰很滑，鞋底滑溜。山边的灌木林里，发出了"嘘吱吱，嘘吱吱"的叫声。这是很亲切的、略带柴火味的叫声。叫声持续了十几分钟，对面山谷有了回应声。在松树林，我也听到了相同的叫声，湿漉漉的空气浸透了欢快、悠长的愉悦。

有一块松树林是我固定要去的。树林在山沟侧边，有一块小平地，树也不过于茂密。松树林中还间杂了两棵冬青、一棵山毛榉、一棵枫香树。杂树都是野生树，较为高大，因为竞相生长，每棵树都很挺拔。我在每棵树上挂了一个纸盒，纸盒里装了花生和碎玉米。在冬青树上，我还挂了一条半斤重的干鱼。干鱼用铁丝穿过鱼头，倒挂在树丫上。

纸盒挂上去的第二天，花生不见了。有的树下，嗑碎的花生壳撒了一地。我想，这是松鼠干的。松鼠爱吃花生，没吃完的花生被它藏了起来。碎玉米却没有动。干鱼也没有动。第七天，干鱼被啃了半截，我估计是黄鼠狼跳起来吃掉的。只有一个盒子里的碎玉米被吃了一部分。鸟很难发现盒子里的秘密，林鸟的视觉很容易被障碍物干扰。

有一次去上山的途中，遇上退休老师周老师，他说前几日在附近的山坞有两个人发现老虎。我说不可能有老虎，江西已有四十年没发现老虎了，可能是云豹。

"云豹也有四十多年没出现了。你可以去问问他们。"周老师说。

"是哪两个人发现？"我问。

"一个是方子彪，一个是典癫痫。"

周老师的这个信息，让我震惊。我从不认为，也从没听说过这一带的群山有云豹。我将信将疑。周老师见我疑惑，说："去年，我和我爱人从台湖村去小玉山，走进山垄将要翻一座高山，听到森林里有"呼、呼、呼"的啸声。山林震动，我爱人吓得都快哭了，我也吓得毛孔倒竖。"

我顾不上去爬山，约了臣忠去白山底（村名）找方子彪。方子彪不在家。他哥哥和嫂子在看电视。他哥哥说子彪回单位了。我问：子彪看到老虎了？在哪个山坞看到的？

他哥哥站在大门口，指着对面的山垄说："这里进去一华里，右边山坞叫王江坞，白山底的饮用水是从坞里引过来的。十几日前，蓄水池堵塞了，子彪去清理水池，看到了老虎，跑回家跑脱了气。"

"山垄有一个三角湾，湾口进去就是王江坞。"臣忠说。

"当时是子彪一个人去的吗？"我问。

"就他一个人。"

"典癫痫也看到了，是吗？"我问。

"他是看到了。具体情况我不太清楚。"

"要不去王江坞看看？"我对臣忠说。

"去看看。"

我们到了山垄口，见了深深的山林，有些后怕。赤手空拳的两个人，万一遇上方大哥所说的老虎，不是找死吗？臣忠说：它吃了我们，是我们活该，我们伤了它，我们坐牢。

吃了晚饭，我又约了臣忠去找典癫痫。典癫痫是小名，大名叫余正盛。典癫痫坐在火桶上看电视。他七十多岁了，记忆力很好，很善谈。他说："农历十一月初，我一个人去王江坞砍柴，一棵碗口粗的茶籽树被砍了一大半，我突然听到'哗啦'一声，我以为是哪棵树倒了，或山崖石头落下来了。我站起身，抬头往后看，看见一个头从树林露出来，头和老虎一模一样。"

我问："看见身子吗？"

"我哪敢再看。我握着柴刀往山下跑，大兽往山上跑，树林哗哗响。板车丢在山里。我空手跑回家，吓得说不了话。我老婆还以为我见了鬼。"

"王江坞怎么会有大兽呢？其他山坞都没听说过。"我说。

"王江坞很阴邪，没几个人敢去。那里的山田荒了几十年。坞里的杂树很高，山后是山崖，野猪很多。五十年前，有人被大兽吃了，只剩下一双脚板。脚板埋了一个坟，叫作脚板坟。这样的地方没几个人敢去。"

"大兽出现这个把月，还有人敢去山垄吗？"

"结伴去还可以，谁一个人去谁找死啊！"典癫痫说。

从典癫痢家出来,我又和方子彪联系确认大兽之事。方子彪说:我清理了水池,抬起头看见一张老虎脸,我魂都吓散了,鞋跟鞋头都穿反了,跑得比鼹狗快。

方子彪在公安部门工作,对动物还是有识别力的。他说他看到了头部,因没看到全身也就估计不出体重。云豹体形小,老虎体形大,但头部斑纹很相似。

云豹出没于稀疏的灌木林,或灌木与乔木混交林。这样的林相,在赣东群山还是很多。野猪和山麂也很喜欢在这样的地带生活。

有人发现了云豹,我也不敢去更远一些的深山里。我只有多去松杉林。那里可以听到冰花悄悄融化的声音,滴答滴答的针叶滴水声如时钟的脚步,不疾不徐。毫无疑问,这也是天籁之一种。也与我的内心相呼应。

森林的面容

晚风来了,轻轻扑打着古朴的庙宇。酥雨抖筛一样,抖到树林和草甸里。晚风的消息,带来枯黄的松针、老死的柳杉、幼芽吐白的落叶黄檗、羸弱的深谷溪流。晚风轻轻,从抚弄三弦的指间弹出,草木灰一样蒙向森林。龙泉山是武夷山脉北部余脉最高山峰。晚风从东海来,骑着飞鲸,掠起的水花卷出一叠一叠的山峦。山峦像蘑菇,龙泉山像蘑菇山。隆起的山脊斜弧形,幽凉的晚雾一层层往下没,钟声般浸透每一个站在树下的人。庙宇居住着菇神,赭漆脱落的墙面吹出低音口哨,嘘嘘嘘——木窗轻拍,晚雨沙啦沙啦,山梁再也不见了。

上午十点,我已来到海拔1900余米的黄茅尖。太阳如野柿,风吹摇晃,光泽菊黄。分叉的山梁,一个转一个。阳光也看不出从哪儿照射进来,树梢有一撮撮米黄的粉屑撒落。林中的小路,铺满了厚厚的松针。我抬头看看,松树上团着一片绿云。松针尖细、焦枯,积在黄泥路上。与其说是林中小路,倒不如说是落叶的眠床。人走在落叶上,松软,发出扑哧扑哧的声响。小路沿着山腰往上弯来弯去，像一根缠绕在山体的藤条。路边长了许多矮小的灌木、多年生草本和藤本植物。黄水枝从石缝里耷拉下来，一根细藤往下垂，叶青紫。寒莓结了一串串透红的莓果。润楠长了两节，一节四片叶子，叶子油绿。蜂斗完全抽干了水浆，风吹叶子，簌簌嗦嗦，纷落。花已结了白细细的绒毛，风的尽头，就是花绒的故乡。紫菀由浅紫色的花瓣，被白霜催化为纯白色，青黄的花蕊也霜化为焦黄色——深秋的颜色，似乎可以让我们听见咳嗽声。紫菀是菊科植物，和野菊是山中姊妹。野菊在低海拔地带，开得妖娆，一丛丛一片片。在阴湿的悬崖下，溪边的芭茅地，废弃的断墙上，我们看见野菊，会突然停下脚步，暗暗对自己说：荒芜的秋天山野，绚烂如斯。紫菀却在高山低摇，独独的一枝，像个独守空房的人——山太深，适合等待和顾盼，也适合寂寞和暗自凋谢。荒地上的花楸树，只有几片黄叶在飘。阳光透过黄叶，变得花白，干硬的枝杈卷着黑叶，似乎在说：写给大地的书信，必须蘸着霜露去写，寄出的每一页信纸，都是相同的飘零。被虫噬死的松树，松叶却有了膛火的熏黄，黄蒸糕一样。路上落叶一层铺一层。松针上铺着苦槠叶、冬青叶、山胡椒叶、桂花叶，阔叶上还有一层纤白的茅草。落叶在脚下，清脆地碎。叶茎碎断的时候，咔呲咔呲响。落叶上，留不下脚印——山风刮过来，草叶翻转，吹到树根下，吹到草丛里，吹到谷中涧水里，吹到无人可去的丛林里。它们在冬雨来临时，饱吸水分，霉变，在谷雨之后腐烂，长出菌类和地衣。

在小路沿着山地看，到处都是树干。厚树皮青白色，像稻田龟裂，这是梓树。直条，均匀，高得看不见树梢，卷起来的晒席一样圆直,到了树顶才分枝,树皮一圈一圈纤细缠绕,树叶欲黄欲红欲白,稀稀疏疏,仰头望一眼树梢,眼花发晕,不由得叹声:南酸枣的树梢上,居住着山神。大果核果茶满身裹着青黔色的苔藓,蚂蚁匆忙地上上下下,唱着劳动者的谣曲,没有裹着苔藓的地方开裂,露出石灰浆一样的木质,裂缝深黑,成了昆虫的避难所。在崖石边,树皮贴了大块青黑膏药一样,渗出白斑,树枝干硬突兀,苍茫地举向天空,树叶一片不剩——钩锥在霜降之前,便已落叶。钩锥也叫钩栲,别名大叶锥栗、硬叶栎、钩栗、栲槠、猴栗、木栗、猴板栗,高达三十余米,生长在高海拔地带,木质僵硬,坚果也硬如碎石。秋风摇着它,一日比一日摇得猛烈,它便浑身无力了,再也承受不了。黄皮竖列,一条条的树皮之间,有了深壑,雨水从树梢沿着深壑流,哗哗哗,树上有了河流,河流纷披,像瀑布,树皮发胀,日晒几天,树皮收缩,沟壑变宽变深,成了储水器,树枝披散着郁葱的鬓发,遮住了成片的阳光。这是柳杉。柳杉遮盖之处,寸草不生。但生地衣,地衣像金缕衣,裹住了柳杉的树根。在干燥的地边,树根盘结,像老农赤脚盘腿,树皮粗糙,暗灰褐色,浅纵裂,枝细瘦,灰棕色,无毛,柔软,富有弹性。这是雷公鹅耳枥。

每一根树干支撑起了高大的树木。在这里,我见到密密麻麻的树干。有的粗壮,有的硬瘦;有的直条,有的弯曲;有的斜出,有的直顶。也有这样的:一根树干直往上捅,十几米高,树皮没有了,白白的木心裸露,像悬崖竖出来的峰石,嶙峋锋利。一棵死亡的树,让我们敬畏:死亡以一种骨骼的形象留存在大地之上。死亡不是消失,而是以另一种形式,进入时间的循环。每一根树干,给我们无穷想象——树冠的形状、大小,何时开花结果,何时落叶,叶怎样渐变色彩,鸟窝在哪个树丫,是什么鸟的鸟窝,雨落在树叶上的声音怎么样的——这一切,或许只有鸟和风知道吧。对一棵树的完整想象,可能也只有种子可完成。秋阳斜照在树干上,斑驳绰绰。光线使树林显得更幽深。地面上厚厚的枯黄落叶,偶尔露出地面的野刺,会加深内心的静谧。

龙泉山是凤阳山的主体部分,黄茅尖是龙泉山的主峰,是江浙第一高峰,瓯江源自此龙渊峡。峡中流泉飞泻,乔木高耸,岩石乌黑壁立。峡谷狭长,幽深陡峭。远远地,可以听见轰轰的奔泻声。树木覆盖了峡谷,郁郁葱葱。不多的几棵高大枫香树,从绿野中喷涌而出,红叶飘飞。山谷有了苍老岁月的色彩。铁索桥吊在涧谷上,像一架秋千等人摇荡。摇荡秋千的人,都是我喜爱的人。在秋千下来来回回走的人,都是我怜惜的人。或许我们都有相同的爱意,也有相同的疾病。秋千上的人和秋千下的人,用眼睛说话,用手表达内心,相视一笑兰草幽生。峡谷太深,许是只有龙可探渊,树可填谷。在谷边,我看见了海桐。这是我第一次在森林里看见海桐。海桐是常见的绿化植物,有灌木也有乔木,花白色,有芳香,后变黄色;蒴果圆球形,有棱或呈三角形;花期3月至5月,果熟期9月至10月。此时正是果熟后期,深枣红的浆果,鲜艳诱人。涧水跳溅,水珠倒射。水声漫上了山谷,幽合的丛绿浮了上来。峡谷是高山的隐秘部分,流泉湍泻,森林像一条长筒裙。

进入森林与以往所不同的是,在这里,我并没看到鸟。我去过很多森林,如湘江源森林公园、武陵山森林公园、大茅山森林公园、黄山森林公园、铜钹山森林公园等，鸟非常多，树丫上，竹林里，常有鸟栖息。在荣华山森林公园生活期间，我每日去林中，鸟鸣不绝于耳，鸟影不绝于眼。我收集了很多鸟飞落下来的羽毛。在龙泉山，我没看到鸟。鸟鸣却十分热烈，以至于觉得山林喧哗。在一片柳杉林，呱呱嘎，鸟叫得我心慌意乱。我听得出，路另一边的乔木林里，有一群喜鹊在叫。喜鹊拍打翅膀的声音和扇动树枝的声音，格外震耳。喜鹊叫起来，有长长的尾音，清脆且共鸣，哎——哎——哎——。我站在林中仰起头看，只见葱茏苍郁的树冠。在瓯江源，有草甸，时值深秋，茅草衰黄，但并未倒伏。一根根茅花摇曳，迎着秋风，却无鸟雀来啄食草籽。或许是海拔太高了，一般的鸟雀上不来，但大山雀和高山苇莺正是肥身囤食的时候，也没看到它们的身影，甚至连他们的鸟巢我也没看到。这让我诧异。

在杜鹃、羊角拗、沙棘、白辛、红果树等树身上，我却看到了不同的鸟粪。鸟粪风干在树皮上，灰白色或灰黑色，坚硬结痂，像树皮上的颗粒树瘤。七星潭边，有翠鸟啾啾啾叫。翠鸟叫得急促，激烈。听它的叫声，就会知道它是一种十分敏捷的鸟，机灵，智趣。潭涧多泉螺、蜗牛、树蛙，这些都是翠鸟喜爱的食物。我在涧边走了几十米，也没看到一只鸟。在猎户山庄后边的树林里，可以听见大鸟飞翔时树枝摇晃的声音，沙沙沙。大鸟像哑了嗓子一般"嘎——嘎——嘎——"，似乎是一种雁类鸟。问山中做事的乡人，他们说，这是白鹇。我不敢确定。鹇是优雅的鸟，食昆虫、植物茎叶、果实和种子等，雉科，鸡类，有羽美之貌。白鹇黑鹇的叫声，如锦雉，咯咯咯，有抱窝的喜悦感。鹇鸟一般踱步,很少惊飞。秋雁南渡,中途留宿高山丛林。虽不见大鸟,我仍觉得是大雁。

凤阳湖也没看到鸟。秋天,湖泊是鸟常聚之所。秋杀之后,蝶蛾虫蝗漂浮于湖面,草籽沉淀于水浅的洼地,鸟浮于湖上,啄食蝶蛾虫蝗,也啄食小鱼。小鱼吃虫蛾,也吃草籽,张翕着扁圆的嘴巴,优游觅食。游着游着,被鸟叼进了尖尖的嘴巴。白鹭、翠鸟、野鸭、大白鸥、矮鸥,是湖泊的常客。尤其是深秋时,矮鸥在湖泊上空盘旋,一圈一圈,阴骛的眼始终不离水面,鱼露出水面,矮鸥俯冲而下,长喙插入鱼鳃,掠起水花,落在树上吃鱼。凤阳湖有鱼。鱼是花斑锦鲤,是人工放养的。我没看到野生鱼——秋深水冷,野生鱼一般沉在水底的淤泥里,进入冬眠。草籽却多。湖泊的上游草甸,秋雨的涤荡,草籽被水流冲刷进了水沟里,流进了湖泊。

湖水澄碧,薄薄的波纹被风掀起,像一张浮在水面的纹纱。凤阳湖是龙泉山唯一的高原湖泊。湖依峡谷而生,狭长。涧水出山,湿地茅草遍野,成了茅花浮荡的草甸。涧边山毛榉树高大,叶落遍地。乌桕树和枫香树兀立在山边,霜染的树叶把整个山峦分出了色别。湖,是大地的眼睛,望着天空,也望着我们。

晌午开始,风轻轻呜咽。"呜——呜——呜——"低低地,从树梢间发出。树枝和树枝,在风中,相互磕碰,"哒——哒——哒——"树叶喙喙喙地响。我在树林里并没感觉到风,风声却在耳际萦绕。也不知什么时间,阳光没有了。天空白茫茫,四野白茫茫。我眺望远山,白茫茫。山势像几个堆在水面的葫芦,正被水翻起浪头,推着走。松针无声无息地落下来,落在我头发上,落在涧水里,落在冬青树上。窄窄的山涧,巨大的涧石一个叠一个,地衣和苔藓爬满了石头。树叶积在水里,发黑,手搓一下,成了叶粉泥。简易的石拱桥或三两块厚木板搭建的小木桥,横跨过山涧。几棵巨大的松木,倒在涧上,木质开始腐烂。涧石凹下去的淤泥里,长出了兰草。兰是蕙兰,叶线形,叶边有粗锯齿,叶脉透亮,正开花,浅黄绿色。一只松鼠在跳来跳去,沉迷于个体的游戏。几个做工的人,坐在石拱桥下的石头上吸烟闲聊。他们的脸,木然,从容,洁净。涧水落下凹凸不平的石头,嘟嘟嘟,悦耳,如鸟啄毛竹。水花泛起,白白地,像一朵即将凋谢的木槿花。

晚风提前吹来白雾,也吹来了寒凉的黄昏。山不见了,树不见了——白雾织出了我们眼前的一片朦胧。我退回到了屋檐下。我看着雾气漫过来,漫进空空的厅堂。稀稀的雨,滴下来,轻轻地,没有雨声也没有檐水声,长寿菊的花瓣也没落一片。山中一日如四季——我知道,稍候片刻,雨水将哗啦哗啦,清洗秋燥的山林。斑蝥加速死去,落叶加速腐熟,黄叶加速飘零,野花加速凋谢,坚果加速霉变,浆果加速溃烂——为了来年的蓬勃生长,唯有腐朽的生物体加速死去。

在猎户山庄厅堂里吃晚饭。火炉里的木柴,噼噼啪啪地烧。火苗红丝绸一样裹着木柴。灼燃的红炭,让我的眼睛幻化出森林的剪影。我用陶碗喝着热热的茶。柴的油脂,燃出黑黑的烟尘,而木香一阵阵,被煦暖的热气流送过来。雨终于到来,就像一个千里赴约的人,有热热的眼神,有缠绵的耳语。台阶上,扑洒了游动的雨声,豆爆热锅般的雨声。看着炉火,一直坐到夜深,像雨滴落在凤阳湖上。不见山,不见我,只等炉火慢慢熄灭。

附 /

从乡村自然书写到自然文学创作
——傅菲生态文学创作进路研究

王俊晖

一 引言

人与自然关系的书写几乎是从文学诞生开始,古今中外,莫不如是。但是聚焦于人与土地关系的文学则是随着现代工业文明、城市文明发展壮大的产物,英国文学中的自然主义传统和美国自然文学(环境文学、生态文学)的崛起,是这一文学主题的引领者。中国自古就有一条自然文学传统,但现代意义上的生态文学却是受全球环境危机和生态运动兴起的推动影响而出现的。20世纪80年代以来,中国逐渐出现以关注环境问题为诉求的作家作品,如徐刚、哲夫、李青松等人的生态报告散文。90年代以降,特别是21世纪以来,随着生态问题的日益凸显,城市文明的加速扩张,以张炜、阿来、迟子建等当代实力作家不断在他们的作品中有意识地表达出生态之思。虽然我们已经有阿来、迟子建、陈应松、张炜、郭雪波、苇岸、贾平凹等优秀作家的优秀作品，但应当承认的是，当代中国专门从事生态文学创作的作家从数量上产量上都还不足以成为主流，且还未能产生可与英美自然文学相媲美的经典作品。这不仅仅是因为当前从事生态文学创作的数量不足，还因为我们目前的生态书写要么过于受西方自然文学的影响，尚未能形达成本土化的写作风格，要么过于受自然审美学传统禁锢而未"脱去乡绅气、士大夫气的"，未能吸收全新的生态伦理观和生态美学理念。傅菲是当前中国为数不多专注于生态散文创作的作家之一，他的散文创作始于 21 世纪初，在主要以赣东北乡村为写作对象十余年后，自 2020 年出版第一部生态散文集《深山已晚》之后开始专注于乡土生态文学①创作，相继推出了《草木：古老的民谣》《风过溪野》《鸟的盟约》《河边生起炊烟》等，且后续创作不断接续，处于创作力不断迸发的状态。② 傅菲的生态文学创作经历了一个从无意识到高度自觉的过程，但这个过程的转变又不是突发奇想，而是其来有

---

① 目前学界对当代中国以书写自然，反映人与自然之思为主题的文学，同时有"自然文学""生态文学""环境文学"的指称。从学术定义上而言，自然文学与生态文学是两个交叉但又不等同的概念。傅菲坚持将自己近年来创作的《深山已晚》等以自然书写为主题的作品称为自然文学，这大概因为他专攻散文创作，且与对他影响颇深的美国自然文学作家巴勒斯有关。本文将其称为生态文学，原因有二：其一，生态文学是一个较宽泛、广为接受的概念。且正如李敬泽在 2021 年 12 月"中国生态文学成就奖"座谈会上所说的，相对于自然文学，"生态文学"概念更具现代性；其二，就本文所讨论的自然审美、生态伦理、地方感等多属生态文学讨论的范畴。
② 傅菲《元灯长歌》中，乡土与自然是两个并行的主题。而在本文写作的过程中，傅菲告诉笔者，他还有三部自然文学书稿已完成并即将出版。

自,不断凸显的是其与生俱来的生态潜意识①的显现。在《深山已晚》之前,傅菲的作者简介中往往冠之以"乡村探索者"的头衔。事实上,在他目前出版的二十余部书中,除了《我们忧伤的身体》等少数几部作品是以城市生活为写作背景之外,几乎全部是紧紧围绕乡村的书写。将他的创作放入当代中国文学的时空坐标系去观察,我们会发现在他启程散文创作之旅的21世纪初,②是中国社会尤其是乡村社会发生巨大变迁的转型期,也是乡土文学作为中国现代文学主流经历了近百年曲折发展后,在20世纪80年代末至90年代初从低迷中走出之后的高潮期。在这一时期,面对许多新的陌生的乡村经验,如乡村传统迅速消失,乡村文化式微,乡村社会衰落,许多乡土作家以不同的叙事手法和书写模式表达他们对乡村的关切。傅菲的乡村题材创作一方面显示出同时代乡村文学的许多共性,比如对乡村自然风光之美的歌颂、地域特色的书写、对地方风土人情的描述,以及个体对故土家园深切而恒久的情感,等等。如果以地域特色、风土人情、人性关怀这三个学界较普遍认同的乡土文学试金石来考察的话,他的乡村散文是可堪细品的。另一方面,诚如傅菲自己所言,他"不是一个旁观者,而是介入者",他的乡村书写力图"回到生

---

① 美国生态心理学家西奥多·罗杰克认为,生态潜意识就如婴儿对世界的天生的痴迷感,这种"痴迷"不断再生。生态潜意识的形成与自然进化、童年经验、工业文明、城市文明、政治等多种因素相关。其中个人童年经验的积淀,自然进化与文化演变的影响,工业文明的压抑是主要原因。儿童天生的自然情结和对自然的感受力,成为生态潜意识的重要的来源之一。

② 傅菲从1992年开始文学创作,创作诗歌十年后,2002发表了第一篇散文作品,此后至今一直专注于散文写作。

活的本源","深入人心,抵达人性"。作为一位乡裔的智识者,尤其是在经历了21世纪之初商业大潮和城市化进程的巨大冲击之后,傅菲这种深扎土地的介入式书写,使得他的散文在同时代乡土文学中显得难能可贵。本文要重点关注的,是傅菲在其乡村风景、风俗、风情的书写中,有一个贯穿始终的自然主题,这一主题源于他热爱自然的天赋禀性和早年较长的乡村生活,彰显于他后来的人生经历、创作历程与时代召唤中,并于近十年逐渐形成明确的生态文学方向。

他2013年以后开始关注自然文学并有意识地进行自觉的生态文学创作实践,作品依然主要以乡村自然和乡村社会为对象,依然每年都花费四分之一的时间进行乡野调查。他的书写方式仍然是大地浪漫主义者式的,但其中的生态意识和生态审美特征逐渐明晰,且始终保持难能可贵的探索精神。傅菲是一位有着鲜明的创作观和文学主体性观探索意识的人,对于乡土书写,他坚持自己介入深入平视的立场,对于自然文学创作,他更是有着旗帜鲜明的创作原则,并在自己的文学创作中努力实践着这些观念和方法。但是,生态转向并不意味着他的写作完全脱离乡村世界,恰恰相反,他的生态文学从艺术水准、情感表达到思想根基深深扎根于乡土大地,形成一种独具个人特色的乡土生态散文①风貌。

近年来,傅菲的生态文学越来越密集地呈现给读者,除了专

---

① 新时期以来,特别是21世纪以来,乡土文学中的生态主题逐渐清晰,以丁帆、李向阳、贺仲明、黄轶、雷鸣等为代表的乡土文学研究者也逐渐关注这一现象,认为它是中国乡土文学在世纪转型中的重要方向之一,丁帆、李兴阳提出"乡土生态小说"是"世纪之交中国乡土小说的第五种较为突出的创作现象",黄轶对"生态文学"与"乡土生态文学"进行了意涵界定。

著接续不断，更是有不少文学刊物纷纷推出他的散文专辑；学界也逐渐关注到他的乡村自然书写，但除了张守仁为《深山已晚》所作的序言之外，①对他散文的生态批评视角研究却较为有限，尤其是对他的乡土文学与生态文学之间的紧密关系，以及由此形成的鲜明特色所述甚少。本文以2013年为界，通过分析傅菲在这之前与之后的相关创作，从创作心理、艺术风格、思想内涵三方面厘清其从乡土自然书写到生态文学创作的进路，并探讨其乡土生态文学创作的可能与限度。在乡村振兴和生态文明建设日益弥显的时代语境下，始终扎根乡土社会，深情关注人与土地独特情感的乡土文学创作，应当成为中国生态批评话语建构的重要对象，并为当代中国生态文学创作展示一种可资借鉴的个案。

二 从自然情怀到生态意识

如果说"人的心理是一切科学和艺术赖以产生的母体"，而考察作为艺术作品的文学创作，我们则必须考察其"作为一种复杂的心理活动的产物"。对于每一位作家而言，他的"作品与他一起出生、成长和成熟"，甚至可以说，作家的创作史就是他的心灵成长史。虽然傅菲一再提及他的生态文学创作始于阅读约翰·巴勒斯（John Burroughs）的作品后，但是这种转向并非凭空而生。我们可以说，从他在"初中第一篇作文"中写下"太阳从

---

① 张守仁将苇岸、胡冬林、徐刚、傅菲四位当代作家比作自然文学大厦的四根粗大的圆柱子。这一评价的范围限于当前中国专注写作自然主题的散文作家，就这个意义而言，傅菲的生态文学在当代文坛当是有分量的。

古城山冉冉升起,普照了广袤的田畈"(《古城山》)这一开头之始,他一生的创作就与自然悄悄结缘。此后所有作品中有意无意地对自然的关注和着墨,就是一种源自童年时期,与他所处的草木、河流、大地、乡野之间建立起来的生态潜意识的释放与回归。这与他个人的童年经历有密切相关。傅菲于1971年出生于江西省上饶市广信区郑坊镇枫林村。一方面,和同时代中国绝大多数农村孩子一样,他经历了物质条件的匮乏,目睹了祖辈父辈的艰辛苦难。生存的困难和生命的沉重塑造了他敏感多思的性情,有着农耕教育传统的家教促使他"好好读书,要走出深山"(《炊烟》)。但另一方面,出生之地的"大自然是最好的课堂"(《枫林盆地记》),祖父是他"乡土哲学的启蒙者"(《泥:另一种形式的生活史》),父亲是一位隐忍、坚韧的农民知识分子,母亲广博的自然常识,都是他自然教育的天然来源,成为其日后创作心理中对自然的敬畏、热爱、亲近、观察、关注、歌咏的不绝源泉。

对于傅菲而言,家乡枫林村——信江支流饶北河畔的一个村庄,是他"精神坐标上的中轴原点"和栖息之地。枫林和饶北河,让他"匍地生长,野草一样经历风雨",他的命运、气质、个性永远与之相联,是枫林村这个"地方"赋予傅菲审美气质和敏感习性。此后在他生命中的所有时刻,这个地方的一切都像那条河流一样始终在他体内呼啸,未曾停歇(《胸腔里的河流》)。有别于很多乡土作家离乡后只是偶尔返乡使家乡逐渐成为故乡的是,即便傅菲十六岁后因求学和工作离开枫林,他仍然坚持周末和假期回郑坊、工作日回市区(《最美好的旅行》)。他本质上始终没有脱离乡村,始终见证着乡土大地和乡村社会的变迁。也正是这样一种融入乡野式的坚守,让他能在书写乡村的时候始终以一种在场的"平视"目光深情注视并用心观察这片土地上的乡民和万物。他的乡土经验不是远离故土的侨寓作家的回望与记忆,更不是离乡离土之后的智识者式的想象和虚构;是一种对生长之地的永恒眷恋,是永远与乡土与家园融合的愿望,是父母的召唤,是淳朴的山里气息(《八仙桌》)。

不同于乡民关注得更多的是物质存在和日常生活,身为智识者的傅菲以他细腻敏锐的感官体验着乡村大地的诗意之美,这为他抒写出乡村田园的浪漫主义一面奠定了坚实的素材。他会在"田野,或在村子里,毫无期待地走来走去","放牧自己","认定自己是那片山那片河的故人","和它们重逢,是和自己重逢"(《山河故人来》);会在木箱早已被行李箱代替的时代,用祖父六十年前栽下的樟树锯成的木板(被用作屋舍木料),打成木箱,将自己和家人的照片和关于家乡的书,作为未来留给孩子的遗物,并常带孩子回枫林,让他们"去看看农村,贫困真实的农村"(《木箱》);他尤其能理解那位当年考上科大的江春,经历了城市中的荣华浮沉之后回到枫林,在两个月之内,变成和村人一样的人,过着原始的自给自足的生活(《环形的河流》)。

和同时代的多数青年一样,尽管他出生于乡野、熟知乡野、迷恋乡野,但也曾因厌倦乡野而向往城市、进入城市,而恰恰是离开产生的距离,让他在"纸上寻找月光"的过程中更懂得那片田野对于自己的意义(《田野》)。如果说乡村对于每一个在其间生活过的人犹似始终充满美好诗意的场所,那主要还是因为在远离之后被钢筋水泥禁锢灵魂和摧残生命力,反衬出乡村田园风光、自然美景的盎然生机。尽管傅菲在近十年有了显著的生态转向,但他的创作根基从未离开乡村大地,即便是其后来的自然观察也有意师法欧美自然文学作家尤其是巴勒斯的倾向,也间有一些离开家乡到别处山居的经历,但他文学的根据地始终是赣东北地域那片特具乡野之美的大地,他的心灵从来没有离开过现实和精神的栖息之地,始终坚守在乡村文学的现场。

傅菲对赣鄱山地的依恋,建基于他对自己生长于斯的灵山、横峰、郑坊、荣华山、枫林村的地方性知识的全面掌握之上,用他自己的话说,"即使不用光,我也能想象出这片田野"(《枫林盆地记》)。他一直不曾忘记的是,他要熟悉饶北河,要研究饶北河流域的生活变迁和乡村伦理,无数次考察这条河流(《出生之地》)。他前期的代表作《南方的忧郁》一书是他倾注十年心血,长期扎根故土,以勘探式的深入生活去写出行走在乡土大地上的人和事。其文学手法是极其现实主义的,书写了乡村变迁中乡民不同的苦难,个人命运的曲折坎坷。但如果说乡村终将被瓦解的命运,让傅菲前十年的乡土书写总是带着一种挥之不去的忧郁,那么,在描摹乡村依然秀美的自然风景时,他显出的少有的生动、明朗、开阔、欢愉、深情、豁达,成为其中最具浪漫色彩和抒情性的一部分,它们是如此明亮而生动,"有着生活气息的自然之美"。我们几乎在他任何一本书中都可以随处读到灵山一带、郑坊周边乃至于作者走过的所有村庄的自然环境,山脉的走势、四季的更迭、作物的形色、雨中的山河、物候的变化、动物的来去、村庄的晨暮……这一切的乡村自然景象在傅菲笔下都是生机盎然,色彩斑斓。

当然,对于乡村田园的牧歌终将在这个时代和他生命中逐渐逝去的事实,傅菲有着清醒的认识,记忆中的如画景象化成一个永不褪色的梦境,饶北河畔的自然景象在许多个夜晚不断在他灵魂深处重现:

> 有圆月,河边的美人,在山顶上燃烧的落日,田埂上灿烂的葵花,繁忙的埠头。饶北河上空成群的白鹭,斜斜地飞过。母亲在埠头洗衣。父亲在埠头挑水。我背一个鱼篓,跟在祖父的身后,到竹漏子上捡拾肥鱼。河湾苍茫,树林遮掩了对岸的村庄。炊烟从树林背后的野地里,淡淡地升起,慢慢扩散,与河边的雾岚融为一体。牛哞一声长一声短,燕雀从枝头上惊飞。傍晚的霞色,渐渐收合,直至澄明一片,村庄淡淡地隐没,浓缩,墨滴一样凝固在暮色里。大路上,饭后的人坐在长条凳子上,摇一把麦秸扇,看月亮从古城山浮出来。黳黑的后山也浮出来。夜晚来了。

作者说这是他反复做着的一个梦,但与其说这是一个梦,毋宁说这更像是一个如梦如幻如真的回忆和想象。落日、葵花、白鹭、肥鱼、河湾、树林、野地、雾岚、牛、燕雀、霞色、古城山、月亮等自然意象,充满了古老乡村的田园之美;田埂、埠头、鱼篓、村庄、炊烟、长条凳、麦秸扇等事物充满宁静谦和的生活气息;母亲、父亲、我、祖父、饭后的人自在从容地劳作于大地之上。三者交融一体,构成一幅美丽和谐的传统乡村图景。但是,这一以梦为载体的图景,终究还是忧郁的。就像几千年农业传统终将在时代的剧变中,像霞色一样收合而去,古老的田园牧歌终究会凝固在暮色里。夜晚还是要来。现在的饶北河,由于开发石材,废水任意排放,河滩被挖、树木被伐,动物灭绝,早已面目全非(《与我相仿的南方》)。时代终究以不可阻挡之势改变着乡村,乡民远行,老房子消失,故物渐去,乡村凋敝像一条远去的河流。

事实上,21世纪的第一个十年,中国社会城乡社会变迁进一步加速,与此同时发生的当然也包括乡村自然的加速恶化。始终身处其中的傅菲对此体察犹切,并进行了历史性的纪录:从20世纪末灵山开发大理石、建工厂、挖矿、烧窑,造成饶北河水毁灭性的污染(《环形的河流》);河滩被挖空,乡村传统建筑消失,给野生动植物以毁灭性打击(《宽鳍鱲之殇》)。等等。在乡土文学阶段,傅菲多是以一种书写者纪录者的视角抒写他所知道并深切感受的乡野大地,因而他的世界观与生命观是含蓄温和的。但是到了生态创作阶段,或许受生态文学与生俱来的干预性、批判性影响,傅菲对乡村环境遭受破坏的忧虑溢于言表,对不顾后果的开发无情揭露。他称那些对生命毫无同情之心的"少数人,是坏事做绝,恶事干尽的变异物种"(《鱼路》);家乡饶北河因矿产开发而遭受的灭顶之灾,归根结底是"金钱让少数人灭绝人性","对大自然丧尽天良";那些以毒鱼等"非人道的方式对待动物的人,都是心灵扭曲的人,人格分裂,暗藏极度残忍冷酷的阴面,即使他表现出温和善良的面目,也是一种伪善。"他还看到"乡人大多以势利主义对待动植物",如为了追求最大的收益,砍掉各种野生树木,只种一两种植物,这对生物多样性极为不利;借相命人之口说,那些专事捕杀野生动物的人,"没有哪一个长得堂堂正正,不是面目狰狞,就是瘸腿断指。一个人作了恶,天会在人身上打一个印戳,没来得及打印戳的便是短命,死得意外"。对于利用鸟对糖分的迷恋而用葡萄园大量诱杀鸟类的行为,他深感惊骇,感叹人"远远还没有学会,更不懂如何尊重生命,甚至不懂得尊重死亡"(《每一只鸟活着都是奇迹》)。他对这些乡人的形象刻画也有意无意间用上讥讽之语,如对剥蛇皮、取蛇胆、挤蛇毒,最后以"一蛇三吃"的方式,"了却蛇的肉身"的捉蛇人老五,极尽讽刺的描写(《蛇咒》),甚至对于他们因此而惨遭不幸毫不怜惜。这与他前期乡村书写中对农村苦难的深切同情和对他们因个人性格缺陷而导致命运多舛也多半带着无声的怜悯,有着较大的落差。在自然生命的正义标准下,作者是爱憎分明的。

"自从有记载的文献开始就有对自然环境的描述",其中最重要的一个分支是田园牧歌式的描述,即对乡村生活的一种理想化描述,以及回归未受污染的大自然,以恢复在城市社会中失去的简单、和平、和谐的怀旧情感。作为乡土作家的傅菲是一个天生的自然主义者,他在极富田园诗意的饶北河畔的乡野中出生并长大,自小深受中国古典诗词和中华自然审美传统的浸染熏陶,同时又在创作发展中深受欧美自然文学作家的影响,因而他逐渐成长为一个自然的观察者、爱好者和崇拜者。当然,他早期的乡村自然书写中流露的更多的仍属于中国文学对自然欣赏式审美的特性，他的典雅语言，发达的感觉系统，有助于他感觉到自然之美、生命之美；他的性格细腻、婉转多思，因而文笔也相应地浪漫忧郁、含蓄克制。但这并不意味着他对现实完全缺乏批判理性，在目睹乡村自然遭遇的重创惨象时，他的悲痛扼腕难以掩饰。他和大多数走出乡村的智识者一样，没能逃脱走向城市的时代洪流，但即便在城市里生活工作的时间远胜于乡村，他依然觉得在城市里人性"被渐渐磨灭，如阳台上的植物，失却了露水，凭洒水而长，缺乏生机"（《草木上的神山》）；他仇恨水泥，因为"水泥路是我们永远无法愈合的伤疤"（《瓦：烈焰的遗迹》）；他厌倦城市的时候，"便想去找一个荒山野岭生活，筑一间瓦舍，种一片疏疏朗朗的小茶园，白天种茶，晚上读书，听溪涧流于窗前（《去野岭做一个种茶人》）。

2013年7月，热爱孤独、崇尚自然的傅菲离开他无比熟悉的家乡，来到福建浦城县荣华山下独居。他说这是他进入中年之后问道自然法则、尊重自我生命的选择。仿佛是命中注定似的，正是在这一年他读到了巴勒斯的自然文学作品并开始关注生态文学。就此，他开始有意地进行个人的博物学训练，更加专注地观察独属自然自身的魅力，动植物生命独立的过程，四季轮替和万物兴衰，从而体验到一种原始的审美和震撼。如果说对故乡的眷恋，还是一种对成长记忆、生长环境的怀乡情结和家园情怀，那么远离故土到另一个陌生的山地客居，追求一种简单、淳朴、真实的生活，则是一种较为彻底的生态情怀。因为这个独特的"地方"，是一方完全让他沉浸式体验的大地，他将会用更多的时间去体验一种完完全全融入自然的过程（《收拾一个院子》）。

三 从大地浪漫主义书写到自然美学构建

百年前鲁迅、周作人、矛盾、沈从文等人开创了中国乡土文学的传统,此后基本该文学流派主要呈两支发展:一是以鲁迅、矛盾为代表的启蒙主义,即偏于对乡土中国现实主义的现代启蒙和思想批判;二是以沈从文、废名等人为代表的浪漫主义,即偏于书写中国乡村田园生活,诗意化地讴歌自然之美。虽然傅菲声称他的乡村文学是一种介入式的书写,但这主要是从他书写中现实主义的立场和重视深入乡村底层的田野考察而言,在艺术表达上,傅菲的乡土自然书写是一种"大地的浪漫主义者"式的书写。在诸多讨论乡土文学独特魅力的评论中,对"乡村风景的描摹"是一条较有共识的标准,它是古今中外所有乡村书写中必不可少的部分,也极能考验作家的艺术功底和审美水准。而对乡村风景画的描摹,更是被普遍视为当代中国乡土文学的重要特征之一。正如前文提及的,傅菲所有的文学作品中,对他无比熟悉且热爱的乡村风光的书写,恰恰是他最擅长的部分。在早期带着忧郁气质的乡村探索系列作品中,我们甚至能够感受到,在对乡村生命苦难的深切感知、悲悯中,唯有不时穿插其中的乡村风景描写显露出作者超越苦难的欣喜、快乐。这在他那篇书写几位儿时伙伴的成长之变的《环形的河流》中尤为令人印象深刻:无论命运如何百转千回,起伏不定,但饶北河滩上的田园屋舍、黄昏中的田野河流、田畴阡陌上的万千生命永远是那样鲜活灵动,与命运的苦难、无奈和困顿交织融合,让人不会感到过于悲怆和绝望,反而有一种面向自然的沉静、开阔、明朗、欢愉、轻松。即便是在早期的乡村叙事中,他笔下的自然万物也有着一种自在的美。在他眼中,乡野大地并非完全是一种外在于自我的观赏对象,而是一个人、树、鸟、虫、鱼的生命共同体。比如在写江南的采桑传统时,他不仅写了桑树这种南方人世代赖以为生的植物,还写了与桑一起形成生命共同体的麻、梓、榆等植物,写与蚕桑并存的稻作,以及在这样的环境中谋求生存的痴男怨女,甚至在远离故土的时候,他想起的还是那片桑林中天、地、人和谐共生的情境。

傅菲对自然风景的审美,是建基于极具细腻而发达的感官能力基础上的,包括他对大自然声音之美的觉察、色彩之美的观察和对生机之美的体察,尤其是对于独属于江南乡野大地的自然之美,他毫不保留地以细腻贴切的文字书写出融多种感官体验于一体的中国式审美,有溪声的韵律之美:

> 无边无际的寂静如蓝色的湖泊,假如有残月或碎星,湖泊便有了更为广阔的哲学意蕴——大地上所有的一切,等待寂静慢慢唤醒。溪声是寂静的一种异形,是另一种更为深邃的哀静。溪声是浮在湖泊上的一层幽蓝之光。

有乡间极日常的豆腐制作中的色彩之美:

> 时值初冬,做豆腐的妇人三十来岁,穿一件大红的棉袄,磨豆煮浆。黄黄的豆,白白的豆腐脑,木质的厅堂,黑黑的瓦屋,青色的砖墙,幽绿的柚子树,红红

的棉袄,微笑的脸,长长的辫子,腾腾的蒸汽。我恍惚进入了油画世界。

以及饶北河岸一个普通农家在自然养育下的生机之美:

……穿过林子,翻过河堤,是一片西瓜地。初夏,葱绿的宽阔的黏黏的风,舔舐着我们的脸颊,那样潮湿、温热,轻轻抚慰。豌豆花在田垄上盛开,小朵小朵,粉细的白。蜻蜓欲飞欲停。我热爱这种有着生活气息的自然之美。不远处的菜地,搭在架子上生长的是丝瓜,爬在矮墙上开花的是冬瓜,趴在泥坑里午睡的是马荠蒿,站在池塘中央打把小伞的是莲藕。那是辣椒,这是茄子,梳着小辫子的是长子豆,长着胡须的是玉米。它们是我味蕾故乡里的故人。

特别可贵的是,傅菲极少单调刻意地写局部、静止的风景,他笔下的乡村图景永远是灵动鲜活、天地相融、生命共生的整体画面。以一段对闻名中国的婺源(同属上饶)油菜花的描写为例。他从油菜花的自然属性开始写起,接着忆起1998年(那时婺源还没有将油菜花开发成一种旅游景观)第一次看到"金黄的油菜花星散在沙洲上,和部分裸露的褐色泥土、青翠的灌木、轻轻摆动的柳树、浮起一层薄光的江水,在这个早晨,不再怒吼,也不再沉睡,蕴含着青草味的曙光"。十多年后他再次途经此地看到油菜花,注意到的却是它作为一种自然生命在四季的快速生长、死亡和腐烂,以及它在乡野间与其他生命一同开花结果、野蛮生长的过程,充满蓬勃向上的生机。在看惯了乡野植物的作者眼中,"油菜花是春天大地油画中,色彩极其厚重的一笔……山川是浓眉的青翠,河流是浅蓝,油菜花则是日出初照的迷眼炫目,是春天至美的一极"。与此形成鲜明对照的是旅游业开发之后,城市游客对油菜花的观感。他们"从车里下来,兴奋起来,啊啊啊地疯叫,手机照相机咔嚓咔嚓,留此存照"。对此他"无动于衷,心里甚至一下难过起来。这个社会,无论是城里人还是山里人,无论是富裕还是贫穷,都活得非常可怜,滋养我们内心的东西,在日渐丧失,我们内心日渐匮乏,贫瘠"。

在乡土文学阶段,他对乡村既有大地之子的深爱,同时难免士大夫式的观赏与吟诵,持有一种偏于传统式的山水田园情怀;在自然文学创作阶段,他继续行走在山野盆地之间,但这种行走已经由一位外出归来的游子怀旧式的观赏、游走、闲步,过渡到融入式的与自然相互呼应的自然考察和生命体验中。他经常无所事事地在乡野间漫游,在乡人眼中觉得无趣,但对他而言,是"尽极大可能去认识我可以看到、可以闻到的一切",去"看到别外不一样的东西"(《大地的浪漫主义者》),因为"知道这个规律,和目睹这个过程是有差别的"(《桂湖》)。他在雨天看田,不是乡人以为的想学种田,而是"像个小孩,兴致勃勃"地观察山间的小路、鸟儿、植物。他在雨中看一粒稻谷怎样变成一束稻穗,一只蝌蚪怎样生长(《雨滴在大地上重逢》);一棵苗怎样经历四季(《雷雨春夜》);看寻常"山斑鸠睡觉的姿势"(《荒坡的灵魂》);看大地上各种各样小动物的洞穴(《洞穴幽深》），等等。这种紧贴大地的沉浸式的观察，让他既感觉到人之生命与其他生命的平等，因为在这个无边大的旷野里，人和一滴露珠没有什么区别（《露从今夜白》）；又感受到大地之上勃勃的生机和意趣美学。这是一种细致入微、长期不懈、零距离的"考察、建议、长居"（《鹩鸟情歌》），也是一个生命对其他生命的守望，这一切让他成为真正意义上的自然观察者，从而在见证和重温生命的过程中学会敬畏生命（《鸟事》）。

傅菲对于饶北河、郑坊盆地、枫林村这片土地深厚的依恋和依附，是他和这个物质环境的所有情感纽带。而这种难以割舍的情感建立，在于他对乡村空间里万物温柔的关怀和细腻的感知。存于这个空间中的饶北河的翻身、鼾声，动物、植物、景物等是作家生命、故乡、家园、自然的符号表征。他笔下的"河流敞怀抱哺育大地"（出生之地）；大米是聚合了光和哀乐的庙宇，是家园意识的寄托（《米语》）；飞鸟、山脉、瓦楞草"逍遥自在、随遇而安"（《神的面孔》）；葡萄里"有一条奔腾的内陆河"（《紫月亮》）。在书写它们的同时，是作者对生命的深度体验，是他对生命之小我与大我，人与自然之和谐的体验，他们共同构成作者"故乡的背影"（《隐秘的法则》）。

傅菲长于写物，他有四部专门咏物的书（《木与刀》《故物永生》《亲近自然卷：万物柔肠》《草木：古老的民谣》），其他作品中也常有咏物篇章。前两部多写乡村生活中传统之物的制造过程，及其承载的文化意蕴、情感记忆；后两部则以自然物象和植物为主要书写对象，是傅菲在由乡村书写转向自然书写的过渡性作品。但无论是人造之物还是自然之物，它们始终是作者倾注真情的叙述对象,是乡村生活的文化符号,是逝去的田园生活的表征,也是大地直接或间接的恩赐。应当指出的是,此一时期傅菲的植物书写与中国传统诗文中的借物喻志是有明显区别的,他在不自觉间已经开始质疑后者审美的主观性。傅菲往往给予乡村独有的故物、植物甚至动物言说的权利,对大地上的这些事物,他没占有之欲,而是怀抱着一颗赤子之心,"把大地应用的东西还给大地,各俊其美,各颜其色,各夺其目,各味其果",因为"大地是我们的父母,是我们的胞衣,也是我们的摇篮和眠床"(《大地理想》)。

正如对乡村风景的描摹是傅菲文学创作中永不消失的光亮,对于物的书写也是傅菲文学创作中另一淬炼成金的经典主题,只不过书写的对象逐渐从人造之物转向自然万物,其背后反映的是作家情感从乡村文化怀旧转向超越物种的生命大爱。前期丰富的乡村生活经验,加之后期有意识地进行博物学研习(《奢侈的事情》),使他笔下的物是细致生动的,充满生命的灵动气息,读者往往从中得到科学性与艺术性的双重享受。他对山、木、鸟、兽、虫、鱼,尤其是对植物的描写如数家珍娓娓道来,既有严谨的科学精神,又带着浓郁深沉的亲切情感。特别是在开始自觉的生态文学创作之后,傅菲笔下的物便是物,有其自在自为的价值。在收录了他不同时期创作的植物书写的《草木:古老的民谣》一书中,可看出他对草木的视角从先前的"人借植物还魂""植物不仅养育我们的肉身,还治愈我们的肉身"这种工具性态度(《借草还魂》),逐渐转向"对植物作为象征体或喻体,一直抱有警惕和怀疑的态度"(《生命盛开的形式》),由此升华至对其自然属性的细微观察、科学认知和生命体悟。他逐渐认识到

"自然界自有自己的伦理与秩序,我们是它可以忽略的部分"(《荒滩》),人应当为了不打扰其他生命的正常秩序而克制自己的欲望和好奇心(《黑水鸡家族》)。

特别值得指出的是,在生态文学创作阶段的大量植物书写中,傅菲更加重视对植物科学属性的观察和记录。他所写的植物是乡间常见的普通花草果木,但在发挥细腻传神的美学笔法基础上,他开始有意识地师法欧美自然文学中的科学性,细致生动地书写他们的植物属性、生命过程,以及在人的日常生活中的命运。这样的书写让那些普通的植物有了立体的形象和丰满的生机,从而让读者产生接近它们、了解它们、热爱它们的情感共鸣。仅就这点而言,他的生态书写就可算是当代中国作家中的佼佼者。[1] 因为有了深度融入乡野的自觉和对生命的伦理思考,傅菲逐渐打开与万物主体间性式的对话交流。他笔下的大地以及大地上所有的生物都是灵动的:万物有灵,万籁俱响,落日和月光都是语言的制造者,江水溪流和人一样奔跑激扬,森林与大地之间有无数的书信往来(《森林的面容》);大山如莽龙一般游走,如野马般奔腾(《听星寺》);水和人一样会有幻觉,会与天空对白(《野池塘》);在夏日的星空之下,人、动物与月亮进行着主体间的交流(《夏日星空》);月色、溪水和"我"在深夜共同等待天明,因为大家都是溪水的客人(《溪声》)。

---

[1] 阿来也是一位有着明确的生态文学创作观的作家,他认为我们的文学传统一直跟自然界有联系,但自然中的动植物往往只是作为投射情感的意象,我们不关心植物本身,常常匆忙地给它一个象征。而他提出的自然写作应该呈现的三个方面中,第一条就是要呈现对这个事物观察的过程、研究的结果,要梳理并吸收当前知识界对这个事物的已有研究成果。

傅菲生态书写的美学追求始终带着中国山水传统的自然况味。他的文字有着浓郁的中国山水诗与山水画的意境之美,仅从他许多四字书名如"元灯长歌""深山已晚""风过溪野""万物柔肠""故物永生"等,以及化用古典诗词的文章题目"山河故人来""草盛豆苗稀""细雨春燕飞""关关四野""绿树村边合""露从今夜白""山际晚来烟""日暮问渔舟"等就可窥一斑。但仔细分辨,我们也会发现,这种审美形式的体现,在他前后两个阶段是存在明显变化的。正如前文所说,前期他写乡村美景更多的是将其作为人物命运的背景,写植物也往往以其为喻体,即山水传统中借物抒情和以物比德的人化自然审美痕迹较为明显。但是在后期的生态书写中,他对此有了较清醒的认识和升华。以先后分别收录在《亲近自然卷:万物柔肠》(2017)中的《莲荷》与《草木:古老的民谣》(2018)中的《生命盛开的形式》两篇同写莲荷的散文为例。二者内容大致相同,前面都是作者引经据典叙写中国文人对莲荷的喜爱歌颂,以及他个人对这种植物的一些生物属性的认知;但意味深长的在于两篇文章截然不同的结尾:前文以莲荷联想到同名的横峰县郊的莲荷乡,以及乡人千百年来以莲谋生的故事,并以辛弃疾那首家喻户晓的《清平乐·村居》和"莲花就是我们生命盛开的仪式"一句收尾。而后文的结尾处却大有深意。作者也联想到了江西另一个有着悠久种莲历史的乡村——石城,但他接下来并未继续考据历史,而是专注于荷在山间盆地与乡人、与天地以及其他生命共同构成的大美。它"既不是故乡也不是异乡","既不是桃花源,也不是膜拜的圣地",而是每一个人心中都有的"一个这样的地方",这个地方充满了生命气场和生活气息的美。他在最后写道：

> 我对植物作为象征体或喻体，一直抱有警惕和怀疑的态度。荷花也是如此。霜降之后，荷叶凋敝，一片枯萎，弥眼都是生死的伤感和垂怜。藕和荸荠一样，都是淤泥里葱茏生长的植物。荸荠一块皮或一截菀落在淤泥里都会在来年春天长出发达的根系，地下茎块饱满甘甜。藕也差不多，没掏出来的藕节埋在地里，也会长出撑开的小伞一般的荷叶。它们都是地地道道的"贱种"。青蛙在荷叶上跳来跳去，露珠圆滚滚的，暴雨来时，噼噼啪啪打在荷叶上，有自然界从大地深处发出来的韵律。

文章最后依然以"莲花就是我们生命盛开的仪式"一句收尾，作者终究没有完全跳出他"抱有警惕和怀疑态度"地将"植物作为象征体或喻体"的思维，因为从语义上看，"莲花"与"仪式"就是植物与喻体的关系。然而，此处的"我们生命"已然超越了前文所指的"我们这些人"的生命，而是扩展到乡野大地上的一切生命，即构成这个"地方"的一切人、植物和动物，乃至景物。这种自然审美视野还体现在他对许多自然现象的唯美书写中，如彩虹（《不要寻找彩虹》）、动物穴居（《洞穴幽深》）、植物腐烂《荒木寂然腐熟》)、众鸟觅食（《秋鸟的盆地》）等等。自然法则在他的笔下构成一种天人交融、万物和谐的整体主义的大美。傅菲又说"无论我们如何幻想，对美的想象都无法超越大自然本身"。这不能不说是他在美学上的一个大大的跃进，也成为他拓展生命伦理观的一个重要前提。

四 从亲生命性到生态伦理思想

　　与其浪漫主义的艺术风格相对应的,是傅菲对生命气场的极度重视。正如本文第一部分所说,他早期的乡土创作中充满了对农民生活苦难的真实写照:为吃一碗饭而劳累致死的米馃叔叔(《米语》),为生存呕心沥血却终究养不活妻儿的瓦窑师傅(《烈焰的遗迹》),一生饱尝苦难、生存条件极其恶劣的母亲(《远去的河畔》),无依无靠、勤劳肯干、身患重疾却因无钱医治而跳楼身亡的石屑(《枫林的阴面》),日夜不息地劳作、好不容易生活日渐好转,却在一次翻屋漏时一跤丧命的柚蒂(《糖》)……傅菲熟知这一个个鲜活生命,了解他们举步维艰的生活,在看似冷淡的笔调背后,是一个生长在乡村,亲身体会、亲眼看到过所有贫穷、饥饿、孤独,又以冷静目光观察、省思其中的苍凉与无奈的智识者的不忍之心。他写得真实不虚却又无能为力,唯有深藏心底的悲悯与隐痛。乡村自有其自然之美,也有其生机之趣,但将写作深深扎根于其中的傅菲也说道:"当我看到一些码字的人,把农村写得那么美,像个天堂,可以寄存灵魂又可以安放肉体,我都特别愤慨,他们看不到农人挣扎般的生存,和无人援手的困境,我觉得他们是睁眼瞎,是以美的方式去污蔑农村。他们哪知道,农人的一生,是一种赤膊战哩,旷日持久的赤膊战哩!"今天,乡土文学已经成为很多远离乡村的知识分子一种诗意想象和田园梦想,用以逃避身在城市的挫折痛苦。但真正的乡村有着极为晦暗灰色的一面,真正的农民是背负着沉重的生命前行的。所以,傅菲笔下的乡民和他们的生活充满了无助、无常、无奈,他以极其隐忍克制的笔调寄予他的关心和同情。这不是一种俯视姿态的同情可怜,而是对任何一个他者生命的恻隐之心,也是他一以贯之的"热爱生命的天性",即"人类与其他生物间天生的、固有的连接"。正是这种"天性"和"连接"不仅让他能与深受生存苦难的乡民共情,也对在工业文明和商业大潮中被不断摧残践踏的动物、植物感到痛惜,为被城市化进程不断蚕食的乡土大地的深深忧郁。

  傅菲始终以一种深入泥土的真诚去介入乡村真实的一切,除了人,还包括自然以及存在其中的一切生命。他不仅去观察,还去感受;不仅感受生长在土地上的人的艰辛卑微,还感受其他生命的哀痛。在乡间,动物被食杀是非常普遍的现象,傅菲当然也常常亲临动物被宰杀的现场,以一场令人印象深刻的"敲牛"场面为例:

> ……牧童把牛从栏里牵出来,用黑布把牛的眼睛蒙上。黑布罩上去,牛流混浊的眼泪,长长的,后蹄甩起来踢人。牧童把牛拴在香椿树上。香椿树有油脂,凝结起来,粘手,鼓胀,看上去像肿瘤。敲牛人端把斧头,用拳大的鹅卵石对准两只牛角中间的漩涡,斧头对准鹅卵石,一锤,牛跪下去,再一锤,牛瘫倒在地,四蹄蜷曲,口腔里流黏稠的血。唇须上,扇动的耳朵上,都是血。牛把舌头伸出来,舔血,抹在鼻梁上。呼呼呼,喘

着粗气，腹部不断地起伏。……

　　这些杀生场面往往镶嵌在人物艰难生存的背景下，属于为了改善生活的猎食行为。所以他只字未提猎杀之人的凶残冷酷，然而，在那样的场景述写中，读者无法感受到食物的鲜美，而满目都是牛不甘赴死的倔强，垂死挣扎的惨状，血泪横流的悲凉。生命如"泡泡"瞬间破裂一般的脆弱，黑布、斧头、大鹅卵石，又字字溢出被杀者的痛苦哀怜。当然，此时他还没还到动物伦理的认识高度，在人的生活艰辛、生命苦难面前，去批驳杀生猎食是不近人情的，所以他的同情是极为隐藏、有限的。然而正是这种隐现的怜悯情感和凄然心境成为他日后生态伦理观觉醒的基础。

　　在伦理根基而言，傅菲早期的亲生命性本质上都源自一种朴素的传统伦理观，即善与美的紧密关联，以及善恶因果的轮回观。他对他者生命的敬畏和悲悯，是中国儒家所倡导的水纹波浪式的人伦差序在生态危机时代的一种现代性扩展。虽然这种差序格局的中心还在于"人"这一自我，但是，当其"由己及人"的伦理特性发生在一位具有生态情怀的现代人身上，就自然而然地发展为"由人及物"的一种整体主义的土地伦理。① 也许在生态转向的前后期，傅菲对植物的观察和情感或多或少还存在些工具性价值与生命主体价值的模糊认识，多少还带有点宗教式的悲悯情怀。但是，对非人类生命的保护和捍卫，却体现了他强烈的生命伦理选择。

---

① 生态伦理的先驱利奥波德（Aldo Leopold）认为土地伦理只是将人类过去三千年以来形成的生命共同体的界限，扩展至土壤、水、植物和动物。

首先是他对生命自在价值和情感的肯定和感受。在傅菲看来，植物也是有生命、有感知的。赣地山上的漆树，有着四季分明的色彩之美，但是长到七年后它却要在每隔一年承受"千刀万剐"式的"割漆"，作者对漆树受难充满同情（《漆》），人为了利用松脂，贪婪地"一滴不剩地榨取物的所有价值"，却全然不去想"每割一刀，树身会颤抖一下，这是松树在痛，只是它的痛喊声，我们听不到"《谁知松的苦》。"落入凡间的星星"——萤火虫被捉到玻璃瓶中，没有人会在意它们的死去，谁也不会因此而悲伤。为了保证其他同伴的安全，一只麻雀会试探性地进筲箕吸食，这种为同类的生存而自我牺牲的精神，并非人类所独有（《大地的哲学课》）。正如人类本质上没有高低贵贱之分，"树是没有好坏之分的"，它活着便是生命的意义所在，是商品经济附加给它贵重轻贱之别（《树上的树》）。对动物生命过程的体察，和对一切生命自在价值的体认，又让他开始反思忏悔从前一些反生态的行为，比如看到一只蝌蚪的成长之后，他觉得当年那个捞蝌蚪喂鸭的自己"真是个残忍的人"（《雨滴在大地上重逢》）。"为自己从前吃过野生动物、吃过狗而自责"（《鸟声中醒来》）。他对即便是具有极高药用价值的野生动物也决不食用，看别人宰杀动物，都特别难受，因为"动物的一生，比人的一生还不容易"。尤其是被活活憋死在亡母兽身上的豪猪胎（《荒滩》）。他极其憎恶那些完全漠视动物生命的人，认为"对待动物极度残忍的人，对人也不会人道"。他对鱼之生存现状的艰辛（《鱼路》《宽鳍鱲之殇》），人与蛇之间若即若离的关系（《蛇咒》），鸟苦难、不幸、悲壮的一生的叙述（《每一只鸟活着都是奇迹》），关于尊重生命的自然状态而尽量不去人为干预的探讨(《黑领椋鸟》《山斑鸠》)，等等，都是对动物伦理学的优美阐释，且有着强烈的伦理扩展的意识。

其次是动物故事的叙写。《鸟的盟约》虽然有明显受巴勒斯影响的痕迹，却依然保持了傅菲惯常的叙述风格与节奏。作者表达了一种显在的动物伦理观，即鸟是自然的重要组成部分，它需要被尊重，向读者展示了鸟之美、鸟之艰难、鸟之高贵，以及人类对鸟的残杀。在《元灯长歌》和《灵兽之语》中，傅菲继续以跨文体创作方式，即以散文的语言和小说笔法，讲述发生在乡间的动物故事。这些动物故事有着极强的傅菲烙印，与郭雪波、胡冬林、刘先平等人讲述的大草原、大森林中神秘的动物故事有着极大的不同。它们多是发生在动物与乡民的日常生活中，但又不是发生在人与其驯养对象之间的寻常故事。傅菲将自己长于描写的笔力发挥到这些有生命的动物身上，令猴、狗、马、鸟等有了独属于它们的高贵和美丽，并通过人与它们之间的故事，传达了一种朴素而真挚的生态伦理观：动物有其自在的生命价值（《黑马之吻》）；人与动物的生存权没有优先，只有合理；对待动物的善与对待他人的善一样，既受个人良心的拷问，也受人际的监督，还受自然（上天）的惩戒（《刀与猴》）；人与动物之间的相处，是独立主体之间深入感悟、抵达灵魂的对等交流，而非主仆之间的从属关系或利用关系（《敏秀的狗》）。这些故事不是鸿篇巨制式的叙事，但却是一个个温情而真实的生命故事。从生态启蒙的角度而言，这样具有浓郁乡土气息的叙事可能更能触动人心，也更易传达德性教化的功能。

当然，傅菲的文字中也不尽是生态悲观主义式的书写。他对自然的自我修复能力是乐观的，他相信自然有一种伟大的自愈能力（《环形的河流》），能够创造生命的奇迹。他的生态书写中，除了对乡野大地和自然生命的书写，还有一大批栩栩如生的生态人格形象。他们或者是一个个平凡而朴素的自然之子：为留下一棵板栗树一年损失一斤茶叶的山民（《树上的树》）；受山猪为家人而拼命感动的三舅再也不打山猪了（《山猪》）；在一个被人遗忘的山坞中自给自足、不闻世事的两个外地人（《山中避雨》）；把对深山的理解和对人的理解不断统一起来，做出极为难得的谷雨茶的娟婶（《一碗苦茶》）；当然，更有在鄱阳湖边，以护鸟为终生使命的护鸟人鲅鱼、通鸟语者李昌仕（《孤人与鸟群》《通鸟语的人》）。他们是这个时代深处不为人所知的普通人，却有着大多数人所不具有的朴素而执著的自然情怀。作者对他们充满敬意。

事实上，在从乡村文学到生态文学的创作转变过程中，傅菲本人也完成了从自然之子到生态卫士的转变。他在生活中践行着相关的生态法则，会与出于好意给他送野生动物作药的人翻脸（《通往山顶也通往山下》），看到树被砍、动物被捕杀会异常难过（《盒子里的野谷》），对捕鸟吃鸟的恶劣风习深恶痛绝（《鸟的漫思》），等等。他越来越追求乡间与鸟共乐、与树共生的生活。当然，仅仅揭露一些恶劣的反生态行为和人格，只能宣泄个人情绪，傅菲的难能可贵在于，他还能以越来越多的实际行动践行一位生态卫士的使命。他在深受环保思想影响之后，有了强烈的行动主义思想。在野外行走时，只要看到捕鸟的网、捕兽的布阵，他一定会焚烧捣毁，并绝不会将自己所知道的捕兽技巧授人，看到任何受伤的野生动物，他都会尽全力救护。特别感人的是，他屡次对植物施以救死扶伤的善行，令人不胜钦佩（《瓮上》）。因为在乡间有较多的机会与乡人打交道，他从客观的欣赏者转变到融入其中的参与者，会积极地对他们进行一些生态启蒙，比如一场野火之后，他会给他们讲些植物生命的基础常识（《野火之后》）。他还参与了一些更具影响力的政府行为，这与他热爱孤独、对世事疏离淡漠的天性形成极大的反差，也显得尤为可贵。

五 结语

真正的生态文明应当是天人相谐的，而不是回归原始的。当代中国生态作家的生活方式与书写方式与欧美自然文学作家梭罗、缪尔、利奥波德、艾比等人不同，后者往往是在长期的野外独居探险中书写自然，他们在荒野与文明之间来回逡巡，力图寻找一种生态与文化的平衡。但事实上，从现代工业文明迈开其无与伦比的步伐起，这个地球上几乎就难有纯粹自然的王国。[1]而中国生态文学作家多数是在乡野与城市中徘徊，这当然与中国几千来的乡土社会现实密切相关，因为如果仔细考察，那些最优秀的作家往往都是出身乡村，传统的中国乡村更是典型的人与自然和谐共生的世界。乡土中国几乎没有纯粹的荒野，有的只是千百年

---

[1] 英国作家理查德·史密斯在比较英美两国的荒野状貌和观念时指出，英国的荒野是人造景观而非天然形成、自古不变，英国人的荒野观念也是后天塑造的结果，由此反思了英国的"重新野性化"运动。

来乡民栖居其间的大地,而这大"有着生活气息的自然之美"(《与我相仿的南方》)。傅菲始终生活在这样的乡野之中,长期与自然交融对视,浑然一体,悲欢与共,因而他的生态写作也主要是追求去野外而非远行(《山巅》)。从根本上说,他不用去独居,不用去寻找远离尘嚣的乡土,就如中国的乡村圣地婺源无人愿意外出(《去野岭做一个种茶人》)。

中国生态文学正在以一种新的姿势、热度受到当代中国文学界和评论界的高度关注。我们有理由相信,在这样一个"生态"主题已成为核心问题之一的时代,如何在城市与乡野、自然与人文中寻求一种积极有益的平衡,会是许多作家和评论者都在思考探索的问题。就体量和艺术水准而言,当代中国最优秀的生态文学作品往往同时是乡土文学作品,二者在思想主题、发展进程、艺术手法等方面存在诸多交叠性特征。从这个意义上说,傅菲二十余年来专注于乡土文学的创作,并在近十年聚焦于生态文学创作,他对乡土的探索坚持和对生态书写的自觉性,也许显示了乡土生态文学的某种可能性。虽然傅菲的生态文学创作缘起于与巴勒斯的"偶遇",但其实也可理解为他个人的生活经验与个性爱好找到了一个合适的表达方式。我们能在他最近的几部生态文学作品中深切感受到,他的生态转向仍然带着乡土气息和生活气息。他没有徐刚那种战斗式的环保气概,不是胡冬林那样为自然献身的勇士,也不似韩少功那样的文化思辨者,甚至也不同于在现代化前夕为生态呐喊的苇岸;他是一个南方乡野的自然歌者,他以始终如一的耐力、日臻成熟的审美和一以贯之的深情,为他熟知的饶北河畔的村庄及其自然世界书写着永不褪色的生命志书,为那些曾拼尽全力离乡，却在多年后懂得乡村、思念乡村的人书写永不消逝的家园记忆。

我们可以通过对比来发掘傅菲在书写乡土自然时与生俱来的优势。以《我们忧伤的身体》这本他为数不多的几乎完全以城市为书写背景的散文集为例。他在这本书中，以孤独、悲伤、眼泪等有着显著现代性精神体验为主题，书写了其作为一个精神个体的消极心理感受。与其乡土书写中明朗、清新的情感基调形成鲜明对比的是，城市生活中的无所不在的悲伤、忧郁、孤独甚至愤慨，它们是现代人存在的虚无、幻灭，是缺乏支撑的，是"不知道从哪儿写，也无事可记"。虽然它一如既往地展现了傅菲作为散文高手的细腻与真诚，但显然它并不是作家真正擅长的书写题材。相反，其中偶有的一点亮色，是作者在城市中关于乡野、自然的记忆，或者关于环境、植物生命的书写。其根本原因可能就在于，乡土自然中情感的抒发是以物感为基础的，是人与自然、物候、万物的息息相关，它是真实的、明快的，与作者天成的精神气质相融相谐。

傅菲曾对朋友说，他"用十年时间证明自己写不来诗歌，用十年时间证明自己的散文也只能如此了"。前半句当然是指他对写作文体的探索自证，而事实也的确证明，散文是一种更贴合他个人性情与艺术风格的文体形式。后半句带有一点清醒的自我揶揄，是他对自己创作限度的清醒认知，毕竟能强大到自信无所不能的作家极为罕见。傅菲也说过，好的生态散文需具备博物学知识、田野调查、生态美学三个条件，他自己也的确在努力实践这样的原则，但其实他还忽略了一个重要的因素，就是对生态文明文化内涵的深入思考。或许是受自身个性影响，又或者受地域精神对人个性的影响，我们目前在傅菲的作品中能够感受到他个人对城市文明、对现代化的批驳，我们在他的作品中甚至能够看到他个人类似于生态防卫、乡村独居、鄱湖流域保护之举，也可以感受到他关于城乡变化之痛，对于乡村自然之殇的哀婉，但这些具有文化哲思意味的片断，往往像一条河流的中断一样戛然而止，令人意犹未尽。因而，要成为一个伟大的生态文学作家，他恐怕还有较长的路要走。但无论他能不能在文学史上留下登堂入室的杰作，他的散文创作仍然有着更大的发展空间，尤其是生态主题的转向和聚焦更是为这种发展空间开拓展开了难以预料的可能。一方面，作为生态文学作家的傅菲还处于创作的探索阶段；但一方面，刚过天命之年不久的傅菲在写作上已臻佳境，其艺术水准与创作力正处于高峰期。因而，我们没有理由不期待他未来创作出足以在生态文学史上留下浓墨重彩一笔的厚重之作。

（王俊暐，江西省社会科学院副研究员。本文原载于《鄱阳湖学刊》2022年第3期。题目与内容略有不同）

跋 /

美学·气脉·精神

森林是人类的摇篮之一。人类离不开森林,正如人类离不开海洋、雪原、荒野、草原,离不开谷物、衣服,离不开音乐、文字、爱情。森林是自然最重要的财产之一。森林既是人类的出发之地,也是皈依之地。

赣东门户上饶,南部山系有"华东屋脊"黄岗山(华东第一高峰、武夷山山脉主峰)、七星山、独竖尖、五府山、铜钹山,均属武夷山脉,山峰高耸,峰峦叠嶂,原始森林和人工林茂密。山高之处,人迹罕至,猛兽出没;怀玉山脉横亘中部,自东向西延伸,没于鄱阳湖,支脉有灵山山脉、大茅山山脉,有天下名山三清山、怀玉山;北部山系为大鄣山山脉,系黄山山脉的南部余脉,千年封禁,古树成林。怀玉山脉与武夷山北部余脉,相互挤压,形成了信江河谷,地势较为平坦,为丘陵地带。信江下游为鄱阳湖平原,南方的粮仓之地。

我的故地在灵山北部郑坊盆地。开门见山,抬头见树,是盆地人的日常。上饶自古是农耕之地,而山塑造了我们的精神世界。观察气象,我们以山顶的云层和阳光的色彩以及山风为依据:灵山盘踞了黑黑的云层,必暴雨将至;南风猛然刮起,阵雨必落;山风自北向南,从山巅往下压,翌日必霜雪。农耕的节律以鸟鸣的通知为准:四声杜鹃突然在某一天清晨啼鸣求偶,桃花一定绽放,该给田里灌水泡浆,着手翻耕;灰胸竹鸡晨昏啼鸣不歇,可以撒谷种打秧苗了;燕子来到田畈纷飞,春分到了;河中没有白鹭身影,二季稻可以收割了。

我很幸运,我生活在一个多山的地区。

书写森林,何其难。铜钹山是国家森林公园,我至少去了十五次,却竟然一个字也写不了。黄岗山下的桐木大峡谷,我去了五次,也是一个字写不了。原始森林的世界太浩瀚太广袤,我无法自处,也无法表达。但这不是主因。问题出在哪里呢?是观察力不够,还是思考力不够?2015年至2018年期间,我又去过很多高山观察森林,但我仍然写不了。每每提笔,便处于一种失语的状态。这让我很灰心,对我来说是很严重的挫败感。在写作散文集《鸟的盟约》时,我反思自己失败的原因。找到问题的症结所在比写本身更重要,自己解决不了的,交给时间去解决。

2019年11月13日,我随朋友万涛去五府山深处的高山小村居住,和牧羊人陈冯春一起放羊、挖冬笋。我和陈冯春大哥同吃同住同劳动,过着原始山民(不通电、无网络信号)的生活。我走遍了黄家尖的角角落落,从早晨走到傍晚。下山了,我很快写出了黄家尖系列作品。我又回到了写散文集《深山已晚》的状态。

为上黄家尖,我做了长达两个月的精心准备。这个准备不是物质的,而是情绪状态和精神状态。只有像一个山民,与山相处,才能获得淳朴、野性、丰沛的感知。如同于2013年至2014年生活在荣华山,我穿着黄牛皮鞋(适合野外徒步),背着帆布袋,以饱满的热情穿行在每一条山道,深入人迹罕至的林中,去观察和探究未知的森林世界。之后，我又多次去了五府山。

之前去了森林却写不了，是自己进入的方式出了问题。

把自己融入森林里，如一棵树一只松鼠一只树鹰，如世代的山民，与之共生，是体验和体悟森林很好的方法。

为写作本书，我又多次深入森林体验生活。我注重脚踏实地的田野调查，注重安顿下来的现场体验，注重与山民的生活互动。

森林广阔，让人敬畏，使人谦卑、沉默。森林之于我，是生命的摇篮，也是精神的乐章，更是生活的美学。写作本书时，我力求呈现森林的古朴之美、端庄之美、宁静之美、气息之美、自由之美、灵动之美。因此我不吝笔墨去写生命体，塑造生命的价值；不惜长卷去写山川景象，展现自然的雄伟壮丽。一切外象皆心象。自然文学的本质还是写人的气脉与精神。在文本中，我注入了音乐、绘画、诗歌、雕刻等诸多表现元素。

2020年10月25日，张森兄在上饶市龙潭湖酒店对我说：你自然文学的精神源头在北美。我赞同张森兄的说法。我追问自己的问题是：为什么不是我们国内呢？

2021年2月18日，内蒙古的朋友想看自然文学作品经典书籍，请我推荐书目给他。我把自己阅读的书拍图传给他。我惊讶地发现，在给他推荐的三十余种书目中，国内书目竟然只有一本胡冬林的《山猫河谷》。在给他留言中，我写道：苇岸的《大地上的事情》《泥土就在我身旁：苇岸日记》、胡冬林《狐狸的微笑》《山林笔记》都值得看。但我没有阅读过《泥土就在我身旁：苇岸日记》《山林笔记》。自成一派的，当然是写出《弄蛇人的笛声》《幻兽之吻》等经典之作的周晓枫老师。

这个发现，让我悲伤。也回答了自己的追问。

谈这个话题，太一本正经了。自然文学所描述的东西大多是趣事，这也是自然文学迷人的原因之一。我谈两件趣事。

趣事一：自2013年10月涉足自然文学，我发现自己的内心发生了很大变化，最大的变化是我恢复了好奇心和童真，并越来越强烈。平时，我沉默寡言，但只要进入自然的现场与山民互动，我绝对是一个絮絮叨叨的人。我对所见的一切抱有浓厚的兴趣，并想一探究竟，哪怕是一条极其常见的山涧，我也很想徒步溯源。常常，我的大脑会冒出许多奇怪的念头。2021年5月初，我买来枫香树和粉叶柿种子各两斤，拌湿细沙，撒到茅草山上。不为别的，我就是想知道，在人不干预的情况下，这些种子是否会发芽，发芽率怎么样。我的院子有很多钵，我把水果（嫁接果种）如枇杷、柚子、脐橙等，埋在钵泥里，看看它们是否会出苗。我埋下的一个梨，第二年发芽，第五年长到了四米来高，但还没开过花。

趣事二：2018年春，我村后山林发生火灾，过火面积达两千余亩，松树杉树油茶树连片烧死。这片人工林已有二十余年历史，烧毁之后，芒草和山蕨疯狂生长，山上仅剩几棵没烧死的树。我多次上山实地考察。我想解决一个疑惑：这么大面积的山为什么没有其他树木（如栲树、苦槠、木荷、青冈栎等阔叶树）生长？而没有大面积松杉人工林的山上，几乎没有过火，乔木灌木依旧郁郁葱葱，欣欣向荣。我百思不得其解。2021年4月10日至18日，我在庐山协助庐山国家级自然保护区编写生态文化资料书，住在保护区内部酒店。酒店对面是一片有六十年历史的近千亩人工针叶林。每天早上、中午、傍晚，我去针叶林观察。第一天看见针叶林,我无比兴奋,时刻有穿行森林的冲动。第五天,我去针叶林的兴致都没有了。那种失望,是因为了解了针叶森林的真相。但也因此欣喜,我解决了自己的疑惑。

2021年4月21日,我去辖区林业主管部门与主管领导商谈火烧山的问题。我们是第一次见面。我很冒昧地说:"枫林火烧山三年多了,去年种植了部分油茶树,大部分山还荒着。现在种油茶树林不适合了,因为油茶丰产的气候条件是深秋较长时间霜冻。现在气候变暖,霜降之后半个月出现不了霜冻天气,油茶光开花不结果,种针叶林也不适合,它是单一树种,无法自然更生。我觉得适合种植生态林,树种多样化,乔木和灌木套种,彩色树种和常绿树种间杂混种,抗自然灾害,更涵养水分。"

说完,我觉得自己唐突。主管领导笑了起来,问我:你学什么专业的?我说我是个文字工作者。主管领导握我的手,说:你的观念很前卫很科学。

我说:"阔叶乔木和灌木有许多树种,不但具有生态价值,还具有可观的经济价值,比如杜仲、杜梨、金钱柳、锥栗,当地百姓可以此增收。"主管领导说:"我熟悉那片火烧山,5月份,我去实地考察,做土壤分析,再进行科学规划。农户同意的话,我全力支持你们造生态林,年底就实施。"

主管领导毕业于中南林业科技大学,在基层负责造林二十余年。他说:"你是区里第一个主动提出生态造林的人,我们造一片样板林出来。"这是我第一次把自己所理解的森林生态伦理付诸生产实践。我倍感欣慰。

是为跋。